欧洲十大
犯罪推理小说家

瓦尔加斯
系列

往·右一点点

[法]弗蕾德·瓦尔加斯◎著

余中先◎译

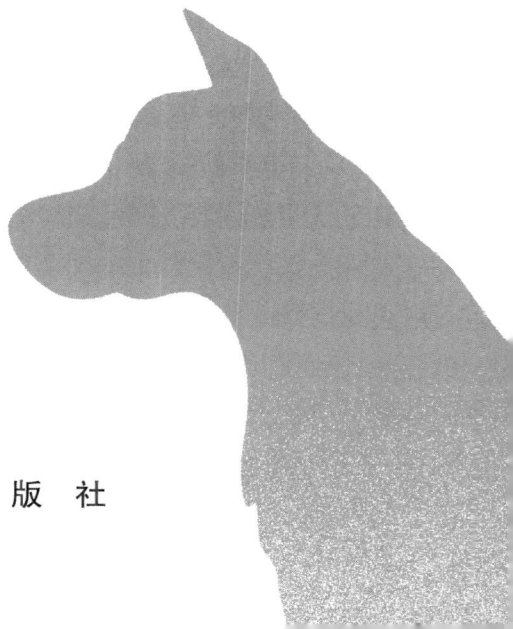

新 华 出 版 社

图书在版编目（CIP）数据

往右一点点/（法）弗蕾德·瓦尔加斯著；余中先译．
北京：新华出版社，2017.8
书名原文：Un Peu Plus Loin Sur La Droite
ISBN 978－7－5166－4265－8

Ⅰ.①往…　Ⅱ.①弗…②余…　Ⅲ.①侦探小说—法国—现代
Ⅳ.①I565.45

中国版本图书馆 CIP 数据核字（2018）第 161386 号
著作权合同登记号：01－2015－7611

Un Peu Plus Loin Sur La Droite
by Fred Vargas
Copy right Editions Viviane Hamy，1996
Simplified chinese edition copyright © 2018 by
Xinhua Publishing Hous
本书中文简体字专有出版权经由中华版权代理中心授予新华出版社
本书中文简体字出版权属新华出版社

往右一点点

作　　者：（法）弗蕾德·瓦尔加斯　译　者：余中先
责任编辑：李　成　　　　　　　**封面设计**：李尘工作室
出版发行：新华出版社
地　　址：北京石景山区京原路 8 号　邮　　编：100040
网　　址：http://www.xinhuapub.com
经　　销：新华书店
购书热线：010－63077122　　中国新闻书店购书热线：010－63072012
印　　刷：河北鑫兆源印刷有限公司
成品尺寸：148mm×210mm　　开　　本：32
印　　张：8.375　　　　　　　字　　数：130 千字
版　　次：2018 年 12 月第一版　印　　次：2018 年 12 月第一次印刷
书　　号：ISBN 978－7－5166－4265－8
定　　价：36.00 元

一

"你在街区里都干些什么呢？"

玛尔妲老太太喜欢跟人逗个嘴什么的。这天晚上，她还没有喝得醉醺醺时，跟老板一起在柜台上兴致勃勃地玩起了填字游戏。老板是一个正直的家伙，但玩起填字游戏着实叫人来气。他的回答总是走偏道，他不遵守规则，很不适应填字的格子。然而他还是可以派一派用场的，他精通地理，这一点倒是叫人很纳闷，因为他从来就没离开过巴黎半步，并不比玛尔妲老太太强多少。竖行两个字母填一条流经俄罗斯的河，老板建议填"叶尼塞河"①。

总之，这比什么都不说要强得多。

路易·克尔维勒十一点左右走进咖啡馆。玛尔妲已经有两个月没见他的面了，说实话，她很有些想念他。克尔维勒把一枚硬币塞进电动弹子游戏器，玛尔妲眼看着大圆球一弹一弹地行进在轨道中。这个滑稽的游戏总是让她不无难堪，它包含有一个特别设计的空间，能不断地掴动弹子。有一个坡度，凭借游戏者不停的努力，能让弹子一直向上冲，而一旦弹子冲上坡，就会重新迅速地滚下来，迷走在特别设计的空间中。她总觉得，这机器实际上在不断地给人以一些道德教训，一种严厉的、不公正的、令人气馁的道德训诫。而假如，人们报以合法的愤怒，给它狠狠来上一拳，它就会立即做出反应，人们也就会受到惩罚。而且还得为此付出代价。人们

---

① 叶尼塞河，法语为"Ienisse"，是俄罗斯水量最大的河流，世界大河之一，位于亚洲北部，为西西伯利亚平原与中西伯利亚高原的分界。

1

确实尝试过对她解释说，这是一件用来找乐子的工具，没什么可做的，这让她回想起她的宗教教理课本。

"嗨，你在街区都干些什么呢？"

"我过来看一看，"路易说。"樊桑注意到了一些东西。"

"一些值得干一下的东西？"

路易住了嘴，游戏场景有些紧迫，弹子直接朝向虚无偏移。他一叉子挥过去把它兜起，它继续软绵绵地噼里啪啦上升而去。

"你玩得太软了，"玛尔妲说。

"我知道，谁叫你在边上一直说个不停来着。"

"必须的。当你读教理课本时，你就听不到别人对你说的话。你还没有回答我呢。那值得干一下吗？"

"可能吧。得看一下。"

"那是什么呢？政治的，无耻的，未确定的？"

"别这样大声嚷嚷，玛尔妲。总有一天它会给你带来麻烦的。不妨说，就在人们想象不到的地方，会有极端反动派在。这实在太让我费解了。"

"当真吗？"

"当真，玛尔妲。绝对当真，就像特产名酒的全国统一审定，装瓶，进城堡封存。得证实一下，当然。"

"发生在哪里？在哪一条长椅上？"

"在 102 号长椅上。"

路易微微一笑，射出一颗圆球。玛尔妲沉思了一阵。她有些糊涂，她失手了。她把 102 号长椅跟 107 号和 98 号弄混淆了。路易发现，如果给巴黎的那些公共长椅都编上号，事情可就简单多了，那些长椅，他可是用来当观察站的。让人感兴趣的长椅，这可是没得说的。没错，这要比细细地描述它们在城市拓扑学中的方位简易得多了，尤其是那些长椅的位置通常都很乱。但是二十年里，情况有了种种变化，一些旧长椅退休了，一些新的来代替，对它们可就得好好关注了。同样，对树木也得好好地编号，尤其是当那些长椅在首都的关键位置上缺席时。另外，还有些长椅是过渡性的，它们自有自己的小故事。好不容易，已经编到了第137号，因为人们从来就不再用一个原来的号码，那会在头脑中形成混乱。但是路易禁止人们用什么备忘录。

"102号，是不是后面有一家花店的那一条？"玛尔妲问道，皱起了眉头。

"不对，那是107号。"

"他妈的，"玛尔妲说。"至少，你得帮我付一杯酒的钱吧。"

"你爱拿什么就在酒吧里拿吧。我还剩下三颗球要玩。"

玛尔妲，她再也不那么性能良好了。到了七十岁的年纪，她再也无法跟以前那样，趁着两拨顾客之间的空闲，在城里头尽情闲逛了。再说，她还会把长椅弄混乱。但是，话又说回来，玛尔妲毕竟是玛尔妲。她不再带来很多消息，但她有着极其优秀的本能。她的最后一次秘密情报要追溯到十年之前。曾经干了一团有益的臭大粪，这是最基本的。

"你喝多了，我的老太太，"路易一边说，一边拉着电动弹子游戏的弹簧。

"看仔细你的球吧，路德维格。"

玛尔妲管他叫路德维格，而别人都叫他路易。每人都有自己的选择，他已经习惯了。人们从一个名字摇摆到另一个名字，到现在已经五十个年头了，甚至还有人叫他路易－路德维格呢。他觉得这很愚蠢，没有人会叫路易－路易这个名字的①。

"你带布福来了吗?"玛尔妲问道，她托了一杯酒走了回来。

"你可知道，咖啡馆让它很害怕。"

"它还好吗? 你们俩，一直都还好吧?"

"那是伟大的爱，玛尔妲。"

一阵沉默掠过。

"我们没看到你的女友，"玛尔妲又说，胳膊肘撑在了电动弹子台上。

"她走了。快把你的胳膊挪开，都挡得我看不到弹子了。"

"什么时候的事?"

"挪开胳膊，见鬼! 今天下午，我不在的时候，她就整好了行李，把自己的东西都装了箱子，在床上给我留了一封信。瞧瞧，你都害得我错过了弹子球。"

"是你自己的球打得太软。中午你至少还吃了饭吧? 那封信怎么写的?"

"可怜巴巴。是的，我吃了饭了。"

"分手走人的时候，要写一封时髦的信还真不是一件容易的事。"

"为什么不呢? 开口说不就行了嘛，哪里还用得着写信啊。"

路易冲玛尔妲微微一笑。手心猛地拍了一下电动弹子机的边框。真的是一封可怜巴巴的信。好嘛，索尼娅已经走了，那是她的权利，你不能没完没了地回到这件事上来，唠唠叨叨。她走了，他很忧伤，仅此而已。世界就在血与火之中，对一个溜之大吉的女

---

① 路德维格（Ludwig）在德语中是路易（Louis）一词的对应说法。

人，真没什么气好生的。更何况，确实无疑，这很叫人忧伤。

"别再拿这个伤你的脑筋啦，"玛尔妲说。

"我很遗憾。早已经有过那种经验了，你还记得吗？大受挫折。"

"你还期待什么呢？让她留下来，只为配你这张嘴脸吗？我不是说你长得丑，别逼我说出我没有说过的话。"

"我什么都没做。"

"但这还不够，路德维格，绿眼睛，还有其他所有一切。我也一样，我也拥有这一切。而你僵硬的膝盖，直率地说，让你成为一个残疾人。有那么一些姑娘，就是不喜欢走路瘸腿的人。这让她们很膈应，你得把这一点放进脑子里。"

"已经做了。"

"别再伤你的脑筋啦。"

路易笑了，温柔地抚摩着玛尔妲那只青筋毕露的老手。

"我不会伤我自己的脑筋的。"

"既然你这么说……你愿不愿意我去一下102号长椅呢？"

"只要你喜欢，你就去吧，玛尔妲。我又不是那些巴黎公共长椅的主人。"

"你难道不能也时不时发个号施个令吗，你？"

"不能。"

"那样的话，你可就错了。发个号施个令，这对一个人是有点用的。但很显然，既然你不太习惯于服从，我也就看不出你怎么就会下命令。"

"很显然。"

"这个，我难道没跟你说过好几次吗？这一套？"

"说过一百遍了，玛尔妲。"

"那几套全都很好，经久耐用。"

当然，他本来是能避免让索尼娅走掉的。但他更愿意尝试一下做个本色男人的愚蠢经验，而结果就是那样，五个月之后她就跑掉了。行了，这已经足够了，他想得也够多了，他相当忧伤，世界充满了血与火，总有工作可做的，在这个世界的小事情里，如同在大事情里，他不会去想索尼娅，想她那封可怜分兮的信，想上一万个钟头的，总有别的事要做的。但是在那上面，在那见鬼的部里，在他作为自由粒子经常溜达、渴望、仇视的地方，在他不可或缺同时又挣钱很多的地方，人们把他一脚踢开了。新的脑袋瓜取而代之，长了新脑袋瓜的老笨蛋，当然还不至于全都是笨蛋，正是这一点叫人心烦，而他们不再希望得到一个消息过于灵通的家伙的援助。他们辞退了他，他们心存疑虑，他们有道理提防他。但他们的直觉反应不免有些荒谬。

比方，让我们来捉一只苍蝇。

"比方，你来捉一只苍蝇，"路易说。

路易结束了他那局游戏，得分不高也不低。这些新的弹子游戏也太磨人了，你得一边瞧着屏幕，一边还瞧着弹球。可是有时候，弹球会三四个同时滚下来，这就很有趣了，无论玛尔妲会说什么。他倚靠在柜台上，等着玛尔妲开闸为他放啤酒。

当索尼娅给出她要走的最初信号后，他曾试图要讲述，要说出他曾做过的事，在各个部里，在大街上，在法庭上，在咖啡馆，在乡村，在警察的办公室。二十五年的扫雷，他称之为扫雷，追捕石头般的人以及瘟疫般的想法。二十五年的警觉，遇见太多花岗岩脑袋的人，孤孤单单地溜达，成群结队地行动，乌合之众般地大声嚷叫，同样的花岗岩脑袋，同样杀气腾腾的手腕，心狠手辣，他妈的。索尼娅本来是爱他的，一个扫雷者。兴许，她本来会留下来，即便他的膝盖僵得硬邦邦的，那是在昂蒂布附近一家很有猫腻的旅馆的火灾中落下的病。那对一个人还算有点影响。但是他挺了过来，他什么都没有讲述。他体现出的唯一吸引力，只是他的抚摩和他的话语，要看效果。至于膝盖，索尼娅还以为他是从地铁的楼梯上摔下来跌坏的呢。这会抵解掉一个人，这样的一些事。玛尔妲提醒过他这一点，他将会失望，女人们并不比其他人更好，不应该空等奇迹的出现。兴许是，布福没有把事情安排好。

"咱们来喝上一杯吧，路德维格？"

"你喝得够多了，我来送你回去吧。"

玛尔妲并不因为总是没钱，而且什么都看到，什么都做，就会去随意冒什么险，每当夜里下雨，而且她又有点喝醉时，她总会有磕破嘴脸的危险。

"那你的苍蝇呢？"走出酒吧时玛尔妲问道，说着就举起一只手，把一个塑料袋套在了掂袋上。"你跟我说起过一只苍蝇来的。"

"你现在害怕淋雨了吗？"

"我担心的是我的妆。假如脂粉流下来，我会是一副什么模样啊？"

"像一个老婊子。'

"我本来的样子。"

"你本来的样子。"

玛尔妲嬉笑了一通。半个世纪以来，她的笑声已为街区的人所熟悉。一个家伙转过身来，朝她举起手，打了个小小的招呼。

"这一位，"玛尔妲说，"你根本就无法想象，他三十年前是个什么样子。我就不跟你说他是谁了，我可没有这样的习惯。"

"我知道他是谁，"路易微笑道。

"那你倒是说说，路德维格，我希望你没有查阅我的地址本吧？你知道，我可是有我的职业规矩的。"

"而我，我希望你这么说只是为了聊聊天而已。"

"是的，为了聊聊天。"

"尽管如此，玛尔妲，这个小本子，它会引起那些远不如我小心谨慎的家伙的兴趣。你本该把它给毁了，我已经跟你说过一百遍了。"

"那里有太多的回忆。敲响过我房门的整个上流社会，你倒是想象一下……"

"把它毁掉吧，我对你说了。很危险的。"

"你以为呢！上层社会，它都老了……你想让谁来对它感兴趣，衰老的上层社会吗？"

"有的是人。假如你只记了一些姓名，那倒还好，可是你一定还写了一些什么，小小的笔记，不是吗，玛尔妲？"

"你说，路德维格，有时候，你就没有写过小小的笔记吗，你？"

"轻点声，玛尔妲，我们这里可不是荒郊野外。"

玛尔妲说话总是嗓门太大。

"嗯？小小的笔记本吗？一些调查吗？一些排雷的回忆吗？你，你把它们给扔了，自从他们把你从那上面赶走后？说实在的，你还真的被赶走了，那是真的吧？"

"好像是。但我保留着联系。他们会很难解开缆绳。对了，比方说，你来捉一只苍蝇吧。"

"假如你愿意，但是我已经到家了，我。我可以问你一个问题吗？那条总让我回想起来的该死的俄罗斯河流，只有两个字母，你能想到是什么吗？"

"鄂毕河①，玛尔姬，我已经对你说过一百遍了。"

克尔维勒把玛尔姬送到她家门前，听着她踢踏踢踏地走上楼梯，然后自己走进了大道上的那家咖啡店。时间大约是清晨一点钟，店里已经没有太多人了。一些拖沓的人，像他一样。他认识他们，全认识，他对人脸和姓名有一种如饥似渴的记忆，永远都不餍足，总要乞求一点什么。也正是这一点使他在部里让很多人感觉不安。

一杯啤酒，然后，他更不拿索尼娅来伤自己的脑筋了。他本来可以对她讲述一下他的那支大军，一百来个可信赖的男人和女人，朝每个省份都投去一道机敏的目光，然后在巴黎还有二十来个，这是无法独自一人扫雷扫干净的。兴许，那样的话，索尼娅就会留下来。然后，真他妈的。

因此，让我们捉一只苍蝇吧。苍蝇进了屋里，惹得所有人都不安生。一秒钟里就有无数次翅膀扇动。一只苍蝇，它很强，但是它惹人烦。它没头没脑地四处乱飞，它能在天花板上行走，丝毫用不着作弊，它在不该去的地方到处乱闯，尤其，它会找到不知遗漏在什么地方的哪怕一滴蜜糖。扰乱公共秩序的讨厌鬼。跟他一模一样。他能在所有人都觉得已擦得干干净净、不留丝毫痕迹的地方找到蜜糖。不管是蜜糖，还是臭屎，当然啦，对一只苍蝇来说，一切皆有价值。愚蠢的直觉反应是，把苍蝇赶到外面去。错也。因为一

---

① 原文为"Ob"，只有两个字母。

且到了外边，苍蝇又能做什么呢？

路易·克尔维勒付了啤酒钱，跟所有人打了招呼，出了酒吧。他根本就不想回家。他要去置身于 102 号长椅。当他一开始启动计划时，他有四条长椅，而现在已经有了一百三十七条，外加六十四棵树。从这些长椅和栗子树看过去，他摄取了成堆的事物。他也可以讲述这些，但是他稳稳挺住了。现在，大雨滂沱，倾盆而下。

因为，一旦来到外边，苍蝇又能做什么？它会干两三分钟蠢事，这错不了，然后，它去交配。然后它产卵。随后，就有了成千上万的小苍蝇在长大，它们干蠢事，然后，它们交配。由此，再没有什么比为摆脱一只苍蝇而把它赶到室外去更轻率的举动了。这大大减小了苍蝇的威力。必须留它在室内，让它去做它作为苍蝇要做的事，耐心地等待，直到时间来捕获它，它变得疲劳衰竭，而一只在室外的苍蝇，则是一种威胁，一种大危险。还有那些把它放到外面去的傻子，也很危险。你别以为，一旦到了外面它就会停下来。不，情况反而会更糟。很显然，他们不会允许自己用一块抹布来拍打它，就像人们有时候对付一只苍蝇所做的那样。

克尔维勒终于在大雨底下看到了 102 号长椅。这是一块好领地，正好面对着一个很神秘的参议员的侄子一家的住所。克尔维勒善于装作一个走迷了路的家伙，这在他是那么自然，人们是不会提防遗弃在一条长椅上的一个巨大身躯的。即便当这巨大的身躯以缓慢的步伐作着一种小小的跟踪时，也不会有什么疑心的。

他停下脚步，做了一个鬼脸。一条狗弄糟了他的领地。那里，在长椅的脚下，紧靠树根边的铁栅栏。路易·克尔维勒很不喜欢别人把他的地盘弄得臭烘烘的。他差点儿扭头往回走。但是世界处在血与火之中，面对一条冒冒失失的狗留下的令人作呕的粪便，他是不会先把自己抹掉了事的。

中午时，他就是在这条长椅上吃的午饭，领地还没有人来占据。而今天晚上，一个女人走掉了，一封可恶的信留在了床上，一局电动弹子游戏得了个马马虎虎的分数，一块领地被弄脏了，一种隐隐约约的失望。

啤酒喝得太多了，今晚上，这很可能，他不夸口相反的事。瓢泼大雨底下，大街上没有一个人影，雨水至少冲洗干净了人行道、树根边的铁栅栏，还有102号长椅；兴许还有他的脑袋。假如樊桑告诉他的消息属实，那么，参议员的侄子几个星期来是在接待让他颇感兴趣的一个可疑的人。他真想看一看，但是今天晚上，窗户上没有灯光，没有动静。

他拿外衣挡住雨滴，在一个小本子上写了几行字。玛尔妲本应该摆脱她的小本子。要想干得漂亮，就得从她手里把它抢过来。没有人会相信的，根据人们告诉他的情报，玛尔妲曾经是整个第5区中最漂亮的酒吧女郎。克尔维勒朝树根边的铁栅栏圈瞥了一眼。他想走了。这并不是说，他要后退，但是就今天晚上来说，这样就很好了，他想睡觉了。很显然，他完全可以明天一大早就来这里。人们常常对他说起拂晓时分的美景，但克尔维勒更喜欢早上睡大觉。而当他想睡觉时，很少会有什么站得住脚的理由动机。有时候甚至，世界充满了血与火，而他就想睡觉。事情就是这样，他从中得不出荣耀，也没有羞耻。当然有时候还真有，他不由自主，这在他看来值得不少的麻烦，甚至是受挫失败。他付出自己那一份，给睡眠。未来属于那些早起的人，人们都是这样说的。而这很愚蠢，因为未来同样也受到那些晚睡的人的监视。明天，大约十一点钟，他会到这里来的。

二

这样杀人，很少人能做到。但是，请注意啦。正是现在这一刻，人们要行动，要以精确、灵巧甚至卓越的方式来行动。努力在谨慎中做到最佳，这是事物的秘密。人们也实在是太傻了，难以想象。乔治，一个好例子，我说的是乔治，但同样也有其他人。这家伙，多么可怜啊。

这只是一个例子。

请注意，不要笑得比平常更多，要好好地锻炼，要精确。方法早已经给出了，榜样效果就在那里，需要的是严格地落实。让颌骨松下来，让脸颊、眼睛都软绵绵地松下来。在超越平凡中，在一种稍稍有些疲惫的正常状态下，做到最佳。人们高兴满意时，不容易做得到。而今天晚上，要远胜于高兴满意，几乎就是欢欣鼓舞，很合法的。很遗憾无法利用它们了，机会可不是常常有的。但是，不行，不要那么傻。当一个可怜虫坠入爱河时，标记会很清楚，而当一个杀人凶手心满意足时，能从他的整个身体看出蛛丝马迹。第二天，警察就占了上风，就此，一切都完结了。要杀人，就得成为别的样子，而不是一个可怜虫，这是事物的秘密。好好训练，要精确，要严厉，没有任何人会看清无论什么。利用及狂喜的权利，那应该留待以后，一年之后，悄悄地。

培养超脱，掩盖愉悦。像这样杀人，击打在岩石上，不被看见，灵敏迅速，多少人能做到这一点？老妇人没看到任何东西过来。简单得极佳。人们讲述说，杀人者需要让人知道是他们干的。他们不由自主地想让别人知道他们是何许人也，不然，他们的愉悦可就白白浪费了。假如人们抓住了另外一人来替代他们，那就更糟了，一个老圈套，就为让他们从洞里走出来。他们无法宽容有人偷走他们的谋杀，所谓的。瞧你说的。对可怜虫们来说这就很好了。是的，没那么傻。他满可以抓住二十个别的人作为替代，他不会因此而皱一皱眉头抖一抖眉毛的。这是秘密。但是，人们不会逮捕任何人，人们甚至连想都不会想到一次谋杀。

这种想要微笑一下利用一下的需要，很合法的。但说到要做得灵敏，恰恰不。让颌骨好好松落下来，平平静静。一切都在于此。

比方说，想一想大海。第一波浪花，第二波浪花，潮涨，潮落，循环往复。大海，很是循规蹈矩，很叫人神清气爽。远比数绵羊更能让人放松心情，对那些不习惯思索的可怜虫来说尤其好。第一只绵羊，过。它跳过栅栏，夺门而出，一路奔向脑袋的左侧。它要去哪里呢，这个可怜虫？它隐藏到了脑子的左边，就在耳朵之上。从第二只绵羊起，事情就变糟了，它为了消失而选择的位置显然比前面那一只要少多了。很快，人们就在栅栏的左边获得了一长溜绵羊，新来者就不再能跳过去了，到后来，绵羊的长队就在咩咩声中崩溃了，真正是可恶至极，立即把它们割脖子。大海，则要好得多。潮涨，潮落，奔腾不止，什么都不为。多么傻啊，这大海。实际上，大海同样也很刺激，恰恰是由于这一巨大的无用性。被月亮牵引再牵引，根本无法发挥自身意愿的价值。当然，最好还是想一想谋杀。在脑子里重新构思它，一阵欢笑朝它而去，而欢笑对一切来说都是最好的。不要那么蠢，超级的遗忘，不去想谋杀。

让我们来算一算。从明天起，人们就将开始寻找那老太婆。等人们在整个十一月期间根本就没人会路过的那些岩石丛中找到尸体，时间就又过了一天。兴许还会是两天。就不再有可能确定死亡时刻了。我们还要加上风、雨、潮汐等因素，更不用说还有海鸥，那就将完美无缺了。还有这微笑。恰恰要避免，就如同要避免她的两手捏紧然后又松开，在一次谋杀后，这样的情况总是会发生的。谋杀会从手指头中跳出来，在五到六个星期期间。让双手也都松下来吧，外加颌骨，不要让任何细节漏掉，全都要严格检查。所有那些可怜虫，之所以被抓住，都是由于过度的神经质、抽搐、自我满足、刻意外露，或者由于过度的轻蔑漠视、情不自禁的简单的软弱无力。但是，不要那么蠢。当人们告诉他消息时，会感兴趣的，甚至会激动万分。走路时就让胳膊松下来，平心静气地行动。让我们来算一算。他们会从明天开始寻找，警察们，肯定还有志愿者。去参加志愿者吗？不，不要那么蠢。凶手往往就混杂在志愿者队伍中。所有人都知道，甚至连最愚蠢的警察也会提防的，他们会拟订志愿者的名单。

做到最佳。像平常一样做自己的工作，正常地微笑，任双手就那么松下来，探听消息，就这些，不再更多。矫正手指头的这种紧张，这肯定不是情不自禁地痉挛的时候，当然不是啦，他可不是那种类型，肯定不是。好好地监管住嘴唇和双手，这是事情的秘密。把双手伸进衣兜，或者交叉起胳膊，柔和地。并不比平常更频繁。

监视周围发生的一切，观察其他人，但要正常，不像那些杀人凶手那样表现得仿佛最小的细节都跟他们有关。但是，仍要对细节加以注意。所有的措施都已经采取了，但始终还得依靠大地上的那些傻蛋。始终。要知道，一个傻瓜还是能注意到某些东西的。预见到，这就是秘密。假如某个人要想把鼻子伸到他的事情中去，他是会过去的。大地上的可怜虫越是少，情况就将越是好。他是会过去的，就像其他人那样。从现在起就想到它。

三

十一点钟，路易·克尔维勒坐到了 102 号长椅上。樊桑早已在那里了，正翻阅一份报纸。

"眼下，你就没什么别的事可做了吗？"路易问他道。

"两三篇文章还没读完……假如那里头发生什么事，"他说道，根本就没抬起头来朝向对面的那栋大楼，"你能让我做一下报道吗？"

"显然。但是，你得把情况告诉我。"

"当然。"

克尔维勒从一只塑料袋里掏出一本书和几张纸。秋天的天气不算太热，在这条因夜里淋了雨水已然湿漉漉的长椅上，他无法找到一种有利于工作的姿势。

"你在翻译什么呢？"

"一本关于第三帝国旳书。"

"怎么个翻译方向？"

"从德语译成法语。"

"这会带来一些什么吧？"

"不少。假如我把布福放在这长椅上，你不会在意的吧？"

"一点儿都不，"樊桑说。

"但是，你别来打扰它，它睡觉了。"

"我还不够滑稽到跟一只癞蛤蟆交谈。"

"嘴里倒是这样说，可有时候保不齐还会过来。"

"你跟它常常聊天吗？"

"时不时地也聊聊。布福什么都知道，这是一个保险柜，一个活生生的丑闻篓子。你倒是跟我说说，今天早上，你没看到有什么人接近过这条长椅吧？"

"你这是在跟我说话，还是在跟你的癞蛤蟆说话呢？"

"我的癞蛤蟆今天早上还没有起来过呢。我当然是在对你说话啦。"

"好吧。我没看见任何人接近过。总之，七点半之后就没有过。除非是那个玛尔妲老婆子，我们聊了几句，她就走了。"

樊桑现在掏出了一把小剪刀，在他那一摞报纸中剪起了文章。

"现在，你做得跟我一样吗？你什么都剪吗？"

"学生应该模仿老师，直到惹得老师恼火起来，把他撵走了事，这可是一个信号，表示学生已经准备好了要随之成为老师，不是吗？现在，比方说，我就惹你生气了吧？"

"一点儿都不。你还没有多么关注外省呢，"克尔维勒一边说，一边翻阅着樊桑堆在旁边的那一摞报纸。"一切实在太巴黎化了。"

"我没有时间。我可不像你这样，会有一些家伙从法兰西的四面八方为我寄来完全准备好的东西，我可不是一个老祭司。以后，我也一样，我也会有我神秘的队伍。大军的那些人，他们都是些什么样的人呢？"

"是一些你这类型的家伙，一些你这类型的女人，一些记者，一些活动分子，一些好奇者，一些消极分子，一些搅屎棍，一些法官，一些咖啡馆老板，一些哲学家，一些警察，一些报刊零售商，一些卖寻常新闻的人①，一些……"

------

① 原文为 "vendeurs de marrons"，直译为 "卖栗子的人"。

"行啦，"樊桑说。

克尔维勒朝树根处的保护栅栏匆匆瞥去几眼，还看了看樊桑，看了看周围。

"你丢了什么东西吗?"樊桑问道。

"从某种方式上也可以这么说。我从一只手里丢掉的东西，感觉会通过另一只手把它捞回来。你敢肯定，今天早上没有人来这里坐过吗?你读报的时候是不是打瞌睡了?"

"从早上七点钟之后，我就没有再睡着。"

"真伟大。"

"地区性报刊，"樊桑很固执地接着说，"则属于普通法，哪儿哪儿都不行，是一种驯服的螺旋线，我对它不感兴趣。"

"你弄错了。一桩蓄谋已久的罪行，一种私下里的诽谤中伤，一次信口雌黄的小小揭发，某个地方还过得去，在一个很大的粪堆上，那些个脏东西，还有集体性的满足，正大规模地发酵。最好还是关注一切而毫不挑挑拣拣。我可是一个全科大夫。"

樊桑嘴里嘟囔着什么，与此同时，克尔维勒站起身来，前去查看树根旁的栅栏。樊桑对克尔维勒的那些理论可谓了如指掌，别的且不说，对左手和右手的故事就很熟悉。左手，路易举起胳膊，伸开手指宣布说，不完美，不灵巧，迟疑不决，因而是混沌糟乱和重重怀疑的保健生产者。正右手，确信，坚定，学问本领的持有者，人类才华的引导者。随它而来的，是掌控、方法和逻辑。请注意，樊桑，正是现在，你得好好地追随我：愿你稍稍更往你的右手边侧一侧身，再来两步，这样，严厉与确切就显露了出来，你看到它们了吗?再往前多走一点点，再来三步，那就是在完美无缺、精确无误之中的悲剧性摇摆，而且还是在永无差错之中，冷酷无情之中。

那样，你就不是什么别的，而只是身子极端偏右地行走的男人的一半，根本就意识不到混沌糟乱的崇高价值，封闭在怀疑之美德中的残忍傻瓜；这可能会比你所想象的还更阴险，你不相信有遮蔽，得好好看管住自己，你有两只手，那可不是为狗而长的。樊桑微微一笑，动了一下他的双手。他学会了寻找身子偏侧的男人，但是他只想关注那位政治家，而路易则始终如一地关注一切。等待中，始终倚靠着那棵树，目光不离开那栅栏。

"你在干什么呢？"樊桑问道。

"树根栅栏上这个白花花的小东西，你看见它了吗？"

"有一点。"

"我希望你能帮我把它拿过来。瞧我的膝盖，我根本就蹲不下来啊。"

樊桑叹了一口气，站了起来。他对克尔维勒的所有建议从来就不加以质疑，作为混沌糟乱的思想大师，他不会从现在起开始质疑的。

"拿一块纸巾过去吧，我想它一定很臭。"

樊桑摇了摇脑袋，因为没带纸巾，就用一片报纸裹住那微妙的小玩意，交到了克尔维勒手上。他又在长椅上坐下，重新拿起剪刀，把克尔维勒忘在了脑后；献殷勤是有底线的。但是，他还是拿眼角的余光，观察着对方正翻来覆去地从各个角度拨弄裹在报纸里的小玩意。

"樊桑？"

"什么事？"

"今天早上，没有下过雨吗？"

"从凌晨两点以来就没有下过。"

樊桑读一份街区报纸总是从气象版开始，他每天都会继续守候它。关于雨水的话题，他知晓得很多，他知道雨滴为什么会落下来，或者它为什么高高挂在天空。

"而今天早上，没有任何人，你敢肯定吗？甚至也没有人牵着狗，来这树根底下撒尿吗？"

"你都让我重复了十遍同样的话。唯一一个曾经靠近过的人，那就是玛尔妲了。对这位玛尔妲，你什么都没有注意到吗？"樊桑说罢，又低下脑袋去看他的报纸，然后，他用剪刀清理起了他的手指甲。"我觉得，你好像昨天刚见过她嘛。"

"是的，我在咖啡馆里上了那么一堂宗教教理课。"

"你送她回家了吗？"

"是的，"克尔维勒说，又坐了下来，眼光始终盯着裹在报纸里的那个小玩意。

"那你什么都没注意到吗？"樊桑问道，稍稍有些咄咄逼人。

"不妨这么说吧，她并不在她的最佳状态。"

"仅此而已吗？"

"是的。"

"仅此而已吗？"樊桑猛地喊叫起来。"你讲授的课，涉及的是家庭小小谋杀案的所谓世界级重要性，你关注你的癞蛤蟆，你花费一刻钟时间翻腾粘在树根铁栅栏上的一团垃圾，但是，关于玛尔妲，关于你认识了已有二十年的玛尔妲，你却一点儿都没注意到吗？好啊，路易，好啊，太棒了！"

克尔维勒灵活地转着目光。太晚了，樊桑心里说，活该倒霉，他妈的。克尔维勒的眼睛，暗色的睫毛底下发出绿光，像是给了他一种过分的化妆，可以从一种梦幻般的非确切性转向一种尖锐而又艰难的紧张。同时，他的嘴唇紧紧闭成了一条线，平常的整个温柔逃了个踪影全无，恰如一群麻雀一哄而散。于是，克尔维勒的嘴脸很像是那些镌刻在冰冷像章上的威严的侧面像，一点儿都不滑稽可笑。樊桑摇了摇头，像是要驱走一只黄蜂。

"讲一讲吧，"克尔维勒只是这样说。

"玛尔妲，她住在露天，这已经有一星期时间了。他们收回了所有的女仆房间①，准备把它们改造成豪华的单套间。新的房东把他们全都赶走了，统统赶走了。"

"她为什么什么都不跟我们说呢？他们一定是事先接到了通知，不是吗？你快停下来吧，别再拿这剪刀把自己给弄疼了。"

"他们为了保留房间都已经打起架来了，可他们还是都被赶走了。"

"可她为什么什么都没有对我们说呢？"路易重复道，抬高了嗓门。

"因为她有一种傲气，因为她有羞耻心，因为她有些怕你。"

"可怜的傻蛋！那你呢？你就不能跟我说一说吗？可是，真见鬼，别再玩你的剪刀啦！你的指甲已经很干净啦，不是吗？"

"我只是前天才知道这件事的。而你，我根本就找不到你这人哪。"

克尔维勒的目光死盯住裹在报纸里的那个小玩意。樊桑则在一旁瞧着他。这是一个漂亮的家伙，除非当他像现在这样受阻碍时，挺着高鼻子，撅着长下巴。阻碍当然不会方便任何人，但是这位路

---

① 所谓的女仆房间（chambres de bonnes），通常指住宅楼中最高一层上的单间，没有独立的卫生设备和淋浴设备。

易，情况要更糟：他的胡子有三天没刮了，他的眼睛凝定不动，如同化了妆，他的模样多少有些吓人。樊桑等待着。

"哎，你知道，这玩意儿是什么吗？"克尔维勒总算开口问道，把报纸递到他跟前。

路易的脸重又开始了变化，激情返回到眉毛底下，生命来到了嘴唇上面。樊桑察看着那玩意。他根本就没有专心于这一点，他叱责起了路易，这可不是常有的事。

"要说这一团臭大粪到底是什么，我可没有任何概念，"他说。

"你就快要猜中了。继续啊。"

"根本就没有形，很松散……我才不在乎它呢，路易。说实在的，我根本就不在乎它。"

"但是随后呢？"

"假如我作一番努力，它可以让我回想起当我祖母给我做烤猪蹄子裹面包粉时，我吃完后盘子里剩下的东西。我很讨厌它，可她还以为那是我最喜欢的菜呢。那些老祖母，有时候也太怪异了。"

"我不知道，"克尔维勒说，"我不熟悉这些。"

他把书本和纸张放回他那乱糟糟的塑料袋，把卷在报纸里的那玩意塞进一个衣兜，然后又把那只癞蛤蟆塞到另一个衣兜里。

"你还留着猪蹄子啊？"樊桑问道。

"为什么不呢？我到哪里能找到玛尔妲呀？"

"最近这几天，她栖身在 116 号树后面那个披檐底下的一个角落里，"樊桑喃喃道。

"我要溜了。你就试着拍一张那个家伙的照片吧。"

樊桑点了点头，瞅着克尔维勒迈开缓慢的步伐笔直走开去，自从在火灾中膝盖受伤后，他走路时身子稍稍有些摇摆。他拿起一张纸，写下："不熟悉老祖母。看一看，对老祖父们，情况是不是同样。"他什么都记。他曾经刺痛了克尔维勒，狠狠地伤了一下他那想知晓一切——除了普通法范畴的罪行——的方式。很难知道这个人的底细，他嘴总是很紧，不爱透露什么。人们能知道的只有：他是谢尔省的人，很好，那不算太远。

樊桑甚至没听到老太婆玛尔妲一屁股倒坐在了长椅上。

"我说，它会咬人吗？"她说。

"我的天，玛尔妲，你吓了我一跳。说话别那么大声。"

"它咬人吗？这极端派？"

"还没有。我很耐心的。我几乎敢肯定，我已经认出了这个家伙，但是一张张脸都变老了。"

"得记一些笔记，小家伙，很多的笔记。"

"我知道。你知道路易并不认识老祖母吗？"

玛尔妲做了一个幅度很大的动作，表示不知道。

"根本就不要紧，"她满嘴嘟嘟囔囔道。"路易为自己提供想要多少就有多少的祖先，那么，他的祖先，假如你听他说的，他们会有一千万之多。有时候，那会是一个叫塔列朗①的，这常常还会返回，或者……那小子叫什么来的？……总之，有一千万。甚至连莱茵河，他都说那是他的祖先。毕竟，这就有些夸大其事了。"

樊桑微微一笑。

"但是他真正的祖先，"他接着说，"既没见过，也不了解，人们一无所知。"

———————————

① Talleyrand（1754－1838），法国贵族，政治家，曾当过神甫，后参加政治活动，从十八世纪末到十九世纪三十年代，曾在连续六届法国政府中担任外交大臣甚至总理大臣的职务。他圆滑机警，老谋深算，人称五朝元老。

"这么说，就别跟他聊了，不应该把这世界上的人惹烦了。你只是一根搅屎棍，我的小老爹。"

"我想，你一定知道一些事情。"

"给我闭嘴！"玛尔妲突然说。"他的祖父，那是塔列朗，你明白吗？这于你还不够吗？"

"玛尔妲，快别说你相信这个啦！塔列朗，你甚至都不知道他是何许人也。他死去已经有一百五十年了。"

"那好吧，我不在乎，你听明白我的话了吗？假如塔列朗跟莱茵河睡觉，生出了路德维格，那是因为他们两个肯定都有要在一起的理由，这只跟他们自己有关。而其他的，我根本就不在乎！来吧，我有些恼火，我，你到底要寻找他什么呢？"

"见鬼，玛尔妲，他出来了，"樊桑突然喟嚅道，一把抓住了她的胳膊。"这小子，那儿，极端反对派胆小鬼。你赶紧装作一个老婊子的样子，我就来当个醉鬼吧，我们这就能稳住他了。"

"别担心，我很熟悉种种办法的。"

樊桑柔柔地倒向玛尔妲的肩膀，把她披肩的一角拉过来盖在自己身上。那男人从对面住宅楼里出来了，得赶快行动。在披肩的遮挡下，樊桑放稳了照相机，透过湿漉漉的毛衣上很大的网眼，拍了几张照片。然后，那家伙就消失在了视野外。

"行了吧？"玛尔妲说。"他装进暗盒里啦？"

"我相信……一会儿再见，玛尔妲，我要跟踪他去了。"

樊桑迈着惊慌的步子走了。玛尔妲微微一笑。他真的能装成一个惊慌的醉鬼。应该说，亡他二十岁，当路德维格在一个酒吧里把他捡回来的时候，他真的是出师不利，他有经验。这是个勇敢的家伙，樊桑，而且精通填字游戏。但是，他若是不再刺探路德维格的生活的话，那恐怕就更好了。情感，它有时会走上多少有些像审讯者的道路。玛尔妲身子颤抖了一下。她有些冷。她不愿意承认这一点，但她真的有些冷。今天早上，店铺主人把她从披檐底下赶了出去。去哪里好呢，老天爷啊，去哪里好呢？起来吧，我的老太婆，你得行走一下，不应该把屁股冻僵在 102 号长椅上，你得行走一下。玛尔妲在自言自语，这样的情况并不罕见。

四

　　路易·克尔维勒准备就绪，走进了第 5 区的警察分局本部。这是一试身手的好机会。他朝玻璃门瞥去一眼。他厚厚的暗色头发稍稍有些过长，披散在后脖子上，胡子有三天没刮了，他带着塑料袋，上衣被长椅揉得皱巴巴的，所有这一切都在开口说话，说出不利于他的证词，而人们将能做好工作。他已经等待着就位，好开始吃他的三明治。自从他的朋友阿当斯贝格警长离开了那地方，并带走了助手丹格拉尔^①，这里头就有了不少大傻冒，还有另外一些驼着背的人。他，他有一笔账要跟新的警长算，他兴许已经掌握了这样做的办法。尝试一下总归不费什么代价吧。这位叫帕克兰的警长已经代替了阿当斯贝格，路易倒是很愿意清除掉他，或者至少也要把他远远扔掉，总之，是在别的地方，而不是在阿当斯贝格早先的办公室，要知道，他们早先曾在那里度过了一些美好的时光，一些平静的时光，还有一些睿智的时光。

　　帕克兰远不是什么大傻冒，人们会遭遇的常常就是这方面的问

---

　　① 　参照作者的另一作品《蓝圈人》（1996）。——法文版原注

24

题。玛尔妲说得好，上帝公平地把智力的一部分保留给了混蛋们，如此一来，上帝啊，人们就可以彼此严肃地提出问题了。

路易把帕克兰警长放在他的瞄准线上已经有两年时间了。帕克兰，一个小小的野蛮号码，不喜欢司法掺和到他的工作中来，并明确告诉别人这一点。他认为，警察系统可以不要司法官员，而路易则认为，警察局必须紧急摆脱掉帕克兰。但是，现在，他已经不在部里了，斗争将变得更为错综复杂。

克尔维勒直挺挺地站在那里，双臂交叉，三明治塞在衣兜里，面对着他发现的第一个警察，就在他埋头工作的机器后面。

那警察扬起了脑袋，冲面前的这位来者来了一番迅速而又简明的盘问，并导致了一种令人不安的不利判断。

"有何贵干？"

"求见帕克兰警长。"

"有何贵干？"

"有一个小玩意大概会引起他的兴趣。"

"什么小玩意？"

"这就跟您说不上了。对您来说，它就太复杂了。"

克尔维勒并非执意要跟这个警察过不去。他只是想并不通报姓名就爽爽快快地见到警长，以便以自己选定的方式敲定一番单挑独斗。为此，他得通过强制权，让自己从值勤者那里打发到助理那里，再从助理那里打发到警探那里，直到最终，当人们把他打发到警长那里时，他早已是遍体鳞伤。

克尔维勒拿出他的三明治吃了起来，却始终站在那里。面包屑落得满地都是。那警察有些恼火，这很正常。

"这么说，你那个小玩意还行吗？它到底是什么呢？"

"烤猪蹄子。它不会让您感兴趣的，太复杂了。"

"姓什么，叫什么？"

"格兰维勒。路易·格兰维勒。"

"证件呢？"

"我没有证件。我来可不是为了这个的，我来是为了跟我家乡的警方合作的。"

"给我滚你的蛋。我们才不需要您的合作呢。"

一个警探凑过来，摁住了路易的肩膀。路易慢慢地转过身来。来事了。

"是您在这里吵吵闹闹的吗？"

"根本不是。我来是要给帕克兰留一样东西。"

"帕克兰警长。"

"我们说的是同一个人。"

那个警探对当班的警察做了个手势，就把路易带往一个全是玻璃的办公室。

"警长不能被打扰。这样吧，您就把您的沙拉菜开包给我看看吧。"

"这可不是一份沙拉菜，而是一份烤猪蹄子。"

"姓什么，叫什么？"

"格拉维利埃，路易。"

"您刚才还说自己姓格兰维勒呢。"

"咱们就别无理取闹了，我的警探。我可没有太多时间，我甚至还挺急的呢。"

"不开玩笑吧？"

"您知道布雷里奥①吗，就是那个一门心思非要坐飞机更快地穿越拉芒什海峡的小子？那是我的祖先。"

警探的双手扶住了脸颊。他有些恼火。

"因而，您在想象问题所在，"路易继续说。"我血液中有这个，我。必须让它有一些累人，恰如帕克兰所说的那样。"

"你认识警长吗？"

"认识，而且还很认识。但是他不认识我。他对人的脸没记性，干你们这一行，这可是有些麻烦。告诉我，当那里，笼子里，有过瑕疵时，您就已经在那里了吗？"

警探的手指头在眼睛上捋了一把。这个警察看来没有睡够觉，克尔维勒比谁都更明白这里头的痛苦。在等待警探做出决定把他打发给更高级别的人时，路易掏出了布福，让它待在自己的左手中。他不能把布福留在衣兜中活活憋死，不管是在警察分局，还是不在警察分局。两栖类动物自有其苛刻的要求。

"这小东西是什么啊？"督察后退着问道。

"但这没什么呀，"路易回答道，稍稍有些受刺激。"这是我的癞蛤蟆。它不会妨碍任何人的，但愿我没弄错吧？"

没错，人们对待癞蛤蟆的态度往往令人失望，他们会整出一些故事来的。不过，比起对待一条狗来，毕竟还是要好上一百倍。督察又拿手指头在眼睛上捋了一把。

"那好吧，快点，赶紧从这里出去，"他说。

"不可能。假如我打算出去的话，我也就不会先进来了。我可

---

① 布雷里奥（Blériot，1872—1936），法国发明家、飞机工程师、飞行家，以在1909年首次完成人类驾驶重于空气的飞行器飞越英吉利海峡而著名。

是一个很难对付的家伙。您认识那个从来都不愿出去，即便在刺刀的威胁下也不想出去的小子吧？总之，这小子也没什么重要的，应该记住的是，他是我的祖先。我并没有说这是一份礼物，但总归就是这样。您想要摆脱我的话，将会是一件很麻烦的事。"

"我没什么可做的了！"警探叫嚷道。

"好的，"克尔维勒说道。

他坐了下来，慢慢地咀嚼着。看来，这三明治一定很硬。对睡意浓浓的那小子再怎么猛烈追击也不是什么光荣的事，但他还是对此津津乐道。但遗憾的是，那小子并不想也津津乐道于此。所有人都可以玩一玩祖先的游戏，这并没有被禁止。而说到祖先，路易则是个很乐意的出借者。

屋子里笼罩着一阵沉默。警探拨了一个号码。总督察，肯定。人们现在则称之为"队长"。

"有一个总不肯退让的家伙，老赖在这里……是的，兴许。快来抓鸟吧，把它做成肉酱得了，你将迫使我……我不知道……是的，当然……"

"谢谢，"克尔维勒说道。"但是，我要见的人是帕克兰。"

"请问，您的国籍是……"

"您说什么？"

"法国人吧，是，还他妈不是？"

克尔维勒以一个含含糊糊的动作伸展开胳膊。

"有可能吧，菲里埃尔中尉，完全有可能。"

人们现在都叫"中尉"了。

警探向前挺了挺身子。

"您还知道我的姓？"

总督察慢慢地打开房门，带着一种咄咄逼人的平静。他个子不高，而克尔维勒趁机立即站起身来。路易身高差一点就达到了一米九零，这一点常常很管点儿用。

　　"把他给我带走吧，"菲里埃尔说，"但是，首先，你得好好打听打听。这家伙知道我的姓名，他玩得很精细。"

　　"您来这里做什么？吃饭吗？"

　　在总督察的眼睛里有着某种东西，跟他老板的军刀之击很难吻合一致。克尔维勒认定，在这一点上人们会稍稍冒一点险。

　　"不，我跟帕克兰有一件关于烤猪蹄的事，您很爱他吗，那位帕克兰？我觉得他稍稍有些严厉，稍稍太过侧身了。"

　　那家伙表现出了一种短暂的迟疑。

　　"请跟我来，"他说。

　　"慢一点，"克尔维勒说。"我一条腿有些僵硬。"

　　路易捡起他的包，他们爬上二层楼，总督察关上了门。

　　"您认识阿当斯贝格吗？"路易问道，把布福放到一把椅子上。"让-巴蒂斯特·阿当斯贝格吗？那个漫不经心的人？凭直觉乱干的人？"

　　警探点了点头。

　　"您就是朗格托吗？伊夫·朗格托上尉吗？我没有搞错吧？"

　　"您是从哪里出来的？"朗格托转守为攻地问道。

　　"从莱茵河。"

　　"而这个，是一只癞蛤蟆吗？普通的癞蛤蟆？"

　　"能遇见一个知道这是什么的家伙，真叫人感到愉快。您也有过吗？"

　　"并不确切有过……不过，在乡村，就在门口边，它就住在那里。"

"您跟它说话吗？"

警探犹豫了一下。

"一点点，"他说。

"没什么坏的。我们彼此说得很多，布福和我。它很乖的。有一点傻，但人们又不能要求它重建世界，不是吗？"

朗格托叹了一口气。他不再知道自己都到了什么地步。把这家伙跟他的癞蛤蟆一起撵到门外去，那就是在冒一种险，他那样子很像是知道一些情况的。把他留在这里是根本无济于事的，他想见的人是帕克兰。只要他见不到他的面，他就会接连不断地犯傻，并把面包屑撒得警察分局满地都是。但是，要把他带去见帕克兰，同时带上他那关于烤猪蹄的故事，也是在冒一次险，说不定会招来一顿实实在在的痛骂。除非这家伙不去尝试冒犯帕克兰，而这个，它值得一试，这会让他轻松下来。想到这里，朗格托抬起了眼睛。

"您的三明治，您怎么就吃得没个完啦？"

"我等待去帕克兰那里，这是一件战略武器。显然，人们无法时时刻刻都使用它，得让肚子有点饿。"

"您的姓名，是什么来着？真正的，我说的是……"

克尔维勒打量着警探。假如这家伙没什么改变，假如他不折不扣地再现了阿当斯贝格曾对他作过的描绘，那么事情就能行得通。但是有时候，在一种新的严格控制下，人们可以开始产生兴趣，有所倾向，有所改变。克尔维勒死盯住他的脸。

"克尔维勒，"他回答道，"路易·克尔维勒，这是我的证件。"

朗格托点了点头。他认识的。

"您想对他做什么，对帕克兰？"

"我希望他会预先让步。我想送给他一桩他一定会拒绝的案子。假如他接受了，那活该我倒霉。假如他拒绝了，如我所期待的那样，我就自己一个人来对付。而假如这件案子把我带往了什么地方，我就会让他因为轻视而遭难。"

朗格托始终犹豫不决。

"不会让您沾水弄湿的，"路易说。"我只要求您把我带到他那里，扮演一个傻瓜的角色。假如您能参与我们的谈话，那就会成为一个见证，假如需要见证的话。"

"这，这是很容易的。只要装作想走的样子，帕克兰就会命令您留下来。说到这件案子，究竟是怎么回事。"

"这涉及一个罕见的小玩意，乱七八糟，并且很有趣。我想，帕克兰在抓住其中的整个重要性之前，就会把我扔到外面去。对乱七八糟的东西，帕克兰是一点儿都听不进去的。"

朗格托摘下了他的电话。

"警长吗？是的，我知道，很多的活。但是我在走廊里见到一个稍稍有些特殊的小子，他执意要见您一面……不，最好还是接待他一下……他说不定有什么交易条件，相当暧昧可疑……是的，笼子……他谈到了……很可能他在寻找虱子，很可能他在充好汉，但我更希望您亲自来压载他一下。这应该是可行的，他甚至都没有证件。明白了，我把他给您带来。"

朗格托收拾起克尔维勒的证件，把它们装进他的衣兜。

"我们走吧。我要稍稍地为难您一下，把您推到他的办公室里，为的是遵循一下现实主义。"

"请便。"

朗格托与其说是把克尔维勒带到了警长的办公室，还不如说是把他扔进了那里。路易做了个鬼脸，现实主义把他的腿脚弄得生疼。

"就是这小子，警长先生。没有证件。每两分钟就换一个名字。一会儿叫格兰维勒，一会儿又叫格拉维利埃，张嘴就来，随口就改。我把他留给您了。"

"您要去哪里，朗格托？"警长问道。

他的嗓音有些沙哑，他的眼睛很敏锐，他的脸瘦瘦的，一副很损的坏样，那张嘴确实惹人憎恨，路易记得清清楚楚。路易继续吃着他的三明治，面包屑落到了地上。

"我想要喝一杯咖啡，警长先生，请您准许。我有些疲惫。"

"您留在这里，朗格托。"

"好的，警长先生。"

帕克兰警长打量起克尔维勒来，但他没有表示请他坐下的意思。路易把布福放在了空椅子上。警长观察着这场景，一言不发。他很狡猾。帕克兰，有人把一只癞蛤蟆放在了椅子上，这不会让他暴怒的。

"怎么了，朋友？想在牢子里瞎折腾一气吗？"

"这是可能的。"

"姓名，国籍，职业？"

"姓格兰维勒，名路易，法国人，不再有。"

"不再有，这是什么意思？"

"说的是职业：我不再有职业。"

"这组合，究竟是什么？"

"我不组合。我来到这里，因为这里是警察分局本部，仅此而已。"

"然后呢?"

"您将是审判者。事情涉及一个玩意,让我十分困惑。我想,把这事情告诉您才是理智的做法。您不用想得太远。"

"我只想会让我愉悦的好事。您为什么不交给我手下的某个人呢?"

"他们恐怕不会太重视这件事的。"

"哪件事?"

路易甚至把手中的三明治放在了警长的桌子上,慢慢地翻腾其他的包。他从中掏出一团报纸,慢慢地在鼻子底下把它打开。

"小心,"他说,"有点臭。"

帕克兰俯下身子,迟疑地瞧着那东西。

"这是什么,这脏东西?"

"这正是我当时发现它时对我自己提的问题。"

"您总是习惯于捡一些地上的垃圾,然后把它们拿到警察分局里来吗?"

"我在尽我的职责,帕克兰。公民的职责。"

"人们都叫我警长先生,您是知道这一点的。您的挑衅真的有些荒唐,它们实在让人有些难以入目。那么,这脏东西是什么来着?"

"您看得跟我一样清楚呀。这是一块骨头。"

帕克兰再次俯下身子,朝这包东西凑得更近了。这小小的垃圾,被什么咬过,被什么腐蚀过,穿了好几十个针孔,颜色有点棕红。骨头,他是看到过的,但这样的骨头,没见过,这小子是在搞什么恶作剧吧。

"这不是一块骨头。您到底在玩什么把戏?"

"我这是很严肃的，警长。我认为这是一块骨头，而且是一块人的骨头。我承认，人们已经不再能看得很清楚了，而且它还不是很大，但是我，说真的，这是一块骨头。因此，我是来打听消息的，想知道这事归不归你们管，看看本街区是不是有人失踪的报案。这骨头来自于壕沟墙广场。因为，您都看到了，那里可能发生了一桩罪行，既然我都拿到了骨头。"

"我的朋友，在我的职业生涯里，我见骨头见得实在太多了，"帕克兰以一种逐渐攀援而上的嗓音说。"有炭化了的，有磨碎了的，有烤黄了的。而这个，并不是人类的骨头，我对您说了。"

帕克兰拿起那个小玩意，放在他巨大的手心中，凑到克尔维勒跟前。

"您只消掂一掂分量就知道了……这是空心的，里头是空的，跟空气一样轻。而骨头，则要比这个重多了。您可以把它收起来了。"

"我知道，我掂量过了。但更谨慎的做法还是好好地证实一下。来一次小小的分析……出一份报告……"

帕克兰摇了摇身子，一只手捋了一下他那浅色的头发；真不错，要是没有这张可恶的、腻烦的嘴，他还真算得上是个漂亮家伙。

"我看到……"他说。"您千方百计地把我堵住，格兰维勒，或者，无论您叫什么别的。有人迫使我着手来一次垃圾调查，让我出丑，然后就可以赢得报纸上的一篇文章，就可以吃定一个警察了……我的朋友，这可就错了。愚蠢的挑衅，癞蛤蟆，小小的奥秘，大大的闹剧，滑稽戏，通俗笑剧。还是去找另一个诡计吧。您既不是第一个，也不是最后一个试图套牢我的人。而我始终都是供不应求，忙着应付。明白了吗？"

"我坚持，警长。我希望能知道，在本街区是不是有过一次人口失踪。就在最近，昨天，上星期，上个月。我觉得更有可能是在昨天或前天。"

"那对您就很遗憾了，我这里一切平安无事。"

"兴许是一次还没有来得及报案的失踪？有时候，人们是很疲沓的。看来，我得下星期再过来一趟了，好知道结果。"

"那么，还有什么事呢？您要我们的名册吗？"

"为什么不呢？"克尔维勒说，耸了耸肩膀。

他又把报纸团卷起来，塞到衣兜里。

"那么，您最终还是不同意啦？您对此不感兴趣吗？毕竟，帕克兰，我觉得您还是太轻率了。"

"够了！"帕克兰说着，站了起来。

克尔维勒微微一笑。最终，警长有点脱轨了。

"朗格托，给我把这人带到笼子里去！"帕克兰喃喃道。"让他吐出真实身份来。"

"哦不，"克尔维勒说，"不要去笼子。这不可能，我今天晚上还有事，我有一次晚餐。"

"笼子，"帕克兰重复道，冲着朗格托做了一个简短的动作。

朗格托站了起来。

"您能允许我打个电话吗？"克尔维勒问道。"我要给我太太打个电话，告知她一声。应该可以吧，帕克兰，这是我的权利。"

不等回答，克尔维勒就一把抓住了电话机，拨了号码。

"229 分机，我请您接一下，是的，个人事务，非常紧急。我是路德维格。"

路易半个屁股坐在帕克兰的办公桌上，眼睛直盯着警长，只见他也站立着，两只拳头已经摁在桌子上了。多么漂亮的手啊，而那张嘴巴也实在太可惜了，真的。

"我的妻子很忙的，"路易对他明确道。"这会让我们等上一会儿的。哦不，她来啦……让－雅克吗？我是路德维格呀，告诉你，我这里正在跟第5区的警长帕克兰有一个小小的纠纷啊，是的，他本人。他希望把我弄进牢洞里，只因为我对街区的某个可能的失踪案有了一些消息……就这样，我会给你解释的。请帮我安排一下这个事，我知道您肯的。说定啦，我把电话转给他了……"

路易很友好地把电话递给了警长。

"给您的，警长，内务部的一次联络。让－雅克·索雷尔。"

在帕克兰接电话期间，路易掸着自己身上的尘土，又把布福放回到衣兜里。警长静静地听着，说了几个词，然后，缓缓地挂断了电话。

"您贵姓？"他再一次问道。

"警长，您毕竟应该知道是在跟什么人打交道。至于我，我心中很清楚您是何许人也。那么，您现在想好了吗？您还不愿意负责一下这玩意吗？合作吗？把您的名册拿给我看吗？"

"漂亮的一招，不是吗？"警长说。"还得到了躲藏在内务部里的人的帮助……这就是您为了把我击败而找到的全部援助吧？您真把我当作一个大傻冒了吧？"

"不。"

"朗格托，快把这给我弄到外面去，趁我还没有让他吃了他的癞蛤蟆。"

"任何人都不能碰我的癞蛤蟆。它可是十分脆弱的生命。"

"你知道我会拿你的癞蛤蟆做什么吗？你知道我会拿你这样的家伙做什么吗？"

"我当然知道啦。你会不愿意我当着你下属的面说出来吧？"

"你们走吧。"

朗格托跟在克尔维勒身后重又走下楼梯。

"我现在还不能把您的证件还给您，"朗格托悄悄地说。"他可能在监视您。"

"那我们就定在二十点钟吧，在蒙日地铁站好了。"

等到确认路易·克尔维勒已经走到了大街上，朗格托立即又返回去，上楼来到帕克兰那里。老板的嘴唇边有一些汗。他将需要两天时间来平静心情。

"您听到这个了吧，朗格托？在店里头，不要对任何人说一个字。到底有什么能向我证明，刚才在电话里跟我说话的，真的是那个让－雅克·索雷尔吗？我们可以证实一下，给部里去个电话……"

"当然啦，警长先生，但是，假如真的是索雷尔，这事情可就复杂了。他可不是一个好脾气。"

帕克兰重重地坐了下来。

"您比我先来的这个辖区，朗格托，跟那个叫阿当斯贝格的一起。您已经听人说起过这家伙了吧？'路德维格'，或者路易·格朗维尔？这让您想起什么来了吗？"

"什么都没有想起来。"

"您走吧，朗格托。您还记得吗？一个字都不说。"

朗格托汗水淋漓地回到自己的办公室。作为开始，要证实一下第 5 区的失踪案件。

五

朗格托很准时。他来到时，路易·克尔维勒早已将胳膊肘撑在地铁口的栏杆上了。他把癞蛤蟆拿在手中，像是在跟它做一番持久的谈话，而朗格托实在是不忍心打断他。但路易已经看见他了，转过身来，冲他微微一笑。

"这是您的证件，克尔维勒。"

"谢谢，朗格托，棒极了。谨向您的手下转达我的歉意。"

"我查了一遍第5区的所有失踪案。我甚至还做了第6和第13区的材料，总之，整个的相邻街区，什么都没发现。没有任何人报失踪案。我将再看一看其他区的情况。"

"您检查的是哪个时间段？"

"整个上个月。"

"这应该就够了。除非有什么极端例外，我觉得那是昨天的事，或者是最近三四天里的事。而且是离壕沟墙广场不远的地方。或者，干脆就是在别处。"

"是什么让您如此肯定？"

"当然是那玩意了，朗格托，那玩意啊……我很真诚地把它带去给了您的老板。假如他不那么别扭的话，他就会怀疑，就会思索，就会做好他的工作。我这场戏演得很好，我没有什么可自责的，您可以作证。他不做他的工作吗？这样更好，我来负责好了，带着他的祝福，还有他踢在我屁股上的一脚，这就是我想要的。"

"那玩意……是骨头吗？"

"是人的骨头呢，我的老兄。我刚才去博物馆做了验证。"

朗格托咬起了一个手指甲。

"我不明白……这看来跟什么都不太像。是什么骨头呢？"

"大脚趾头的最后一节。左脚还是右脚，已经不可能知道了，但很可能是一个女人的。得寻找一个女人。"

朗格托把身子稍稍转向广场，双手交叉在背后。他需要思索。

"但是这大脚趾头，"他接着说，"兴许会来自于……一次事故？"

"不太可能。"

"这不正常，一块大脚趾头的骨头，在一个树根栅栏上。"

"我正是这么想的。"

"它又怎么会到那里的呢？那会不会是猪的骨头呢？"

"不，朗格托，那是人的骨头，我们就不回到这一问题上来了。假如您有怀疑，我们就去做分析好了。但是，就连布福也同意了，这是人的骨头。"

"他妈的，"朗格托说。

"您说对了，警探。"

"对在哪里？"

"真相呗。骨头是如何来到那里的？"

"这我又怎么会知道？"

"等一等，"克尔维勒说，"我来给您看一件东西。您能不能帮我拿一下布福？"

"很愿意。"

"好，伸出手来。"

路易从他的包里掏出一瓶水，弄湿了朗格托的手。

"这是为了布福，"他解释道，"我们不能用干燥的手来抓它。

不然，过不了一会儿，它就会难受的，它太热了，这对它没有任何好处。就这样。请您用大拇指和食指捏住布福，相当紧，因为它不认识您。不要太用力，嗯？我，我是很看重这家伙的。它是唯一一个不打断我说话的小子，而且它从来都不问我的目的。好的，现在，请瞧。"

"您说，"朗格托打断他说，"您真的是给内务部的索雷尔打的电话吗？"

"当然不是，我的老兄……索雷尔也太与世隔绝啦，他不再能公开罩着我了。那是一个朋友在为我扮演那一角色，他预先就知道的。"

"真的是一个歪招，"朗格托喃喃道。

"相当的歪，是的。"

路易再一次抚平那一团报纸，小心翼翼地拿起那块骨头。

"您看到了吧，朗格托，它被咬过了，被打击了。"

"是的。"

"还有所有那些小小的孔，您都看见了吧？"

"是的，当然了。"

"那么，现在，您明白那是从哪里出来的了吗？"

警探摇了摇头。

"从一条狗的肚子里，朗格托，从一条狗的肚子里！这是消化后残留的骨头，您明白了吗？是胃酸造成了那些小孔，这一点是毫无疑问的。"

路易放下骨头，重又抓住癞蛤蟆。

"来吧，布福，我们去散一会儿步，你，我，还有警探。警探是一个新伙伴。你看到了吗？他没有弄疼你吧，嗯？"

路易转身朝向朗格托。

"我就是这样跟它说话的，因为它多少有些傻，我已经跟您解释过了。对布福，就得简单，只使用那些基本的定义：好心，恶意，吃，生殖，睡。它走不出这些个。有时候，我试图来一些稍稍更为热烈的，甚至是哲理性的话语，好唤醒它的心智。"

"心智让生命存在。"

"当我一开始得到它时，它要比现在更傻。也更年轻。我们走吧，朗格托。"

六

路易转悠过了停车场、几座住宅楼的大门口、咖啡馆。现在天已经黑了。于是，去地铁。她不会走很远的，她不喜欢走出她的圈。看到她坐在奥斯特里兹火车站地铁站的月台上时，他感到心里有某种东西平静地放下了。他远远地瞧着她。玛尔妲像是在等候最后一趟车。她装作这个样子到底能装多长时间啊？

他已经拖着那条僵硬的腿走了太多的路，他沿着月台一路跑过，最后重重地倒在她身边的长椅上。

"嗨，我的老太婆，还没有回去呢？"

"哎呦，是你呀，路德维格，你来得正好。你有没有一支烟呢？"

"你在这里干吗呢？"

"我闲逛呢，你都看到了。我这就要走了。"

路易为她点燃了那支烟。

"白天过得还好吧？"玛尔妲问他。

"我一连狠狠地恶心了一下四个警察，其中有三个白白地招了损。我希望能利用他们的祝福，好好地骗他们一下。"

玛尔妲叹了一口气。

"很好，"路易说，"我实在很平庸，愣充好汉，我嘲弄了他们，甚至还多少侮辱了他们。但那很好玩，你还能指望什么呢，相当好玩。"

"你给他们来了老祖先一般的打击吗？"

"当然。"

"在另一种生命中，你就得好好地想一想，对事情来一通矫正了。你就得做到，既要好玩，又不至于随便落到哪里。"

"在另一种生命中，我的玛尔妲老太太，就得干一番大事业。重来一番创建，大手笔，重新整治。你相信人会有前生和来世吗？"

"根本就不相信。"

"我想让帕克兰出错，就得先踩在别人身上爬上去，才能到达他的办公室，把他逼入绝境。"

好的，路易心里说，明白啦，我不能整整一晚上都停留在这上面，他真的是用一点点花费，就得到了大大的乐趣。对帕克兰这样的小子来说，并没有很多的余地。

"至少，你算是成功了吧？"

"不坏。"

"帕克兰，这可是一个漂亮小子，金色头发，清瘦的脸，真正的坏蛋。"

"就是他。他打姑娘们的耳光，他拧嫌疑人的卵蛋。"

"好的，我猜想你还没有把他削成十六份吧。你想拿他怎么样？"

“让他从那里跑掉，这就是我想要的一切。”

“你不再有以前的办法了，路德维格，别忘了。总之，这跟你有关。樊桑已经拍下了102号长椅那边那家伙的照片，他跟踪了他。”

“我知道。”

“那么，我们就没什么可告诉你的啦。我，我很愿意能带来一些情报。”

“我在听你说呢。告诉我吧。”

“好的，行了。我已经全说了。”

“而关于你房间的事，你全都对我说了吗?”

“我掺和到了什么里头吗?”

玛尔妲把脑袋转向克尔维勒。这家伙，真的是一个捕苍蝇的粘胶条。所有的信息全都前来粘在了他身上，而他根本就不用动一动手指头。这小子就是这样，所有人全都来跟他讲述他的沙拉菜。久而久之，简直如地狱一般可恶。

“请你捉一只苍蝇，北方说吧，”玛尔妲说。

“是吗?”

“不，算了。”

玛尔妲又把下巴托在双手中。那苍蝇，她相信它能够穿过房间而不被人盯住，一路平平安安。它将径直奔路德维格而去，它就一头粘贴上去。路德维格从它身上轻轻地摘除它的信息，谢谢，他放它自由。他是如此善于粘捕苍蝇，都把它当做了自己的职业，他甚至都不会干别的了。修补一盏灯，比如说，根本就用不着去问他这个，他对此一窍不通。不，他都不知道自己会什么。他的大军告诉他四处发生的一切，从最无关紧要的小玩意起，直到最沉重的那些，而人们一旦进了这一股旋风之中，那就很难出得去了。因此，伩苦苦地寻找。

路德维格说得好，绝不应该根据外表的模样来判断一件玩意。人们永远都不会知道，它总是能掩盖另一个玩意。而他自己的天职，就是找到它们，假如那还值得一试的话。而为什么这般狂热，天知道。更何况玛尔妲在这问题上有她自己的想法。路易会一直都追逐那些灭绝者，直到他倒毙为止，而灭绝者会压垮唯一的一个或一千个。是的，为她的房间，我要掺和到什么里头去呢？人们自有其自豪感。她说过她会找到一个办法的，而现在，不仅看不到有什么办法，而且路德维格也知道了这事。是谁告诉他这个的呢？谁？但，那是他那丑八怪大军中的随便哪个家伙。

玛尔妲耸了耸肩膀。她瞧着路易，而路易，则耐心等待着。远远地看过来，谁都说不出他有什么太特别的地方，但是，就近一看，不妨说八十厘米吧，一切可就全被颠覆了。不需要寻找得太远，就能知道，为什么所有人都要来告诉他一切。不妨说，从一米五十的距离看过去，或者是两米吧，路易有一个不肯折弯、不可触及的学究脑袋，就像历史教科书中的那些小子。可在一米的距离上，人们就不再那么确信他的事了。越是靠得近，它就摇摆得越糟糕。他为了提一个问题而把手指轻轻放在您胳膊上，就能拉开您的话匣子。而对索尼娅，这从来就没能行得通，这大傻瓜。她本来会一辈子都跟他在一起，不，不是整整一辈子，因为时不时地，绝对必须吃东西，比如说，总之，她是有自知之明的。兴许，索尼娅并没有从近处瞧过，而玛尔妲从中看不出别的什么答案。路德维格，他发现自己很丑，而二十年里，她一直向他解释相反的意思，这笨人，毕竟还是发现自己很丑，他说，假如是女人们弄错了，那么对他来说反而更好。好多人听到过这话，她这人，曾经认识过好几百男人，却仅爱上过四个，这说明她还是有判断力的。

"你在反刍吗？"路易问道。

"你想要冷鸡肉吗？我的包里还剩有一点点。"

"我跟警探朗格托一起吃过晚餐了。"

"这样的话，这鸡肉，它就将完蛋了。"

"活该。"

"我们还没有扔冷鸡肉的习惯。"

玛尔妲有一种令人困惑的才华，能无中生有张口就来上一句格言。路易很喜欢这个。他收集了一大堆玛尔妲的语录，而且也常常借用一下。

"好了，你要睡一会儿吧？我送你回去吧？"

"我都掺和到了什么里头？"

"玛尔妲，我们就别一再重复同样的句子了。你固执得就像一口猪，而我，则像是一头孤独的野猪。为什么你什么都不跟我说呢？"

"我完全能够独自应付的。我有我的笔记本。他们将为我找到某种东西，你将会看到的。老玛尔妲还是有一些资源的，你又不是好上帝。"

"你的笔记本，你的老上流社会……"路易叹息道。"就因为你相信你的老上流社会会为一个走投无路的老娘子举起手来，让她在一个披檐底下度过冬天吗？"

"对极了，为了一个老娘子。为什么不呢？"

"你知道是为什么……你尝试过了吗？这带来什么了吗？什么都没有。我没有弄错吧？"

"然后呢?"玛尔妲嘟囔道。

"来吧,我的老太婆。我们总不能一辈子都留在这个地铁站月台上吧。"

"我们去哪里呢?"

"到我的小小巢穴去。不过由于我并不是什么好上帝,它跟天堂是决不能同日而语的。"

路易拉着玛尔妲走向楼梯。外边天寒地冻。他们迅速行走着,穿越一条条街道。

"你就明天再去找你的东西吧,"路易说着,打开了三层楼上的一道门,那是离吕泰斯竞技场不远的一栋楼房。"别把你所有的杂物都拿来,我这里可不宽敞。"

路易开了暖气,打开了一条折叠长沙发,把一些纸箱子推到一旁。玛尔妲打量起这小小的房间来,只见地板上堆满了文件夹、书本,还有一摞摞纸张和报纸。

"别到处乱打听,我求求你了,"路易说。"这里,是我那部里的小小分支。二十五年时间的沉淀,成吨的弯弯绕绕、扭扭曲曲的东西,各种各样的扭曲,你知道得越少,你就越健康。"

"好的,"玛尔妲说,坐到了小小的床上。"我争取吧。"

"你会觉得很好吗?这样行吗?我会为你找到别的东西的,你走着瞧好了。我会找到钱的。"

"你真好,路德维格,"玛尔妲说。"当我母亲对某个人这样说时,她总是会再补上一句:'这会让你完蛋的。'你知道这是为什么吗,你?"

路易微微一笑。

"这是一套备用钥匙。要注意,出门时一定要锁上两道锁。"

"我又不是傻瓜，"玛尔妲说，下巴一努，指了指那些书柜。"在这些卷宗中，还真的有很多人吧，嗯？你就不要伤脑筋了，我会好好照料他们的。"

"另外还有，玛尔妲。每天上午，十点到十二点，会有一个家伙过来这里。你得起床。但是，当他干活时，你可以待在一旁，到时候，你对他解释一下你的情况好了。"

"明白了。他来做些什么呢？"

"整理报纸，阅读，挑出有意思的，剪辑，归类。然后他会给我撰写一个小小的提要。"

"你对他很信任吗？他可能会把这里的一切都翻乱。"

路易拿出两瓶啤酒，把一瓶递给玛尔妲。

"最要紧的东西我都锁着呢。而我选择这家伙选得很好，这一点我相信。这是旺多斯莱①手下的一个小子。你还记得旺多斯莱，13区的警长吗？他已经收容过你了吧？"

"好几次了。他很长时间里一直在管社会风化。很亲切的一个人。我在他那里已经转了好几圈了，我们很谈得来。他对待姑娘们也不那么厌烦，得向他承认这一点。"

"还得向他承认很多其他东西。"

"告诉我，他并没有被赶走吧？真的是一块材料。"

"是的。他让一个杀人犯逃走了。"

"应该相信，他那样做自有他的道理。"

"是的。"

----

① 旺多斯莱是小说作者创造的一个人物，在她的其他作品中有过出场。本书中后来出场的马克就是那位旺多斯莱的侄子，人称"圣马可"：白天做家政劳动，晚上研究中世纪文化。喜欢戴很重的银镯子。——原注

路易拿着啤酒，在房间里来回踱步。

"为什么要说到这个？"玛尔妲问道。

"因为旺多斯莱嘛。是他给我派来一个小子，来帮我整理文件。那是他侄子，或是他教子。他是不会随便给我派阿狗阿猫的，你明白的。"

"你觉得他怎么样？"

"我不知道，我三个星期中见过他三次面。这是一个中世纪历史专家，失业了。他的样子很像是在不停地向自己提问，而那些问题同时又是天南海北，四面八方地散发。问题体现出怀疑，似乎很有用，他并没有冒险倾向于不可动摇的完美。"

"这么说来，这应该很适合你啰？他很像什么呢？"

"相当奇怪，很清瘦，穿一身黑衣。旺多斯莱手底下有三个家伙，他派给我了这一个。你自己去认识他，自己去对付他吧。我走了，玛尔妲，我有一个很有意思的东西要追踪。"

"102 号长椅吗？"

"是的，但并不像你所想的那样。参议员的侄子，我把他留给了樊桑，他现在已经长大了。我要追踪的是别的，一小块人的骨头，是我在长椅边上找到的。"

"你想到什么了？"

"想到了一次谋杀。"

玛尔妲还是没闹明白，她只能相信路德维格。而与此同时，他无止的活跃性让她担忧。自从部里出来后，路德维格就一直没停下来过。她不禁自问，他会不会开始在任何地方寻找任何什么，从一张长椅到另一张长椅，从一个城市到另一个城市。总之，他似乎根本就停不下来。但是很显然，这可不是日程中规定的东西。过去，他从来就不犯错误，而是在轨道中，始终承担着使命。自从他独自一人那样做，而什么都不承扭以来，就让她很是担心，她害怕他会疯疯癫癫地瞎转悠。她问过他这方面的问题，而路德维格只是干巴巴地说，他并没有疯疯癫癫 他的问题只是，他无法停下这一运转。而且，他摆出他德国人趾高气扬的派头来，就像她说的那样，那时候，够了，怜怜悯悯吧。

她观察着路易，见他背靠着一个书柜。他的神态很平静，如平常一般，如她所熟悉的那样。她是很了解男人的，这一点构成了她的自豪感，而这一位，则是她最喜爱的人之一，除了她曾经爱上过的那四个人，不过话又说回来，他们四个人中，谁都不如路德维格来得温柔，来得让人轻松。她实在不希望他疯疯癫癫地瞎转悠，毕竟，他是她最喜爱的人之一。

"是不是真有什么东西让你想到了一次谋杀，或者，你只是在瞎编一个漂亮故事？"

路易做了个鬼脸。

"一次谋杀当然不是一个漂亮故事。玛尔妲，我可不是为了让十根手指头不空闲才这样做的。说到 102 号长椅这件事，我猜我可能弄错了，那块骨头吧，可能什么事都没有，我也希望如此。但，它就是让我忧虑不安，我又没有确凿证据，于是，我就得监视。我要去那里转上一圈。你就自己好好睡觉吧。"

"你最好不是留下来睡觉吗？你又能看到什么呢？"

"看到那些撒尿的狗。"

玛尔妲叹了一口气。没什么可说的了，路德维格真是一个狂热者，一列没有刹车闸的火车。缓慢，但是没有刹车闸。

七

当教父向马克·旺多斯莱建议这个两千法郎的小小工作时，他一下子就逮住了机会。加上早在一月份就开始了的在市立图书馆的半工，这多多少少算是改善了一下处境。在他所居住的又糟又烂的小棚窝里①，他早就可以多开三个电暖气了。

当然啦，一开始，他疑虑重重。总得好好怀疑他教父的那些关系，当他教父还是个警察时，就在以自己的方式处理自己的事务。也就是说，以很奇特的方式。在老旺多斯莱的种种社会关系中，人们确实可以找到一切。这一次，他得前去为老人的一个朋友整理剪报，还不能碰书架上的东西。教父对他说过，这是一件信任的活儿，路易·克尔维勒已经积累了好几公斤的信息，而且，他现在虽然已经离开了内务部，却还在继续积累资料。他是独自一人吗？马克问道。他做得到吗？当然不啦，他做不到的，得帮助他。

马克早就表示了同意，他不会在文件夹里翻腾了，他根本就不在乎。那兴许会是中世纪的档案资料，显而易见，那也可能是别的东西。但是，要说是一些罪行、名单、姓名、网络、诉讼，则不会，他没什么可做的。好极了，教父说道，你可以明天就开始。十点钟到他的老巢，他会对你解释的，他兴许将对你讲述乱七八糟和确凿无疑的故事，那是他自己生活中的事，他会对你讲得比我更好。我这就下去给他打个电话。

---

① 参见作者的《起来，死去的人》（Debout les morts，Viviane Hamy 出版社，1995）——原注

因为他家里始终就没有电话。到现在为止，他们四个人一起住在这陋室里已经有八个月了，四个在经济大崩溃的浪潮中淹个半死的大男人，为了一个不大可能完成的目的，想要聚合起他们的努力，脱离出困境。眼下这一刻，这些既不规则又混乱不堪的努力的结合，侥幸让他们赢得了某种暂缓，不过却无法预料三个月以上的远景。因此，要想打电话，就得下到咖啡馆去。

三个星期来，马克很有心计地干着他的活，星期六也包括在内，因为星期六照样出报。至于他读得很快，他很迅速地就结束了那一摞日报，这也正是他的主要工作，因为克尔维勒会收到所有的地区性报刊。在这里头，他要做的，就是确切地定位生活中的那些旋涡，罪孽生活，政治生活，商贸生活，淫荡生活，家庭生活，把它们归类到一摞摞文档中去。在这些漩涡中，优先考虑冷而不是热，硬而不是软，难以平息的痛苦，而不是间歇性的痉挛。克尔维勒缩减了拣选的命令，没必要对马克·旺多斯莱讲什么左手和右手的故事，马克的灵魂深处铭刻着这些，把一切都建设得极其有效，同时也乱七八糟。克尔维勒因而也把剪报的自由全都留给了他。马克做些必要的辅助工作，他归类，按主题来编索引，他剪裁，分别插入文件夹，然后，一星期一次，撰写一份综合报告。克尔维勒对他相当合适，但是还没有完全确定。他只见过他三次面，知道他是个高个子，拖着一条僵硬的腿，假如凑近去细看，他还长了一副漂亮的嘴脸。有时候，他的样子很是动人，还稍稍有些过分，这叫人不太舒服，然而，克尔维勒做什么全都那么柔和，而且缓慢。尽管如此，他跟他在一起时还是免不了有一点不自在。从本能上，他在他面前会自我控制，而马克是不喜欢自我控制的，这让他腻烦。比方说，假如他想自寻烦恼，他也是从来不会刁难自己的。然而，克尔维勒给人的印象却从来不是一个自寻烦恼的小子。这一点有点刺激马克，因为他喜欢结识一些跟他一样焦虑不安的家伙，或者，比他还要焦虑，假如有这种可能的话。

一天，马克在打开那间陋室两道门锁时突发奇想，想尝试一下停止自我烦恼。但是在三十六岁的年纪上，他根本就认识不到自己该如何行事。

走到门口处，他猛地惊跳起来。他发现，在他的书桌后面搭了一张床，而一个有一张饱经风霜的脸的老妇人放下了手中的书，正盯着他瞧呢。

"请进，"玛尔妲说，"不要紧张，随便点儿，就当我不在这里好了。我是玛尔妲。前来帮助路德维格工作的就是您吧？他给您留了一张字条。"

马克读了那几行文字，克尔维勒为他简述了此中的原由。同意，但是假如他认为，很容易就能跟某个在你身后一米处过着她小日子的人一起干活，那你可就踩上臭狗屎了。

马克向她打了个小小的招呼，就在桌子前安坐下来。马上就得标志出距离，因为在他看来，这个老太婆是个碎嘴子，对一切全都好奇得要命。应该相信，克尔维勒对他的卷宗充满了信心。

他感觉到，她在他背后观察他，这让他浑身都不自在。他一把抓起了《世界报》，但他实在很难集中起精力来。

玛尔妲从背后观察着这家伙。他穿了一身黑衣服，裤腿很紧，上衣是棉布的料子，脚上是皮靴，他的头发也是黑色的，个子相当矮，稍稍显得太瘦，神经质的类型，灵敏，但不太强壮。那张脸，还不错，有一些内凹，有一些印第安人的样子，但是不错，很细腻，有模有样。很好。会行的。她不会打扰他的，他是骚动不安的那一类人，需要一个人待着，才能工作下去。她很了解男人的。

玛尔妲站了起来，穿上了外套。她要出门去找回她的个人用品。

马克停顿在了一行文字上，转过身来。

"路德维格？是他的名字吗？"

"是的，"玛尔妲说。

"他并不叫路德维格。"

"怎么不是，当然是的。他叫路易。而路德维格，是同一个名字，不是吗？这么看来，您就是旺多斯莱的侄子啦？那位阿尔芒·旺多斯莱的侄子了？跟警长一样，他对待姑娘们实在很有派。"

"这不会让我吃惊的，"马克干巴巴地说。

老旺多斯莱从来就不知道该如何控制自己，他在生活中为所欲为，做的尽是无度的诱惑和轻率的抛弃，快乐，挥霍，但同时还有摧毁，对此，对待女人总是小心翼翼的马克曾经愤怒地批评过他。一个永恒的交锋主题。

"他从来就没有打过一个妓女，"玛尔妲继续道。"当我落到您的叔叔身上时，我们就争论一番。他还好吧？您跟他稍稍有些像，我瞧您的时候看出来了。好啦，我走了，您好好工作吧。"

马克一边站起身来，一边削着他的铅笔。

"但是克尔维勒呢？您为什么叫他路德维格呢？"

说到底，这又能拿他怎么着？

"是什么在碍事呢？"玛尔妲说。"这不好吗，路德维格，作为名字？"

"当然好啦，这很不错嘛。"

"我觉得比起路易来，这个要更好。路易……路易……在法语中，这个听起来很容易接受。"

玛尔妲扣上外套的扣子。

"是的，"马克重复道。"这位克尔维勒，他是从哪里来的？从巴黎吗？"

见鬼，这又怎么着他了？他只能让这老太婆走掉，仅此而已。玛尔妲似乎把自己的内心裹得紧紧的，就跟她那件外套那样。

"从巴黎吗？"马克又开始说。

"从谢尔省。然后呢？人们毕竟有权利想怎么称呼自己就怎么称呼吧，直到有新的惯例产生，不是吗？"

马克点了点头，心中有什么东西脱颖而出。

"再说了，"玛尔妲继续道，"旺多斯莱，这又是什么姓？"

"比利时人的姓。"

"那么，这又如何呢？"

玛尔妲举手向他做了个示意，就出了门。一个手势，不仅表示告别，同时还表示"捎带着把门关上"，假如马克没有理解错的话。

玛尔妲嘟嘟囔囔地走下了楼梯。太好奇，太多嘴，这小子，跟她一样。总之，假如路德维格相信他的话，那完全就是他自己的事。

马克重又坐了下来，稍稍集中起了精神。克尔维勒不是曾在内务部工作过吗，就算如此吧。他不是一直要掺和一切吗，他不是要驾驭这荒唐的档案资料吗，随他好了，反正马克觉得这一切有些不合时宜，莫名其妙，没有道理。豪言壮语并不能解释一切。豪言壮语常常有小小的个人目的作基础，这些个人目的往往处在痛苦之中，有时候公正，有时候卑劣。他抬起眼睛，目光落到搁架上，一个个资料档案盒整整齐齐地排列在那里。不。他始终就停留在话语上，一个正直的家伙，正直得会把所有人都留在他正直的多嘴多舌中，他将不会前去细细打听。他并没有足够多的品质，可以允许自己牺牲掉其中的一种。

八

路易·克尔维勒在床上翻来覆去地想了半夜。头一天晚上，他数了数前来 102 号长椅边上的小广场上遛狗并让狗撒尿的人数。至少有十个，好一通熙来攘往，狗儿撒尿，主人温顺。从十点三十分到午夜十二点，他仔细查看来人的脸，记录下细节，以便对号挂钩，但他实在不知道该如何盯住所有的人。这很可能需要好几天时间。更别说还要考虑到十点三十分之前兴许就来过那里的军团。一件累人的工作，但是，总不能放弃吧。一个女人就那样被人毁了，兴许，他始终懂得如何盯住污垢，他根本无法放弃。

用不着监视一大早的遛狗人，当他星期四下午两点钟离开长椅时，树根处的铁栅栏很干净。狗是后来才来的。至少，有一件事是可以确信的，那就是遛狗人过来得非常有规律。始终在相同的时刻，一次或两次可能的来往，牵着狗。至于狗的习惯嘛，事情就微妙得多了。城里的狗都有所退化，不知道该如何标志自己的领地，它们往往在随便什么地方做出随便什么行为，只不过，一切都在其主人的行动轨迹上，这一点是肯定的。

因而，狗儿们都有最好的机会重新返回树根边的这一栅栏上。狗儿们都很喜欢树根栅栏，远胜过喜欢汽车轮胎。但是，即便他做到了标画出二十五个遛狗人的行踪，若不花费整整一个月时间，他又怎能一一标定他们的姓名和住址呢？尤其是因为，现在，他的跟踪技巧已经大不如前了。他有一条腿已经僵硬，行走不像以前那么快了，他更容易引起别人的注意。他高高的身材也根本无济于事。

他需要有小伙子来帮他，但是他根本就没钱雇人。部里的行动经费，早已经完结了。他发现自己很孤单，也抛弃了很多东西。在树根栅栏上，曾有过一块小小的骨头，你把它忘记，也就忘记了。

夜里有整整一段时间，他尝试着说服自己把这一切忘了。就让那些警察自己去干好了。但是，警察们对此却根本不在意。就仿佛，狗儿们每一天都在啃咬脚趾头，完了之后又把骨头扔在随便什么地方。克尔维勒耸了耸肩。如若没发现尸体，或者没有人报警有人失踪，警察们是不会出动的。而小小的一节脚趾骨并不等于一具尸体。那只是小小的一节脚趾骨。但是绝不应该因此而放弃。他瞧了一眼手表。他还有时间，刚刚好，还赶得上去陋室截住旺多斯莱。

克尔维勒在大街上给马克·旺多斯莱打了电话，就在对方离开书桌的一瞬间。马克僵在了那里。一个星期六，克尔维勒会对他说些什么呢？平常，他星期六的时间都用来对一星期的工作做个小结。难道是老太婆玛尔妲说了什么？转告了她的那些问题？很快，不想丢掉工作的马克就在内心编织起了一张防卫性的谎言之网。他在这方面很有才华，很灵敏。迅速地自卫，乃是人们根本不善于进攻时必须会做的事。当克尔维勒离他相当近，能让他看到他的脸时，马克就意识到，他根本没有任何一种进攻要面对，他就会立即放松下来。稍晚些时候，比如说明年的一月一日，他就将尝试着不再这样自寻烦恼。或者是从下一年起，在他迫不得已的时候，反正事情不那么紧迫。

马克倾听并回答。是的，他有时间，是的，同意。他可以陪同他半个小时，但到底有什么事？

克尔维勒把他拉到近处的一条长椅上。马克倒是更愿意暖暖和和地待在一家咖啡馆里，但是这个高大的家伙好像有一种固执的偏爱，非要待在长椅上。

"你瞧，"克尔维勒说着，从衣兜里掏出一团报纸。"你把它小心地打开，瞧仔细了，然后告诉我你对这事是怎么看的。"

路易在心里问自己，他为什么要问他这样的问题，因为他知道得很清楚，他对这块骨头会怎么看。无疑，那是为了让马克也从他自己出发的确切的那一点来出发。老旺多斯莱的这个后代让他惊讶。他提交给他的那些总结汇报都做得极其优秀。而就在六个月之前，在西莫尼德斯的故事中，他已经摆脱了两桩骇人听闻的罪行的困境①。但是，旺多斯莱早已给过他预告了：他侄子只对中世纪，还有那些绝望的爱情感兴趣。他管他叫圣马可。看来，他在他自己的领域表现得很好。但是，这也会在别的地方给出结果的，为什么不呢？路易在三天前得知，德拉克洛瓦被认定是塔列朗的儿子，而这个后代给他带来大大的愉悦。天才对天才，不管是绘画还是政治，无法兼容的轨道总会交叉到一起。

"那么，你觉得怎么样呢？"路易问道。

"是从哪里找到的？"

"巴黎，在102号长椅边上的树根栅栏上，就在壕沟墙广场。你想到了什么呢？"

"乍一眼看去，我会说，这块骨头是从一堆狗屎中露出来的。"

克尔维勒重新挺起身子，瞧着马克。是的，这家伙让他很感兴

---

① 参看《起来，死去的人》一书。——原注

趣。

"不是吗？"马克说。"难道我搞错了吗？"

"你并没有搞错。你是怎么知道的？你有一条狗吗？"

"没有，我有一个旧石器时代的狩猎采集者。那是一个史前史学者，那方面很在行，不应该拿这个话题来糟蹋他。他尽管是个史前史学者，尽管很在行，但他毕竟还是个朋友。我对他捣腾的垃圾很感兴趣，因为他实际上极度敏感，我可不想为难他。"

"是不是就是你叔叔管他叫圣路加的那一位？"

"哦不，那一位，是吕西安，他是研究第一次世界大战的历史学家，对战争十分在行。我们一共有三个人住在一起，马蒂亚斯、吕西安和我。老旺多斯莱固执地分别管我们叫圣马太、圣路加和圣马可，以至于我们很像是毛病多多。我们不应该过分地怂恿那老人，让他管自己叫上帝。总之，这是我叔叔的蠢举。而那位史前史学家马蒂亚斯的蠢举，则是别的方面。在他翻腾的垃圾堆里，有一些骨头就很像这个，上面布满了小孔。马蒂亚斯说，那是来自于史前鬣狗的粪便，尤其不能把它们跟狩猎采集者的食物相混淆。他把一切全都堆在厨房的餐桌上，直到吕西安最终发起火来，因为这样一来，它们就跟他自己的食物相混淆了，而吕西安是很喜欢食物的。简而言之，这一巢穴究竟怎么样跟你的关系不大，但是，由于巴黎的树根栅栏上并没有史前的鬣狗会来，我想，那应该是来自于一条狗。"

克尔维勒点了点头。他微微一笑。

"只不过，"马克继续道，"这之后呢？狗儿们啃噬骨头，这是它们的天性使然，拉出屎来之后就成了这种状态，带有小孔，被穿透。除非……"过了一会儿他补充说。

"除非，"克尔维勒重复道。"因为这一块，那是人类的骨头，大脚趾头上的最后一节趾骨。"

"肯定吗？"

"当然。我去博物馆问过一个专家，他做了肯定的回答。是一个女人的大脚趾头，年纪相当大的女子。"

"显然……"又是一番沉默之后，马克说。"这不寻常。"

"这并没有惊动警察，街区的警长并不认为那是人的骨头，他从来没有见过这样的。我得承认，这一块处于一种不平常的状态，而且我错误地强迫了他。他估计我是在给他上圈套，这是绝对没错的，但不是他认为的那种。街区中没有任何人失踪，因此，他们并不会为从一团狗屎中挖出来的一块骨头而立案，开始一番调查。"

"那么你呢，你想到什么啦？"

马克待人很随便，谁跟他以你相称，他也就跟谁以你相称。克尔维勒伸展开他的大长腿，双手交叉抱定了后脖子。

"我想，这一根趾骨应该属于某个人，我不敢肯定说，那个人如今还活着。我排除了事故，要猜测那是事故，就太不真实了。但是，毕竟，最不可思议的偶然事件是会发生的。我想，狗更确切地作用在了一具尸体上。狗都是一些吸血鬼，就像你的鬣狗一样。我们就不要去猜测那是一具合法的尸体了，来自于一户人家，或者一家医院。要想象一条狗走进了太平间，实在是太荒唐的事情。"

"那么，假如有一个老太婆独自一人死在了家中，只有她的狗与之相伴呢？"

"那么，那条狗又怎么能走出来呢？不，这是不可能的，尸体一定是在室外。一具被遗弃在某处的尸体，或者被杀害在某处，地窖里，工地，空地上。那样的话，有条狗经过才可以想象。那狗吞噬，消化，排泄，某一场夜里的暴雨再把它冲刷出来。"

"一具抛弃在一个空地上的尸体，这也并不意味着就是一桩谋杀案。"

"但是骨头来自巴黎，而正是这一点让我困惑。巴黎的狗通常并不会远离它们主人的家，去远处撒野，而且在城里，一具尸体是不会很长时间都不被人发现的。人们肯定早就会找到它了。今天早上，我又见到了警探朗格托，始终没有任何消息，在首都没有发现任何尸体。也没有报告任何失踪案。跟随一些孤独死亡的情况而来的常规调查也没有发现任何特别的东西。我是在星期四晚上发现那块骨头的。至今已经三天了。不，马克，这太不正常了。"

马克在心里自问，克尔维勒为什么要对他讲述这一切。其实，他并不反对这个。听他说话真的是一种享受，他有一种平静、低沉的嗓音，很能叫人放松神经。话虽这么说，这一团臭狗屎，他对此却真的是无能为力。他开始真正感到坐在这长椅上有些冷，但马克还是不敢说："我冷，我要走了。"他把自己紧紧地裹在衣服中。

"你冷吗？"路易问道。

"有一点。"

"我也是。都已经十一月份了，我们真是没有办法。"

谁说没有，有的，马克心里想，我们可以去小酒馆。不过问题也是显而易见的，要在一家咖啡馆里谈论这样的事恐怕也不太合适。

"看来还得等待，"克尔维勒继续道。"有些人甚至会拖上一个星期，才去报失踪案。"

"是啊，"马克说，"但是那对你又能有什么用呢？"

"这会使我觉得，这一切很不正常，我已经说过了。某处发生了一件可怕的谋杀案，这就是我的想法。这块骨头，这个女人，这一谋杀，这桩罪孽，已经在我的脑子里生根了，太晚了，我必须知道它，我必须找到它。"

"这是邪恶，"马克说。

"不，这是艺术。一种无法被压制的艺术，而且，是我的艺术。你不知道这一点吗？"

知道的，马克是知道的，但只是对中世纪，而不是对树根铁栅栏盖上的一小节趾骨。

"这是我的艺术，'克尔维勒重复道。"如果说一星期时间就这样过去了，而巴黎却什么都没有提供，那么，问题可就变得尤其复杂了。"

"当然。一条狗，那是会旅行的。"

"绝对没错。"

克尔维勒蜷缩起身体，然后又站了起来。马克从下往上瞧着他。

"那狗，"克尔维勒说，"会在夜里坐着汽车旅行好几百公里！它会在外省吃到一只脚，然后又把它吐到巴黎来！人们凭着这条狗所能假设的一切就是，某处有一具女人的尸体，但这尸体会在任何地方！法兰西，它可不是那么一个小小的地方，它不是别的，它是法兰西啊。在某处的一具尸体，却又无处可寻……"

"对一团臭狗屎，人们竟然可以说到这种程度，真是叫人抓狂啊，"马克喃喃道。

"你在地区性报纸上没发现什么相关信息吗？谋杀案啦，交通事故啦？"

"谋杀案嘛，没有。交通事故吗，跟往常一样。但是没有关于脚的故事，我敢肯定。"

"那你就继续分析整理吧，在这方面保持警惕，不管是不是脚。"

"好吧，"马克说着，站了起来。

他明白了任务所在，他的手指头已经冻僵了，他想脱身离开。

"等一等，"克尔维勒说。"我需要帮助，我需要一个会跑路的人。我总是被我的腿拖累，我无法独自一人追踪这块骨头。你能同意帮我吗？就几天时间，帮我一个小小的忙。但我没什么钱可付你的。"

"到底要我做什么呢？"

"跟踪那些平常会来 102 号长椅这边的遛狗人。记下他们的姓名、地址、散步路径。可能的话，我希望不要浪费太多时间。"

马克压根儿就不喜欢这个想法。他已经帮他叔叔做过一次盯梢人了，这就已经够了。这可不是一件适合他做的事。

"我叔叔说了，你在巴黎有的是人。"

"可那是一些固定的人。一些小酒馆老板，一些报商，一些警察，一些并不怎么动窝的小子。必要时，他们帮我盯盯人，告诉我一些信息，但他们都不是跑来跑去的人，你明白吗？我需要一个能跑路的人。"

"我又不会跑路。我只是会爬树而已。我只会跟跑中世纪，却不会跟在别人屁股后面跑。"

克尔维勒看来就将发作，这很正常。这家伙比他叔叔还更疯疯癫癫。所有的艺术家全都疯疯癫癫的。艺术家挥汗，在绘画中，在中世纪中，在雕塑中，在犯罪学中，全都疯疯癫癫的，这里头的好些事情，他知道得很清楚。

但是，克尔维勒并没有发作。他重又落坐在长椅上，慢慢地。

"行了，"他只是说了这么一句。"忘了吧，这并不重要。"

他又把那团报纸塞进自己的衣兜。

好的。现在，马克只需去做他想做的就行了，跑到咖啡馆里去暖和暖和身子，吃上那么一口，然后返回自己的棚窝。他说了一声再见，就迈开大步朝大道的方向而去，一会儿工夫，就消失得踪影全无了。

九

马克·旺多斯莱在大街上吃了一个三明治，下午刚开始时就回到了自己的房间。棚窝里一个人影都没有。吕西安在某个地方做讲座，关于第一次世界大战的天晓得哪个侧面的问题，马蒂亚斯在一个博物馆的地下室里归类他秋天捣腾来的垃圾，而老旺多斯莱应该出门透气去了。这位教父总是需要外出，凛冽的空气对他一点儿妨碍都没有。

很遗憾，马克本来满可以问他几个关于路易·克尔维勒的问题，关于他令人无法理解的围捕，以及他那些可以互相替换的名字。就是这样。他根本就不在乎，但是，恰恰就是这样。这是可以等待的，好好注意它。

马克眼下正在一个涉及勃艮第的档案盒上写着什么，确切地说，应该是跟圣阿芒－昂－普伊萨耶有关的档案。他要为一本关于十三世纪勃艮第经济的书负责撰写一个章节。马克会继续研这见鬼的中世纪，直到他能够医此而活着，他曾经起过誓。不是真的起誓，他对自己说过的。无论如何，只有这个能给他一些翅膀，或者不如说，给他一些羽毛，这个，还有他曾经爱过的那些女人。到今天，这些女人全都失去了，就连他妻子也走掉了。他这个人应该属于非常的神经质，这一点无疑让她们望而生畏。假如他的样子看起来跟克尔维勒一样平静，那事情兴许会稍稍改善一下。更何况，他还怀疑克尔维勒并不像他表现的那样平静。缓慢，这是肯定的。然而，不。时不时地，他以一种令人惊讶的快速，就把脑袋转向其他人。无论如何，很平静，但并非始终如此。有时，他的脸会抽搐，很剧烈，或者目光猛地转向空无，因而，一切并非那么简单。再者说，谁又说过事情很简单的？没人说过。这个想从无论哪一团狗屎中寻找不可能的谋杀罪的家伙，做起来肯定不会比任何人更顺利的。但是他给人的印象很平静，甚至很强有力，而马克则更喜欢善于做成功。跟女人们在一起应该会更行得通。跟女人们在一起，这就足够了。他已经有好几个月一个人独自生活了，根本没必要再在伤口上捅刀子，他妈的。

因此，还是回到圣阿芒的贵族老爷的这些账目上来。他已经做到了谷仓的进项，保存下来的从 1245 年到 1256 年的一注注数字，带有一些缺损。这已经很漂亮了，勃艮第的整整一个层面，在摇摆不定的十三世纪中。就是说，克尔维勒，这里头也有他的脸。这算得上。从近处看，这张脸很能抓人，很温柔。一个女人恐怕会说得更好，说那是不是由于眼睛，还是嘴唇，还是鼻子，这一点跟那一点很合拍，但结果是，从近处看，还是很值得一看的。他要是一个女人就好了，他就会表示同意了。是的，但他是一个男人，因此，他很傻，而他只喜欢女人，这一点同样是一个傻玩意，因为女人们是不会做出决定在大地上只爱他一个人的。

他妈的。马克站起身来，下楼来到大厨房，为自己沏一壶茶，十一月份的厨房冷冰冰的。有一杯茶暖暖身体，他就能集中精力关注普伊萨耶的老爷的谷仓了。

此外，没什么能表明，女人们会不可避免地走向克尔维勒。因为远远地望去，人们并不会意识到他长得很美，甚至可以说他一点儿都不美，或者不如说，他面目可憎。马克似乎觉得，克尔维勒的样子很像是一个相当孤僻的家伙。这就很忧伤了。但是这也会激励他，他，马克。并不是只有他一个人才会找不到答案，才会达不到目的，才会时时刻刻在这些爱情故事上摔得个鼻青脸肿。再没有什么比错失的爱更糟糕的东西啦，它妨碍了你恰如其分地想到中世纪的谷仓。它会毁了工作，这是显而易见的。尽管如此，爱情毕竟还是存在的，没必要大声疾呼相反的东西。眼下这一刻，他并不爱任何人，也没有任何人爱他，像这样，至少他心里很平静，得好好地利用这一状态。

马克端着他的托盘，重又走上了三楼。他又拿起了铅笔，还有一把放大镜，因为那些档案材料实在是太难啃了，很难辨认清楚。当然，它们都是一些副本，而这改变不了问题的性质。瞧这里，在1245年，根本就没有任何东西跟一截狗屎有丝毫关系，甚至跟狗屎里头的一根骨头都没有半毛关系。是的，总之，并不是那么确凿。司法，在1245年，那可不是可有可无的。而实际上，是的，他们也会关注的，假如他们知道这是一块人骨头的话，假如他们猜想到，曾经发生过一桩谋杀罪。当然啦，他们是会来关注的。人们会按照圣阿芒－昂－普伊萨耶的贵族老爷胡戈家的习惯法规，把那案子再重新过一遍的。那么，这位胡戈，他又会做什么呢？

很好，没什么要紧的，这并不是主题。没有丝毫的狗屎寄存在贵族老爷的谷仓中，我们可别把一切弄混淆了。外面正在下雨。兴许，克尔维勒还停留在他的长椅上，从他刚才赶到那里起就始终没动过窝呢。不，他应该换了一条长椅，占据了树根栅栏旁102号观察哨的位置。直率地说，他恐怕应该就这个家伙的事问教父几个问题了。

马克又抄写了十来行文字，喝了一大口茶。房间里并不太暖和，茶水让他感到舒服。很快，他就会开通第二个电暖片，当他为图书馆工作时。因为，再说在克尔维勒建议他做的工作中，他实在是一点儿钱都没挣到手。没有一个铜板，他已经说过了。而他，他很需要钱，而不是去做一个跟在随便什么人屁股后转悠的人。没错，克尔维勒独自一人很难盯住那些遛狗的，他的膝盖毕竟都僵硬了，但这事只跟他有关。而他，他需要在此死死地盯住圣阿芒－昂－普伊萨耶的老爷，他当然会这样做的。三个星期时间里，他已经有了很大的进展了，他已经认定了领地中四分之一的自由租地持有人的身份。他在工作中始终保持了高速度。除了当他停下来时，这当然。何况，克尔维勒早已意识到了这一点。去他妈的克尔维勒吧，去他妈的女人们吧，去他妈的这破茶，这里头有一股尘土味。

没错，兴许什么地方发生过一桩谋杀案，有一个杀人凶手，一个人们永远都不会去寻找的杀人凶手。但是，如同别的很多人一样，那又怎样呢？假如有一个家伙一怒之下杀死了一个女人，这跟他又有什么关系呢？

老天啊，这个圣阿芒账目的登记者，工作可真是认真啊，但他的字却写得如同苍蝇在爬。他恐怕就是胡戈，他很可能换了账房先生。他笔下的o和a几乎没什么区别。马克拿起他的放大镜。克尔维勒的这件案子，根本就不同于索菲娅·西莫尼德斯的那件案子。这，他是很上心的，因为他曾在其中陷入绝境，因为那是他的女邻居，因为他很喜爱她，而谋杀案本身是预先策划的大阴谋。真恶心，他实在不愿意再去想它。当然，假如在克尔维勒的那块骨头后面真的隐藏了那么一桩罪行，那很可能同样也是一桩丑陋的谋杀案，而且也是蓄谋已久的。克尔维勒想到了它，他想知道个究竟。

是的，兴许吧，那么，那就是克尔维勒的活儿，而不是他马克的。如果他请求了克尔维勒，让他来帮他一个忙，帮他誊写圣阿芒庄园的账目，他会如何回答呢？他恐怕会说一句他妈的，这很正常。

完蛋了，完结了，根本就无法集中起精神来。这一切都是由于那家伙，由于他那个故事，关于狗、栅栏、谋杀、长椅的故事。假如教父在这里的话，他就会清清楚楚地告诉他他对路易·克尔维勒是如何想的。克尔维勒雇他做一种小小的归档工作，而事情在逐渐地变化，现在他又迫使他做别的事。更何况，假如克尔维勒想做得正大光明，那就不会迫使他做任何什么。他建议了某件事，而当马克拒绝时，他就会生气。实际上，没有任何人妨碍他从事对圣阿芒的谷仓的研究，没有任何人。

没有任何人，除了狗。没有任何人，除了骨头。没有任何人，除了由骨头而联想到的一个女人。没有任何人，除了一桩杀人案。没有任何人，除了路易·克尔维勒的脸。他眼睛里的某种东西，那么具有说服力，那么端正，那么光明，同时，还那么痛苦。

如此，所有人都有过这样的痛苦，而他的痛苦完全比得上克尔维勒的痛苦。每人都有自己的痛苦，每人都有自己的调查，每人都有自己的档案。

当然，当他投身在西莫尼德斯的案件中，这并没有损坏他。人们可以把自己的调查和档案跟别人的那些都混杂在一起，而并不至于犯迷糊。是的，兴许吧，确定，但那不是他的活儿。句号，结束。

马克有点恼火，站起来时椅子摇晃了一下。他把放大镜扔到那一大堆文件上，一把抓过来他的外衣。半个小时后，他就走进了那个满是档案材料的陋室，如他希望的那样，老太婆玛尔妲正待在那里。

"玛尔妲，您知道第102号长椅在哪里吗？"

"您有权利知道吗？要知道，它们可不是我的，那些长椅。"

"我的天啊！"马克说，"我毕竟还是旺多斯莱的侄子吧，而克尔维勒留我在他的家里干活。怎么的？就凭这一点还不够吗？"

"行了行了，您可不要发火，"玛尔妲说，"我说这些只是想开个玩笑。"

玛尔妲解释了第102号长椅的情况，嗓音洪亮。一刻钟后，马克就来到了那个树根栅栏的附近。天色已经黑了下来，时间是六点半。从壕沟墙广场的一端，他看见克尔维勒正安坐在长椅上。他吸着一支烟，身子向前倾斜，胳膊肘撑在膝盖上。马克在一旁静静地观察了他好几分钟。他的动作很缓慢，难得一见。马克又一次吃不准了，无法知道他是战败了还是战胜了，他是不是应该用这样的词语来推理。他后退了一步。他观察着克尔维勒，只见他捻灭了烟头，然后伸出两手，慢慢地捋了捋头发，仿佛用力地抱住了脑袋。他的手在脑袋上停留了好几秒钟，然后，两只手重又落下，耷拉到大腿上，他就停在了这样的姿势上，目光投在地面上。这一连串动作让马克下定了决心。他一直走到长椅前，一屁股坐到了椅子的另一端上，靴子在身前直挺挺地伸展开。一两分钟时间里，两个人谁都没有开口。克尔维勒甚至都没有抬起脑袋来，但是马克坚信，对方已经认出他是谁来了。

"你还记得吗，干这个是没有一个铜钱可挣的？"克尔维勒终于开口说。

"我记得。"

"你兴许有别的活儿要干？"

"那是肯定的。"

"我也一样。"

又是一阵沉默。每个人说话时，嘴边就产生一团团哈气。见鬼，人们真的都快冻僵了。

"你还记得，这兴许只是一次事故，种种意外情况的一次偶然巧合吗？"

"我全都记得的。"

"你来瞧一眼我的单子吧。已经有十二个人了。九个男的，三个女的。我把那些太小的和太大的狗都放过了。在我看来，它只来自于一条中等体型的狗。"

马克浏览了一遍那名单。潦草的笔迹，匆匆的描述，年龄，外貌。他反复读了好几遍。

"我有些累了，我还饿了，"克尔维勒说。"你可不可以替我几个钟头呢？"

马克点了点头，把名单还给了克尔维勒。

"留着它吧，今天晚上，你会用得上的。我这里还有两瓶啤酒，你要喝吗？"

他们静静地喝起啤酒来。

"你看到那个走过的小子了吧，那边，稍稍再远一点点，靠右？不，别真的直盯盯地瞧，要眼睛朝下地偷着瞧。你看见他了吗？"

"是的，怎么啦？"

"这家伙，是一个害人虫，一个早先的打手，兴许，还不止这些呢。一个极端民族主义派。你可知道，差不多一个星期以来他要去哪里吗？别这样瞧，我的天啊，把鼻子顶着啤酒瓶。"

马克照此办理。他的眼睛死死地铆牢在小小啤酒瓶口上。他并不觉得非得朝地上看不可，那根本就看不出来，更何况是在一片夜色之中。实际上，他什么都没看到。他听到克尔维勒的嗓门在他的脑袋上嗡嗡地轻轻响着。

"他走上了对面大楼的三层楼。那里头，住着一个正在飞黄腾达的参议员的侄子。而我，我很想知道他是靠了谁才飞黄腾达的，还有，参议员是不是知晓内情。"

"我认为，这是一个臭狗屎的故事，"马克说着，嘴紧紧地含住了啤酒瓶，往里头吹气。

当人们往啤酒瓶里吹气时，就会发出很大声响。几乎就像是大海上的风。

"那是另一个故事。那个参议员，我把他留给了樊桑。那是一个记者，他会做得很好的。樊桑正在另一把长椅上呢，那边，这小子好像是睡着了。"

"我看到了。"

"你可以抬起头来了，极端派上楼了。但是，你依然还得保持自然状态。那些家伙会从窗户向外看的。"

"来了一条狗，"马克说，"一条中等体型的狗。"

"很好，记下来，它朝我们过来了。18 点 47 分，102 号长椅。女人，四十来岁，稍稍偏瘦，不太漂亮，穿戴很好，相当自若，蓝色外套，几乎崭新，穿长裤。从笛卡尔街过来的。别再记了，那狗走到跟前了。"

马克咽下一大口啤酒，与此同时，那狗在树根周围来回忙活。更有甚者，夜色中，它竟然尿到了他的脚上。不再有任何意义，巴黎的这些狗啊。女人在一旁等着，目光迷惘，很耐心。

"记下来，"克尔维勒继续道。"回返，同样的方向。中等体型的狗，棕色长毛，卷耳朵，衰老，疲倦，跛足。"

克尔维勒一口喝光了瓶里的啤酒。

"好啦，"他说，"你就这样干。我晚些时候再过来看你。行吧？你不会太冷吧？时不时地，你可以去咖啡馆待一会儿。从柜台那边，你能看到这里发生的情况。但是，不要像一个迷路人那样径直冲向长椅，要慢慢走，就仿佛你是在醒酒，或者是在等待一个永远不会来的女人。"

"我明白。"

"从现在起，两天里，我们将得到常来这广场的遛狗人的名单。这之后，我们将重新分配跟踪任务，以求知道他们到底是些什么人，来自什么地方。"

"明白。你拿在手里的这玩意，到底是什么呢？"

"这是我的癞蛤蟆。我要稍稍保持它的湿润。"

马克不禁咬紧了牙根。好的，就这样，这家伙有些疯疯癫癫。而他，他已经陷到这里头了。

"你很不喜欢癞蛤蟆，是吗？它不会做坏事的，我们互相说说话，仅此而已。布福——布福是它的名字——注意，好好听我说话：我跟他说话的这小子名叫马克。这是旺多斯莱家的一个后代。而旺多斯莱家的后代就是我们的后代。当我们去吃饭时，他就将替代我们来监视那些狗。你这一下明白了吧？"

克尔维勒抬起眼睛，望着马克。

"什么都得跟它解释清楚。它实在太傻了。"

克尔维勒微微一笑，又把布福放进衣兜里。

"别装出这副表情来看我。一只癞蛤蟆，那是很有用的。人们不得不把这世界简化到极致，以便我们能互相明白，而有时候，这能让人好好地轻松一下。"

克尔维勒依然还在微笑。他的微笑方式有一点点特别，很有感染力。马克也报以微笑。他不会让一只癞蛤蟆弄得局促不安的。假如你对一只癞蛤蟆还会害怕的话，那你在穿越世界之时会是什么模样呢？一个傻瓜蛋。马克很害怕碰触到癞蛤蟆，这一点可以理解，但他同样也很害怕会显出一个傻瓜蛋的样子。

"作为回报，我是不是可以知道一下某些事情？"马克说。

"请尽管说来。"

"为什么玛尔妲管你叫路德维格？"

克尔维勒重又把癞蛤蟆掏了出来。

"布福，"他说，"旺多斯莱的后代要比预料的烦人多了。对此你是怎么想的？"

"你不一定非得回答，"马克软绵绵地说。

"你跟你叔叔真的是同一类型的人，你假装不要这不要那的，但实际上你想知道一切。然而，人们还是让我明白了一点，中世纪对你已经足够了。"

"不完全那样，也并不总是。"

"这同样让我很吃惊。路德维格，这就是我的名字。路易，或路德维格，不是这个，就是那样，事情就是这样，你可以自己选择。事情始终就是这样的。"

马克瞧着克尔维勒。他抚摩着布福的脑袋。一只癞蛤蟆,那是很丑陋的。而且,还很肥。

"你要问我什么来的,马克?我多大年纪了?你在计算吗?"

"当然。"

"别苦苦寻索了,我今年五十岁。"

克尔维勒又站起身来。

"行了吧?"他问道。"你作了计算吗?"

"行了。"

"出生于 1945 年 3 月,恰好在战争结束之前。"

马克把小小的啤酒瓶在手指间转来转去,眼睛盯着地面。

"你母亲呢,她是哪里人?法兰西人吗?"他问道,带着一种很冷漠的语调。

与此同时,马克心里在想:这就够了,放开他吧,让他安静安静,这又能给你带来什么呢?

"是的,我始终就生活在这里。"

马克点了点头。他把那个小瓶子在手上转过来又转过去,同时,目光死死地盯住人行道。

"你是阿尔萨斯人吗?你的父亲,他是阿尔萨斯人吗?"

"马克,"克尔维勒叹了一口气说,"你就别再装傻逼样了。他们都叫我'德国人'。这你满意了吧?继续集中你的精神,有一条狗过来了。"

克尔维勒走了开去,而马克则拿起了单子和铅笔。"中等体型的狗,我不知道是什么品种,这方面我一无所知,狗们让我腻烦,黑色的,带有白色斑点,杂种。男人,六十来岁,秃顶,大耳朵,干活很迟钝的样子，很像是克汀病患者，不，不是克汀病人，来自布兰维尔街，没系领带，走路拖着脚，褐色长外套，黑围巾，狗完成它的活动，离树根栅栏三米远，总而言之，是一条母狗，从另一边重新走掉，不，进入了咖啡馆，我等着他出来，我想去看看他喝的是什么，我也要喝一点。"

马克俯身在柜台前。带着中等体型狗的那个男人喝了一杯利卡茴香酒。他跟人东聊西聊，没什么正经话，但是最终，马克还是记录下来了。无论做什么事，都要把它做得漂漂亮亮。克尔维勒会很高兴的，他会得到所有的微小细节。"德国人"……生于1945年，母亲法兰西人，父亲德意志人。他曾经很想知道，而现在，他知道了。不是全部，但是他不会去折磨路易，问他个究竟的，问一问他父亲是不是当过纳粹，问一问他父亲是不是杀过人，或者，他是不是去过莱茵河的那一边，问一问他母亲在解放之际是不是被剃光了头，他不会再问什么问题了。头发又重新长了起来，小孩子长大成人了，他不会去问为什么母亲嫁给了德国国防军的士兵。他不会再去问什么问题了。小孩子长大成人了，他姓了那个士兵的姓。而从此，他就跑了。马克把铅笔捏在手中，这个让他感到刺痒。他曾经需要过什么，以此来恶心他？所有人都会以此来恶心他，而他，他做得跟所有人一样，并没有做得更好。尤其是，不要对吕西安透露一个字。吕西安所挖掘的只是第一次世界大战的问题，但是，毕竟。

现在，他知道了，但对他所知道的那一切，他却不知道该怎么做了。好的，五十岁，这已经过去了，结束了。当然，对于克尔维勒，从来就没有什么会真正结束。这就解释了那些玩意，他的活儿，他的围捕，他永恒的运动，兴许，还有他那只属于他一个人的技艺。

马克重新返回到他长椅的岗位上。很奇怪啊，关于这一切，他叔叔从来就没有向他讲过一丝一毫。他叔叔对一些琐碎的小事总是饶舌，而对重大的秘密，却守口如瓶。他从来没说过人们管他叫"德国人"，他只说过他不从任何地方来。

马克又拿起他为狗儿做的描绘卡片，细心地划掉了"杂种"一词。这样一来，应该会更好。当你不怎么小心时，你总是会写下满篇脏话。

十一点半，克尔维勒又从广场上经过。马克已经喝了四杯啤酒，并记录下了四条中等体型的狗。他先是看到克尔维勒拼命摇晃着那个在另一条长椅上昏昏欲睡的记者，樊桑，对付极端派打手的那人。当然啦，监视一个打手比起监视一团狗屎来，是更为时髦的活儿。因此，克尔维勒是从樊桑开始的，而他，在 102 号长椅上冻僵的人，他很可能会冻死掉。他瞧着他们争论了好长一段时间。马克觉得自己有些受伤害。有那么一点点，恰好是那么一种怨恨，又转化为一种哑默的刺激，很正常。克尔维勒前来接替他的长椅，接替他的计数器，就像一个贵族老爷在自己的领地和采邑上巡视了一圈。这家伙，他把自己当成什么人啦？当成圣阿芒－昂－普伊萨耶的那一位胡戈了吗？他在世界上的这一阴暗而又悲剧性的来到，让他变得狂妄自大，事情就是这个样，而马克，被一种奴役的初步感觉——无论它到底是什么，又是从哪里来的——所席卷，却并不刻意要伙同克尔维勒对自己做定期搜刮。此外，还有什么吗？被奴役的志愿者队伍，那可不是为了他的。愿这位第二次世界大战之子能够摆脱困境。

随后，克尔维勒松开了樊桑，就走掉了，昏昏沉沉地走在大街上，一路走向第 102 号长椅。马克没有忘记自己喝了五瓶啤酒，他必须稳住阵脚，但他感觉到自己心中轻微的怒火在演变为黑夜里暗中的赌气，然后，又自我迷失在了无动于衷之中。克尔维勒走来，在他边上坐下，带着他那一脸非同一般却又很有感染力的怪异微笑。

"今晚上你喝得可不少啊，"他说。"这是冬天里的几个月常有的问题，当人们的屁股紧贴在长椅上时。"

这跟他又有什么关系？克尔维勒逗着布福玩，他显然心不在焉，好像身处千里之外，马克认定了这一点，猜测到他又一次想要逃开去，放弃他对那些木头长椅充满情谊的调查，无论那是不是艺术。

"你愿意帮我拿一下布福吗？我要找一下我的烟卷。"

"不，这癞蛤蟆让我恶心。"

"你可别在意啊，"克尔维勒对布福说。"他就是这样说话的，根本不知道自己在说什么。一定不要抱怨。好好地在长椅上待定了，我找一下我的烟。怎么样？你又有了其他的狗吗？"

"一共四条。全都记在这上头啦。四条狗，四瓶啤酒。"

"那么现在，你要走开了吗？"

克尔维勒点燃了他的烟，把盒子递给马克。

"你感觉自己被卡死了吗？你有服从的意识，而你却不喜欢服从，是吗？我也不喜欢。但是，我难道不是给过你命令吗，是不是啊？"

"不是。"

"你是独自一个人来的，小旺多斯莱，你同样可以独自一个人回去。把你的名单给我看一看。"

马克瞧着他在那里浏览他记的笔记，神态重又变得很严肃。他侧着脸，显现出了鹰钩鼻，嘴唇紧闭，黑色的发绺披散到了额头上。很容易对克尔维勒的侧脸恼火的。比起对正脸来，要更容易得多。

"明天就不用来了，"克尔维勒说。"星期天，人们会打破一下自己的生活习惯，他们出来遛狗也根本不讲究方式方法，更糟糕的是，人们很可能会看到一些并不住在本街区的闲逛者。这会在我们的狗里头产生混淆。我们等到星期一下午再继续吧，假如你愿意的话，我们星期二再开始跟踪好了。你星期一上午来做档案归类吗？"

"什么都不变的。"

"此外，尤其要监视各和各样的事故和谋杀。"

他们彼此打了个招呼，就分手了。马克迈着缓慢的步伐回家，被他的啤酒，同时也被他来来回回地改变决定弄得有些疲惫。

就这样，一直持续到了下一个星期六。从长椅到啤酒，从狗到跟踪，从文章剪报到圣阿芒的账目辨认，马克对他自己行为的基本理由不再问太多问题。他早已经钻进了树根栅栏的网络，再也看不到该如何从中出来。这故事上他大感兴趣，狗来狗去的，他也想弄个明白。而对克尔维勒神秘的侧脸，他则学会了胡乱地对付，而当他实在受够了时，他就主动地调节自己，换个角度去看他的正脸。

从星期二到星期四，他请求马蒂亚斯来帮他一个忙，后者可以发挥他作为赤脚的史前狩猎采集者的聪明才智，在当代跟踪技术方面做出优异成绩来。而吕西安则相反，在这一类活儿中实在聒噪得过分了些。他总要在任何问题上都高声大嗓地表达自己，尤其是，马克猜疑到，他把他安排到了一个诞生于二战那悲剧性窑子中的德法混血儿的面前。吕西安兴许会如同一个狂热的人，干脆利落地投身于历史性的调查之中，收集克尔维勒父辈的往昔，直到重又回溯到第一次世界大战的旋涡中，而这，很快就会是一个地狱。

马克在星期四晚上问了马蒂亚斯，问他对克尔维勒是怎么想的，因为他对他依然存有疑虑，而且他叔叔的推荐并不能让他安下心来。他叔叔对大地上的腐朽自有自己的判断，而人们会在自己最好的朋友中发现败类。他叔叔曾帮助过一个杀人犯安全逃脱，这个，他是知道的，甚至就是因为这个，人们才把他赶出了警察队伍。但是马蒂亚斯连续点了三下头，而马克十分尊重马蒂亚斯这些沉默的评价，他自己也得到了巩固加强。圣马太很少会看错人的，老旺多斯莱是这样说的。

十

星期六早上，马克在克尔维勒家里工作。他跟往常一样做剪报，并将它们归类，他在时事新闻中没有发现任何特别的消息，没有任何脚印，而只有一些平日里常有的事故。他整理了档案，不管怎么说，他拿钱就是要做这个的，但是，直率地说，是时候了，102 号长椅的围捕也该到头了，哪怕它会归结于虚无。他已经习惯了有那个老太婆玛尔妲在他的背后。有时候她会出去，有时候她又会留下来，一声不吭地阅读着什么，或者一门心思地玩着填字游戏。大约十一点钟时，他们一起喝上一杯咖啡，而玛尔妲会趁此机会，稍稍打破一下寂静，来一番争论。看来，她也一样，她也在为路德维格打探消息。但是她说，现在她已经混淆了长椅，比如 102 号和 107 号这两把，她不再像以往那样卓有成效了，而有时候，这免不了让她觉得心中忧伤。

"是路德维格回来了，"玛尔妲说。

"你怎么知道的？"

"我听出了他在院子里的踟步声，他的脚有些拖地。十一点十分，这可不是他回转的时刻。真是莫名其妙，他在这个问题上大伤脑筋。人们看不到哪里是个头，所有人都厌倦了。"

"他做了完整的报告。一共有二十三个遛狗人，全都是文文静静的，从中实在提取不了什么。他始终都是这样工作的吗，什么依据都没有？或者，依据无论什么样的卑劣手段？"

"始终都这样，"玛尔妲说，"跟踪追击。但是要注意，这是一个有幻觉的人。他就是靠这个才出的名，高高在上。找到臭狗屎，这是路德维格的天职，这是他的命运，他的爱好。"

"有什么东西能阻止他去恶心所有人吗？"

"啊，当然有的啦。睡觉啦，女人啦，战争啦。假如你好好地想一想，这样的东西还是有很多的。当他想睡觉了，或者要给自己做面条了，那么从他身上就没什么可取的了，他什么都不在乎。说到女人，也是同样。当爱情方面不太顺利时，他就原地绕圈子，他什么都不在乎。他若是不会那么努力地工作，我反倒会大大吃惊了，因为，眼下这一刻，这方面的情况实在有些不太乐观啊。"

"啊，"马克不无满足地说。"那么战争呢？"

"这个，战争嘛，那就是另一回事了。那是最厉害的一着。当它让他苦苦思索时，就妨碍他睡觉了，妨碍的还有吃饭，还有爱，还有工作。战争，它对他是个一文都不值的玩意。"

玛尔妲一边摇了摇头，一边搅动她的咖啡。马克现在很喜爱她。她老是粗暴地对待他，仿佛他就是她的小孩，或者就是由她养大的，而实际上，他已经是三十六岁的人了。她说："对一个像我这样的老婊子，你不应该这样做，我是很了解男人的。"她时时刻刻都在这样说。马克曾为她介绍了马蒂亚斯，而她则说，这是个不错的小小子，稍稍有些野蛮，但还算不错，她是很了解男人的。

"你弄错了，"马克说，重又坐到了他的书桌前。"不是路易。"

"闭嘴，你什么都不懂。他在底下跟画家争论，仅此而已。"

"我知道你为什么管他叫路德维格了。我问过他了。"

"那又怎么样，你现在是大大超前了。"

玛尔妲不满地吹着热气。

"但是你别在意，他会重新找到它们的，这一点你尽可放心，"她咕咕哝哝地补充道，并把报纸弄得哗啦哗啦响。

马克不再坚持，这可不是一个能取悦玛尔妲的话题。他只是想对她说，他知道了，仅此而已。

克尔维勒走了进来，做了个手势，示意马克停止归类工作。他就手拉过来一条板凳，坐在了他对面。

"朗格托，分局的警探，今天早上给了我最新的信息，关于本街区，也关于其他十九个区：在巴黎，什么都没发生，马克，什么都没有。在郊区也什么都没有发生，他同样也证实了。没有一具失踪的尸体，没有一个被遗忘的尸首，没有一次失踪案的报警，没有一次出走。那条狗把那玩意拉在树根栅栏上已经有十天了。因此……"

路易住了嘴，捏着依然温热的咖啡壶，给自己倒了一杯。

"因此，那条狗是从别处把它带来的，从很远的地方。这是肯定的。某处有一具尸体，我们的骨头就是从那里来的，而且我想知道那是在哪里，无论这具尸体的状态如何，是死了还是根本就没死，是事故还是谋杀。"

是的，兴许，马克想道，但是这就意味着要把所有的外省全都揽过来，甚至整个地球，为什么不是整个地球呢，而只要事情到了这一步，普伊萨耶的老爷的账目就不会有什么进展了。克尔维勒勉力到了极致，马克现在更清楚地知道了，他为什么要把这样艰巨的任务死扛在自己肩上，但是他，他自己得从中摆脱出来。

"马克，"克尔维勒继续道，"在我们的二十三条狗中间，至少得有一条是走了很长一段路的，是曾经出过巴黎城的。瞧瞧你的文件卡片。是谁在那个星期走了很长的路，星期四，或者星期三。是不是已经圈定了一个家伙，或者一个女人，曾经出过远门。"

马克在一个文件夹中翻腾。都是一些文文静静的人，只是一些文文静静的人。那里头有克尔维勒的记录，有他自己的记录，以及马蒂亚斯的记录。他还没有把它们一一编排归落好呢。

"慢慢地瞧仔细了，别着急，你有的是时间。"

"你难道不会自己来瞧吗？"

"我困了。一大早就起来，十点钟，就跑去见朗格托。当我有些犯困时，我脑子就迷糊了，一点儿都不开窍。"

"喝了你的咖啡吧，"玛尔妲说。

"里头有这么一位，"马克说，"这是狩猎采集者观察到的一个家伙。"

"谁是狩猎采集者？"

"就是马蒂亚斯啊，"马克明确道，"你准许我的。"

"我明白了，"路易说。"你的那位采集者，他都围猎什么呢？"

"通常，要围猎的是原牛，但在这里，涉及的是一个人。"

马克又匆匆浏览了一遍那卡片。

"这是一个每星期都要去职业与技艺学校教一次课的男人，星期五去。他星期四晚上到巴黎，然后星期六早上再离开，赶一大早。当马蒂亚斯谈到拂晓，那就当真是拂晓。"

"他离开巴黎去哪里？"克尔维勒问。

"去布列塔尼的尽头，去尼古拉港，就在坎佩尔附近。他居住在那里。"

克尔维勒做了一个小小的鬼脸，伸出手去，抓住了马蒂亚斯撰写的卡片。他读了一遍又读一遍，聚精会神。

"他表现出他那德国人的脑袋来了，"玛尔妲咬着马克的耳朵说。"要有好戏看了。"

"玛尔妲，"路易说，并没有抬起眼睛来，"你说悄悄话从来就没有说得恰当过。"

他站起身来，从搁架上抽出一个笨重的木制文件夹，上面标记着 O－P 的字样。

"你有没有一个关于尼古拉港的卡片？"马克问道。

"有的。告诉我，马克，他是怎么做到知晓这一切的，你那个狩猎采集者？他是个专家吗？"

马克耸了耸肩膀。

"马蒂亚斯是一个很特殊的例子。他基本上什么话都不说。而且，他只说'你说'，于是人们就说。我看到他埋头苦干，这可不是开玩笑。而这里头没有什么玩意，我打听过了。"

"你想得美，"玛尔妲说。

"总而言之，这行得通。不幸的是，那并不是在另一个方向上。假如他对吕西安说'给我闭上你的嘴'，那可就行不通。我猜测他跟那小子聊天，而就在这时，狗狗就忙于干它作为狗的相关事项了。"

"没有别的旅行者了吗?"

"当然有的。另外有一个家伙,每星期有两天时间要去鲁昂,两地分居,好像是这情况。"

"因此呢?"

"因此,"马克说,"我们就瞧一瞧,在《法兰西西部报》和《厄尔信使报》上,这两星期时间里都读到些什么呢?"

路德维格微微一笑,又给自己倒了一杯咖啡。他没什么可做了,只有让马克在那里滔滔不绝了。

"那么,人们都读得到什么呢?"马克重复道。

他重新拿起他的文件夹,迅速地浏览起南菲尼斯泰尔和上诺曼底的消息来。

"在厄尔省,有一个载重卡车司机夜里撞上了一道墙,那是在十一天前的那个星期三,血液中含有很多酒精,而在菲尼斯泰尔,有一个老年妇人在一片砾石泥滩上磕破了脸,那是在星期四或星期五的早上。没有关于脚趾头的故事,你猜到了。"

"把剪报拿给我。"

马克递了过去,把两腿翘在了桌子上,一副心满意得的样子。他冲玛尔妲做了一个表示鼓励的手势。狗狗的事情完了,我们要转向其他方面了。没完没了地不停地讲臭狗屎的事,实在叫人丧气哦,生活中毕竟有的是其他事情嘛。

路易重新把剪报做了归当,随后,在小小的洗涤池里慢慢地洗着咖啡杯。然后,他找来一块干净抹布,把洗干净的杯子擦干,再把它们重新放回搁架上,就在两个文件夹之间。玛尔妲又把咖啡盒放回原处,重新捧起他的书,稳坐在小床上。路易在她身边坐下。

"就这样，齐活，"他说。

"假如你愿意的话，我可以帮你照看布福。"

"不，我还是更愿意出去时带上它。你太客气了。"

马克突然弯曲起双腿，把脚上的靴子放到地上。他都说了些什么，路易？带上癞蛤蟆吗？他头也不回，他弄错了，他什么都没有听到。

"他已经尝试了海风的味道吗?"玛尔妲问道。"有的人可是受不了的。"

"布福去哪里都感觉很好，你就别为它操心啦。你为什么会想到是在菲尼斯泰尔呢？"

"在厄尔省，一个卡车司机喝醉了酒开车，这掩盖不了什么大事。至于礁石中的那位老妇人，人们会提出问题来的，而且，那是个女人。你鼻子上这是怎么啦？"

"我早上起床时，没看清楚房门，把脸碰了一下，当时天还没有大亮。"

"幸亏你还长了一个鼻子，挡了一下。要不眼睛就撞瞎了。"

老天啊！但是，他们这样将会继续很长时间吗？马克伸展开身子，静悄悄地，双手摁在大腿上，弓起了背，一个很想自我忘却的人的条件反射。克尔维勒将出发去布列塔尼，这点小事算得了什么呢？而玛尔妲，她的神态表示了她觉得这个很正常。但是他因此在整个生活中就只做这个吗？跑过去看看？为了一点无关紧要的小破事？为了一团臭狗屎？

马克瞧了一眼他的手表。快到中午十二点了，这是他的时刻，他可以若无其事地走开了，直到将来克尔维勒雇他在这场虚无的围猎中作为帮他跑腿的人。跟上这么个家伙，心里总是想着自身无用武之地，自从第二次世界大战把他生下来之后，自从正义让他失业之后，他就在冒险，为追踪虚无飘渺而穿越整个法兰西。至于那些破灭的幻象，马克认为自己已然拥有很大的一部分，他根本就无心再去吞噬克尔维勒的那部分。

路易接过玛尔姐递给他的小镜子，仔细看了看自己的鼻子。很好。马克悄悄合上了那些文件夹，扣上上装的扣子，跟所有人打过招呼。克尔维勒对他报以微笑，马克就走了。一旦来到大街上，马克就想到，最好还是在别处工作，而不是在窝棚里。他更喜欢赶在克尔维勒让他在布列塔尼的天涯海角乱跑一气之前，自己就有充裕的时间准备好拒绝的种种理由证据。马克刚刚在整个星期中做了一番试验，最聪明的做法还是溜之大吉，思考一下如何以最好的方式跟这家伙作对。因此，他像一阵风似的刮过他的房间，以便从中卷走一些什么，让自己能在一个小酒馆里一直对付着忙活到晚上。他把圣阿芒的账簿满满地塞了一个双肩背背包，匆匆奔下楼梯，这时，他的叔叔从容地一把抓住了他。

"喂，"老旺多斯莱说。"你怎么跑得这么急，像是有警察追在你屁股后头？"

连这个都能瞧得出来吗？以后，他一定要好好训练一下，竭力控制自己，行动不要太着急，或者，在受挫时，即便心中着急，也要掩饰得绝对不让别人瞧出来，这是必须做到的。

"我要去稍稍远一点的地方工作。假如你的克尔维勒打听起来，你就说不知道我去哪里了。"

"动机呢？"

"这家伙疯了，我丝毫不反对，他自有他的道理，但我更愿意他自己在那里胡说八道，而不扯带上我。每人都有自己的日常进程，每人都有自己的技艺，我没有义务跟在风后面瞎跑，一直跑到大地尽头。"

"你好让我吃惊啊，"旺多斯莱只说了这么一句，他攀上了顶点，并留在顶峰上。

马克找到了一家不错的咖啡馆，离他的棚窝相当远，在那里开始工作，关注起了十三世纪的账目平衡。

克尔维勒站在那里，静静地敲打他刚刚从文件夹中抽出来的小小的硬纸板卡片。

"这来得也太不是时候了，"他对玛尔妲说。"我认识很多人，我旅行过很多，遇到过无数的人。这个国家，太小了，真的是太小了。"

"你在布列塔尼地方有认识的人吗？说来听听嘛。"

"你自己找一下吧。"

"几个字母来着?"

"七个。"

"男人还是女人?"

"女人。"

"啊。你是曾经爱过，还是一般般，还是根本不喜爱?"

"我曾经爱过。"

"这么看来，很快就能找出来。第二个吗？不，她在加拿大。第三个吗？波莉娜①吗?"

"正是。很滑稽，不是吗?"

_____

① 波莉娜的原文为"Pauline"，七个字母。

"确实很滑稽……这完全取决于你要做什么。"

路易把硬纸板的卡片拿到了眼前。

"就不要讨伐啦，嗯，路德维格？人都是自由的，他们想做什么就做什么。我很喜爱她，那个小波莉娜，只不过她爱钱如命，正是这一点让你完了蛋。而你知道，我是很了解女人的。你又是怎么知道她在那里的？我还以为，她一点儿都没有再透露自己的消息呢。"

"仅仅只有过一次，"路易一边说着，一边拿出一个文件夹，"向我通报在她家乡的一次涉毒情况，那是整整四年前的事啦。她给我寄来关于那小子的一份剪报，并加上了她自己的笔记。但是没有一句私人方面的话，什么都没有，甚至连'我亲吻你'或者'祝你健康'之类的话都没有。只是一些情报，因为她认为，那家伙长得太丑陋，其形象不应该出现在我的文件资料中。甚至连'我亲吻你'都没有，什么都没有。我在回复中也像她那样简单，只是说，收到了，而我把那小子的资料补充进了大盒子中。"

"波莉娜总能提供一些很好的情报。那小子是什么人？"

"勒内·布朗歇，"路易说，从文件夹中拿出一张卡片，"我不认识。"

他静静地看了几分钟。

"你简述一下，"玛尔妲说。

"一个老混蛋，这一点尔可以肯定。波莉娜知道我的偏爱。"

"自从四年前你有了她的地址以来，你就从来没想过要去那里转一圈吗？"

"当然想过，玛尔妲，想过二十次。去转上一圈，好好察看一下那个布朗歇，努力一下，顺便把波莉娜重新拿回来。我发现，她住在一个一年到头总是遭雨水拍打的濒海大屋子里，相当孤独。"

"别把它想歪了，但是，那会让我吃惊的，我是很了解女人的。无论如何，你为什么不去尝试一下？"

"无论如何，你看到了我的嘴脸，看到了我的腿脚吗？我也一样，我很了解这一点，玛尔妲。还有，这并不那么重要，你用不着太忧虑的。波莉娜，我本来会在某一天见到她的。当人的一生都在一个太小地方的道路上度过时，他就会遭遇值得遭遇的人和事，人们挑起的那些遭遇，还有人们渴望的那些遭遇，你就别太忧虑了。"

"尽管如此……"玛尔妲嘟囔道。"还是不要讨伐吧，嗯，路德维格？"

"别总是重复同样的话啦。你要一瓶啤酒吗？"

十一

第二天，十一点左右，路易不慌不忙地出发了。遛狗的人当真居住在布勒塔尼的尽头，离坎佩尔只有二十来公里。得花七个小时在路上，休息一次，喝上一杯啤酒。路易不喜欢开快车，他无法连续行驶七个小时而不喝一点啤酒。他的父亲也是这样的，爱喝啤酒。

马蒂亚斯的卡片在他的头脑中不断闪现。那条狗："中等体型，短毛，土黄色，牙齿很大，兴许是一条比特犬，总而言之，嘴脸又脏又丑。"狗的主人当然也就不会显得很亲切了。那人："年纪四十来岁，浅栗色头发，褐色眼睛，下颌骨往里缩，除了这一点，外表还算相当漂亮，然而，稍稍有了一些肚腩，姓名……"他姓什么来着，塞弗兰。利奥奈尔·塞弗兰。带狗的这人昨天早上又出发去了布列塔尼，带上他的狗，他会在那里一直逗留到星期四。没什么可说的了，只有跟着他。路易中速驾驶，稍稍控制住汽车。他本来还打算带上一个人一起走，好让这一趟旅行不那么孤单，也让他的腿脚不那么僵硬，但是，带谁好呢？给他寄来布列塔尼四个省种种消息的那些人，都是固定的线人，被牢牢拴定在他们的港口、他们的生意、他们的报纸中，根本就无法挪动半步。索尼娅吗？好么，索尼娅走了，他不会在那里过白天的。下一次，他会尝试着爱上比这更好的。路易做了一个鬼脸。他是不会那么轻易就爱上什么人的。在他曾有过的所有那些女人当中，因为，当独自一人待在汽车里时，人们是有权利说"有过"的，在那些女人中，有多少是他真心爱过的？真心爱过？三个，三个半。不，他不太有天分。或者，是因为他不再那么愿了。他试图爱得一般般些，不要太夸张，并且逃避强烈的爱。因为他属于那样一类家伙，在一次密集而又受挫的爱情之后，会消沉上两年时间，会在遗憾中变得刚强，然后再决定经历此后的事。由于他也不再投入到一般般的爱情中去，他就选择了长时间孤独一人生活，而冯尔妲则把这个时期称为他的冰川纪。她是反对这样的。当你变得冷冰冰之后，她说，你也就马上要变质了。

路易微微一笑。他右手拤住一支卷烟，点燃了。重新寻找某个人去爱。寻找某个人，寻找某个人，总是同样的故事……好，这事情就将这样了，就在血与火之中，他晚些时候再来想它吧，他进入了冰川纪。

他在一个停车场停下车，闭上了眼睛。休息十分钟。无论如何，他都很感激那些进入过他生活的女人，不管是被爱上的，还是没有被爱上的，都在他的生活中经历过了。说到底，他爱所有的女人，因为独自一人在汽车里时，他就有权把问题普遍化，所有的女人，而尤其是那三个半。说到底，他体验到对她们有一种难以区分的感激之情，他欣赏她们有能力爱男人，这样的一种东西，在他看来是非常非常之难，而且，当人们长得跟他一样丑陋时，情况还会更糟。他那满脸硬邦邦的线条实在难看得令人丧气，要知道，每天早上洗漱时，他总是尽可能地少看自己几眼算几眼，凭着这样的容貌，他本该一辈子都是单身一人。而实际上，不。这，这可不是编造的，只有女人才做得到认为一个丑陋的家伙很漂亮。说实在的，是的，他是很感激的。他似乎觉得，马克也并不真的是有女人缘的小子。一个狂热的家伙，旺多斯莱的后代。他本来会把他带到这里来，他曾经想过，他们会一起在菲尼斯泰尔的尽头寻找女人。但他绝对是看准了，当他对马克讲到这次旅行时，后者是如何神经质地紧紧趴在他的桌子前。对于他，那个骨头的故事简直就是无头无尾，在这一点上他却弄错了，因为他们已经有了一头，人们确实是在寻找另一头的脑袋。但是，马克还是没有看到这个，或者，他很害怕会胡说八道出圈子，或者，随便乱干一气的想法会惹马克·旺多斯莱不高兴，除非他最先就有了具体计划。因此，他尽量避免问他。而且小旺多斯莱在巴黎也会做得同样好，因为，眼下，这件事还并不要求有跑腿的人。他觉得最好还是让他安静地待着不动，毕竟，马克是既容易起皱又很结实①，既容易生气又坚定不移，就像亚麻一样。假如人体也是布料的话，那么他，他又是用什么做的呢？他还是应该问一问玛尔妲。

---

① "既容易起皱又很结实"，原文为"à la fois froissable et solide"，可以引申为"既容易生气又坚定不移"。

路易睡着了，脑袋趴在方向盘上，在一个停车场上。

他晚上七点进入了尼古拉港。他慢慢行驶在港口的街道上，想要对这个地方产生一个大致的概念。这个市镇并不太大，也不太漂亮，他左问问，右问问，最终，把车子停在了利奥奈尔·塞弗兰家的附近。那条狗要过来撒包尿，还真的走了不少公里呢。兴许，它只想去巴黎撒尿，兴许这真的是一条很势利的狗。

他摁了摁门铃，等在紧闭的门前。一个朋友曾对他说过，人与动物之间值得深思的重大区别，就是动物会开门，但开了门之后从来就不会再在身后把门关上，从来就不会，而人，则是会的。行为上的一条鸿沟。路易面带微笑地等待着。

来开门的是一个女人，路易很本能地仔细打量了她一番，估摸，判断，推定，是否就是，或是否就不是，或是否兴许是，就这样，在思考中。他就是这样对待所有女人的，同时却没有真正意识到。他觉得这样一种行为方式很可恨，但是分析者情不自禁地就开始行动了。作为为自己的辩白，路易能肯定，他总是先察看面孔而后才看身材的。

面容很不错，但是很坚毅，嘴唇稍稍有点大，身材看起来令人很舒服，一点儿都不过分。她很机械地回答着路易的问题，就一点儿都不叫人难堪地让他进了门，在她的好客举动中，也没看出有丝毫的勉强。都习惯于来访者了，兴许吧。假如他想等着她丈夫，那好吧，这是可能的，他就只消待在这里，在宽敞的大厨房里，但这可能要持续一段时间。

她在一个托盘上玩着一幅拼图游戏，她把路易安顿在一把椅子上，并给他端来一个杯子和几种开胃酒，之后，她重又埋头投入游戏中。

路易自己给自己倒酒喝，一边喝，一边瞧着她玩拼图游戏。他正好是倒着看图案，画面上好像显出了伦敦塔的形象，夜色中的美景。她正在拼天空的板块。他看她有四十来岁的样子。

"他还没回家吗？"他问。

"回家了，但他现在在地窖里呢，带来了一个新的家伙。这可能会持续半个小时，或者更长时间，我是不能去打扰他的。"

"哦。"

"您是没有赶上一个好日子啊，"她说着叹了一口气，眼睛始终死盯着图版。"全新的，全美的，总是同一回事。然后，他会厌倦的，那他就得再去找另一个新的。"

"好的，好的，"路易说。

"但是，这一个，它可以留住他一个小时。他寻找一个这一类的玩意已有很长时间了，看来，他是获得了对路的货。请您不要嫉妒，尤其。"

"根本不会。"

"这就好，您脾气不错。"

路易又给自己倒了一杯酒。倒是她真的有一副好脾气呢。相当的谨慎，但是人们明白这是为什么。他很想帮她一下，陪她一起玩一玩，同时等着她丈夫完事。说实在的，这有些超出他的能耐。等待中，他看准了一小块图片，觉得它恰好就是填补左边天空空缺处的那一块。他便投入历险，用手指头指了一下它。她也很赞同，冲他微微一笑，就是它了。

"您可以帮我一下，假如您高兴的话。天空，这在拼图游戏中真的是一个困难时刻，但它又是必需的。"

路易挪过椅子来，开始跟她肩并肩地投入游戏。任何时候，他都不反对来上一番拼图游戏，只是不要滥用时间。

"应该把深蓝色和浅蓝色分开来，"他说。"但是，为什么去地窖呢？"

"是我逼迫他的。要不就去地窖，要不就什么都别干。我不愿意满屋子都弄得乱七八糟的，凡事总得有个限度吧。我提出了我的条件，因为假若要听他的，他就会把它们摊得哪儿哪儿都是。而且，说起来，这也是我的房子。"

"当然。这样的事常常发生吗？"

"相当经常。就得看是什么时候了。"

"他在哪里得到的它们。"

"拿着，这一块，它正好是在您这边。他在哪里得到的它们？啊……您对这个感兴趣啊，当然……他是在他发现它们的地方拿到的它们，他有他那些路道。他会到处去寻找，当他把它们装上车后，请您相信我，它们可没有自豪的模样。没有任何人会要的，但是他，他有眼光。事情嘛，就是这样，我没有权利对您说得更多了。而到了地窖后，它们便成了真正的公主。而我，在一旁，我几乎根本就不存在啦。"

"这可不是太有趣啊，"路易说。

"纯粹是习惯的问题。这一块，它是不是正好就能嵌在那里？"

"没错。这么一来，左右正好就接上了。您就不嫉妒吗？"

"一开始，我很嫉妒。但是，您应该知道的，这比一种顽念，比一种真正的强迫症还要更糟。当我明白他根本就无法罢休，我就决定对此做出反应。我甚至试图去理解他，但是说心里话，我真的看不出他从中又能发现一些什么，全都那么一模一样，那么庞大，笨重得像奶牛……假如他喜欢……他说，我根本就不知道什么是美

93

……这倒是可能的。"

她耸了耸肩膀。路易想抛弃这一话题，这个女人让他很不自在。她像是丢掉了所有的热情，只因为她长期生活在反抗与厌倦的屏障之外。于是，他们继续玩着伦敦的夜空。

"这就又进了一步，"他说。

"瞧，他终于上来了。"

"是这一块吗？"

"不，我说的是利奥奈尔，他上来了。今晚的事干完了。"

利奥奈尔·塞弗兰走了进来，一脸满意的表情，在一块毛巾上擦了擦手。他们互相做了介绍。马蒂亚斯说得不错，这家伙外表很俊朗，甚至，在眼下这一刻，他有一张因得了新的好东西而万分开心的少年郎的脸。

他妻子站了起来，挪开了装拼图游戏的盘子。路易觉得，她好像已经并不那么漠不关心了。毕竟，有某种东西在绷紧。她观察着她丈夫在那里自斟自饮。路易在他厨房中出现，似乎并不怎么让他惊讶，并不比一个钟头之前他妻子更惊讶。

"我已经对你说过，把毛巾留在下面，"她说。"它在厨房里实在让我倒胃口。"

"请原谅，亲爱的。我本来应该想到的。"

"你不把它拿上来吗？"

塞弗兰皱起了眉头。

"还不行，它还没有准备好。但是它会让你开心的，我敢肯定，很柔和，漂亮的曲线，一种很不错的触觉，坚实，温顺。我已经把它扣上了，留在那里过夜，这样更稳妥些。"

"眼下，底下比较潮湿，"他妻子低声说道。

"我给它盖了一块盖布，你就不用操心了。"

他笑了，搓了搓手，捋了好几次头发，像是一个刚刚睡醒的人，然后转向路易。是的，他有一个看来很不错的脑袋，一张清秀的脸，开放，直爽，一个很松弛的身段落在椅子上，一只漂亮的手握住了酒杯，跟他妻子恰好相反，人们恐怕难以相信他会在地窖里乱捣腾。然而，他的下巴收得相当往后，而在他的嘴唇上，兴许，有着某种细巧的、节俭的、坚定的东西，总之，没有任何太过感官的东西。这家伙的外表让他喜欢，除了嘴唇，但是他在地窖里做的事，却根本不让他喜欢。而且，他把妻子撂在一旁，也让他不喜欢。

"请问，有何贵干?"利奥奈尔·塞弗兰问道。"您是不是有什么东西要给我?"

"什么东西吗?没有，我来是为您的狗的事。"

塞弗兰皱起了眉头。

"哦，是吗?您来原来不是为了生意啊?"

"生意吗?根本不是。"

塞弗兰和他妻子都露出了惊讶的表情，一个比一个更惊讶。他们原以为来者是一个生意人，一个上门推销的商人。正是因为这样，他们才让他在家里自由自在地等了这么长时间。

"我的狗吗?"塞弗兰继续道。

"您真的有一条狗吧?中等体型，短毛，本色……我刚才看到它走进了这里。于是，我就跟着走了进来。"

"没错，是这样的……请问出了什么事情吗?它又胡作非为了?丽娜，狗儿又胡作非为了吗?它在哪里，到底在哪里?"

"在厨房里嘛，蜷缩在那里。"

这么说，她的名字叫丽娜了。头发褐色，皮肤粗糙，眼睛黑色，她兴许是南方人。

"假如它胡作非为，"利奥奈尔·塞弗兰继续道，"我来赔钱好了。这狗，我始终监视着它的，但这是一条可怕的漫游狗，总爱从家里逃出去，一秒钟不注意，门刚刚打开一条缝，它就出溜一下跑出去了。总有一天，我会发现它躺在一辆汽车底下的。"

"这倒也不是什么坏事，"丽娜说。

"我求求你了，丽娜，别那么冷酷好吧。你瞧，"塞弗兰继续道，转身朝向了路易，"狗无法拴住我女人，而反过来也一样，这都是无法控制的。除了这一点，还都不坏，当然啦，当人去惹它时，那就是另一回事啦。"

路易想到，当人们有一条狗时，他们往往会说出一些很愚蠢的话来。假如他们的狗咬了某个家伙，那总归是那家伙的错。而对一只癞蛤蟆，人们就没什么可说的，这就是养癞蛤蟆的优越性。

"得看看它又带回来了什么，"丽娜说。"它可是什么都吃，见什么咬什么的。"

"因此，它是一条爱游荡的狗了?"路易说。

"是的，但对您，它又干什么啦?"

"它对我什么都没干，我正在寻找一条这种类型的狗。我看到了它，于是我就过来这里问一下，因为这可不是那么常见的。它真的是一条比特犬吗?"

"是的，"塞弗兰说，如同是在承认一种肮脏的坏习惯。

"这是为了一个老太太。她想要一条比特犬来保护自己，这是她的想法。但是我很怀疑比特犬，我可不愿意看到它有一天把她咬死在床上。它是怎样的呢?"

利奥奈尔·塞弗兰不停地讲着他的比特犬，路易真的没什么可担心的。他觉得有趣的一点，是他由此得知，这种狗总爱偷偷溜出去，并且会把随便什么叼回来。塞弗兰就这样总要忙于应付它天生的和后天赢得的老生意，并得出了一个结论：一种严格的教育是可以把一条比特犬变成一只羊羔的。除非当人们惹恼它时，这是当然啦，但是这个，所有的狗全都如此，而不仅仅只是比特犬。

"话又说回来，有一天，它攻击了皮埃尔，"丽娜说。"而皮埃尔则肯定地说，他绝对没有去惹它。"

"当然惹它了。皮埃尔当然把它给惹恼了。"

"它咬他咬得厉害吗？咬在哪里？"

"腿肚子上，但是不很深。"

"它经常咬人吗？"

"哦不。它只是露一下牙齿，仅此而已。它很少攻击人的。除非有人先惹了它，当然。皮埃尔除外，它已经有一年时间没咬任何人了。相反，有一点没错，当它逃出去后，它就会造成损害。它掀翻垃圾桶，它啃咬自行车轮胎，它撕碎床垫子……没错，它会干这些，它很厉害的。但是，这跟它属于哪一种类根本就没什么关系。"

"这正是我要说的，"丽娜接着说。"它已经让我们赔人家不少钱。而当它什么都不毁坏时，它就跑到泥滩上去，它卷入到它能找到的一切，它尤其喜欢腐烂的海藻，腐烂的死鸟，腐烂的鱼，当它回来时，会带来一股浓烈的腐臭味。"

"听我说，亲爱的，所有的狗全都这样，反正又不是你来给它洗澡。您等一等，我这就去给您把它找来。"

"它走得很远吗？"路易问道。

"不太远的。利奥奈尔总能在什么角落里找到它，在泥滩上，或者在村头，或者在公共垃圾场……"

她俯身朝向路易，开始喃喃低语。

"我，它可让我害怕死了，以至于我都要恳求利奥奈尔，求他去巴黎时把它也一起带走。至于为了你的朋友，您还是给她找一条别的狗吧，可不要找比特犬了，这就是我的建议。那可不是一种好狗，那是一种地狱般的造物。"

利奥奈尔·塞弗兰带着狗进来了，他紧紧地握着项圈，把它牵住。路易看到，丽娜在椅子上死死地紧缩着身子，把两只脚都抬到了椅子的横档上。在地窖和狗之间，这个女人过着一种并不很轻松的生活。

"好了，灵狗儿，好了，我的狗。这位先生要看看你。"

他对它说话说得很傻，就跟路易对自己的癞蛤蟆说话时一样傻。路易很高兴自己把布福留在了汽车里，这条恶犬说不定会把它一口吞了。他感觉它有着太多的牙，而它的獠牙正在嘴唇间错动不已，仿佛随时随地会从它可怕的嘴脸中冲出来。

塞弗兰把比特犬推到路易跟前，路易顿时觉得很不自在。这狗张开大嘴，轻轻地咆哮着。他们继续争论着这样那样的事，狗的年龄，狗的性别，狗的繁殖，狗的胃口，众多的话题，绝对地烦人。路易打听了一下旅馆的消息，谢绝了对方留他晚餐的好意，然后就离开了。

从他们家出来后，路易一肚子的不满意。分开来看，当丈夫的和当妻子的都还可以接受，但是合在一起，某种别扭就产生了。至于那条爱偷偷溜达并且翻腾垃圾的狗，眼下看来，还说得过去。但是今天晚上，路易已经受够了那狗。他寻找着镇里的唯一一家旅店，一家崭新的大旅馆，应该足够消化夏季的旅客。从他已经看到的情况来分析，尼古拉港并没有什么海滩，但是有满是淤泥和岩礁的根本无从下脚的泥滩。

他在旅馆匆匆吃了晚饭，要了一个房间，钻了进去。床头柜上，放有几本小册子和宣传材料，还有城里一些有用的地址。材料都很薄，路易就翻开来读：渔产品，市政厅，古董，潜水用具，海水疗养中心，文化指导，教堂的照片，新路灯的照片。路易打起了哈欠。他是在谢尔省的一个小村子度过的童年，那些小小的故事不会让他腻烦的，但是，那些材料，会的。他的目光停留在了海水疗养中心的那幅团队照片上。他站了起来，在灯光下仔细地打量起那张照片来。正中间的女人，主人的女人，他妈的。

他躺倒在床上，两手交叉，托在后脖子上。他微笑起来。好嘛，假如她要嫁的就是这人，假如她出来就是为了这个，那可真的是不值得。并不是说他是一个礼物。但是这个男人，脑门低低的，头发黑黑的，如刷子一般冲天而起，令人丧气的大嘴框定在一个大方块中，说实在的，真的是不值得。是的，但到底是哪一种情况最伤人？是发现她在一个无比卓越的家伙的床上，还是在一个唯利是图的猴子的床上？这是可以讨论的。

路易拿起他的电话，打给了他的地堡。

"玛尔妲吗？我把你叫醒了，我的老太太。"

"你以为呢……我在玩填字游戏呢。"

"我也是。波莉娜嫁给了当地的大土豪，海水疗养中心的主任。你能猜得到吗，她又该怎样地自寻烦恼啊？我把这一对的照片发给你，你就好好地乐它一回吧。"

"一个什么中心来着？"

"海水疗养中心。一个能捞很多钱的工厂，通过给人体敷一些海藻，抹一些鱼油，涂上含碘的泥巴，还有其他的破玩意。跟海水浴一样的，却要贵上一百倍。"

"啊，这不是太傻了吗。那你的狗，怎么样啦？"

"我找到它了。一条可恶的狗，满嘴獠牙，但它的主人倒是很亲切可爱，只不过，我实在不知道，他在他的地窖里搞的是什么鬼名堂，还有，那两口子是什么强迫性的组合啊，我倒是很想看一看。他妻子稍稍有些让人担忧。很好商量的人，但有些冷淡，或者不如说是丧失了活力。或者不如说，她压缩了什么东西，她时不时地在压缩自己。"

"既然现在你就在电话里，那就帮我一下，流过俄罗斯的河，两个字母，是什么河？"

"鄂毕河，玛尔妲，鄂毕河①，真见鬼啊，"路易叹了一口气说。"把它刺刻在你手上吧，我们就不再谈它了。"

"谢谢，路德维格，我亲吻你。你吃了晚饭了吗？是吗？那么，我亲吻你，不要犹豫，尽管向我探听消息好了。你知道的，我很了解男人的，同样也……"

"我会的，玛尔妲。写下'Ob'，然后安安静静地入睡，只用一只眼睛监视着档案材料。"

路易挂上了电话，当即决定要去看一看利奥奈尔·塞弗兰家的地窖。它有一个通向外面的出口，他在刚才出门时记下了这一点，锁的问题可为难不了路易，除非是三点式的锁，很烦人，需要花很多时间来对付，还需要笨重的工具，以及从容的心境。

一刻钟后，他就来到了那个门口。已经是十一点多了，周围一

---

① 原文为"Ob"，只有两个字母。上文中已经提到过了。

片漆黑，静悄悄的。地窖被一把锁和一道门栓保护着，这让他费了相当一段时间。他悄无声息地工作，生怕惊动那条狗。不知道是不是会有一个女人睡在盖布底下，睡得很香。但路易开始怀疑，事情可能并不涉及一个女人。要不然，那他对女人们真的是搞不懂了，既搞不懂地窖里的那个女人，也搞不懂楼上的那个做妻子的，尤其是还要立即抛弃男人的职业。是的，但是，还有什么别的吗？塞弗兰一家已经毫不暧昧地谈到了这个。然而，里头有一些稀奇古怪的东西，而路易对稀奇古怪的东西是不会满意的。

门开了，路易走下几步台阶，再在身后把门轻轻地关上。眼前分明不是一片难以想象的乱七八糟的景象，只见一个很大的工作台，台子上有一条揉成一团的盖布，构成厚厚的一堆阴影。他摸索，掀开，打量，点了点头。一种张冠李戴。他憎恨张冠李戴，这些无用的和搞怪的插曲，他不禁在心中自问，在何等程度上，那位丽娜·塞弗兰真的不愿意把他带到这恐怖之中。

盖布保护的只是一台老旧的打字机，世纪初的东西，幸亏他对那些玩意还略知一二。实际上，恰如丽娜说过的那样，它很庞大，笨重得如一头奶牛，需要结结实实地擦拭一番。路易举起手中的灯，来回地照着利奥奈尔·塞弗兰心中的那个顽念。到处，在各个架子上，地面上，一些台子上，堆放有几十台旧打字机，另外，还有一些留声机的部件，一些喇叭筒，一些旧电话机，一些吹风机，一些电扇，一大堆备用零件，一些螺丝钉，一些机械臂，活塞，小块的电木，一切都很协调。路易返回台子上那台过时的机器。原来就是它，塞弗兰捡来的"新东西"。而他，他们则把他当成了一个机器爱好者，这显而易见，而之所以这两口子如此超脱地接待了他，那都是因为他们早已习惯了收藏家的频繁来访。塞弗兰应该就是收藏市场上鼎鼎有名的一枚齿轮，能让人不厌其烦地一直跑到布列塔尼的尽头来找他。

路易伸手摸了摸自己已有四天没刮的短胡子。有时候，他会刮验，有时候，却不刮，以便在他那过于前突的颌骨上投下一片阴影。他抵抗住了逃逸在一把真正的大胡子背后的欲望，采取了这一靠不住的办法，缓和一下下巴的进攻性，他实在是不喜欢这下巴啊。这样就够了，世界就在血与火之中，他不会整整一夜都去考虑他的颌骨问题，凡事皆有限度。就让丽娜把他当成一个收藏者好了，她肯定已经见过几十个这样的人来访了，这是有可能的。但是，他总觉得，她很好地玩弄了一把词语的暧昧不清，她兴许很开心地看到他的局促不安。说不定可以看出某种变态的邪性。人们可以用拼图游戏来掩饰内心的忧烦，或者就用变态的邪性，假如人们有这方面倾向的话。至于这位丈夫，现在真没什么可说的。路易又回到了他一开始有利的感觉上来，除了那条狗。这是对那个得到过多次遵守的著名规则的一种扭曲，即是说，有什么样的主人，就有什么样的狗。在这里，主人与狗则是一点儿都不相像，这实在是太奇怪了，因为他们俩显得彼此都很看重。他必须记住这一例外，因为对人类来说，看到规则垮了台，总是一件令人宽慰的事。

他重又把那块盖布盖上，为的是保护底下的东西免遭潮湿的侵害，而不是为了抹除他擅自破门而入的痕迹，毕竟，当时，他无论如何都不得不撬开固定门锁的螺丝。他重又出门，来到夜色之中，再把门推上。明天，塞弗兰将会发现有人闯进来过，会做出反应。明天，他将前去拜访镇长，了解死在泥滩上的老妇人的更多情况。明天，他还会前往海滨疗养中心，去看望小波莉娜。他会猜想，她是为了钱而嫁给了那个脑门很低的男人，但是，他却不那么肯定。

这已经不是第一次了，女人不喜欢他，却更喜欢一些他连一根手指头都不愿碰的家伙。但是，毕竟，既然波莉娜是他爱过的第三个女人，还是会让他有些撕心裂肺的感觉的。玛尔妲都说过些什么？不要做惩罚性的探险。不要，这是当然的，他还没有混蛋到这一地步。但是，那将会很难。因为，说到底，当她离他出走时，他是很痛苦的。他吞下了想象不到的多少瓶啤酒啊，他在没完没了的回忆之中大大发福了，并且变得臃肿不堪。然后，他得付出数月的努力，才能重新找回他头脑中的基本东西，并且恢复自己虽然很高很大却非常结实得体的肌体。那将会是一个很难的过程。

十二

克尔维勒起得太晚了，没赶上在旅馆吃早餐。他刮了脸，几乎刮了个完全彻底，然后就出了门，冒着小雨走在村里。说它是个村子，其实也不太确切。他觉得还不如称它为一个"居住点"。尼古拉港原本为中世纪的小港，小巧玲珑，现在还留有狭窄的街巷，会让一个马克·旺多斯莱这样的家伙大感兴趣，而不是让他。正想着马克时，他看到了教堂，然则是耶稣受难主题的雕塑群像，毫无疑问，那是个漂亮的玩意，上面雕刻有种种妖魔鬼怪，还有其他一些肮脏玩意，足以在虔诚信教者的头脑中激起一阵阵恐惧。二十来米远处，有一个花岗岩喷水池，已经毁了一多半，任由一小股水在那里流淌。

在越来越细密的雨丝底下，路易弯下腰，摇晃着身子侧向一边，一条腿弯着，另一条腿僵僵地拖着，把一只手伸进阳沟中。在这水沟中，应该有好几千人曾经来沉浸过他们的不幸，吁求过护佑，吁求过爱情，吁求过孩子，呐喊过复仇。多少个世纪下来，这就让水流承担了很多很多。路易始终非常喜爱有神奇功能的泉水。一时间里，他想到了要把膝盖浸到水里。只不过，没有任何经验证实，这一泉水具有神奇的疗效。但是，在布勒塔尼，在一处耶稣受难像边上，这是很显然的，不应该把人们当做傻瓜，就连最愚蠢的人也知道如何辨认一个具有神奇功能的喷水池，假如那确实是一个神奇水池的话。这地方很漂亮，路易很开心。它是一个悬垂凌空的高处，从这里俯瞰出去，能看到当地相当现代化的一部分面貌。尼古拉港分得很散。它已然只是一些零零散散的别墅，彼此间相隔大约好几百米距离，而在远处，则有一个工业区。

这个被毁的荒凉居住点，只留存下一个中心广场，带有一个巨大的石头十字架，旅馆、咖啡馆、镇公所，还有二十来栋房屋。其余一切则在周围胡乱地延伸开去，一个修车铺，一些别墅，一个大超市，海水疗养中心，面目甚为可恶，彼此全都那么相像，像是一大把多米诺骨牌被扔在那里，由几条公路和一些环岛连接在一起。

路易更喜欢有神奇功能的泉水，他把手伸到水里浸着，他还喜欢耶稣受难群像中那些花岗岩恶魔。他就一直冒着雨坐在那里，坐在一块从低低的青草中露出来的岩石上。只见一些小小的人影在那边移动，在别墅前面，另外有一个则在镇公所前面。那兴许就是镇长，米歇尔·舍瓦利埃，标签不很明显，D 类，表示其他各类别。这些类别总让他有些窘迫。那常常就是一些比较软弱无力的家伙，在竞存世界的大浪淘沙中似乎变得越来越狭隘，躲藏在一个不太确切的中心，真是一些看不出有什么出路的家伙。路易难以抓住这些飘忽不定的人。兴许这位镇长是一个在最简单的问题前都会犹豫不决的小子，每天都在问自己，他到底是褐色头发还是金色头发，他到底是一个男人还是一个女人。但是他自己呢，说来也惭愧，每当有人问他打从哪里来时，他也会犹豫不决的。不知道，不要紧，莱茵河之子。人们花了很多很多时间，试图把莱茵河据为己有，他们甚至已经把它砍为两截了。抽刀砍水，只有人类才想象得出这样的疯子式举措。但是，莱茵河不在任何地方，也不是任何人的，而他，他是莱茵之子，是他父亲这样对他说的，国籍未定，世界就在血与火之中，他的白天不会在这上面度过的。说是这么说，不隶属于任何人这一优点便是能成为所有的人。假如他觉得可行，当然他常常觉得这就很可行，也尽可以成为土耳其人、中国人、柏柏尔人，而且，假如他愿意，为什么不呢，同样，还成为印度尼西亚人、马里人、火地岛人，随那个不同意的人怎么说去吧，他爱怎么说就怎么说好啦，还成为巴西里人、爱尔兰人，或者，显而易见，法兰西人，或者德意志人。而在这一点上，最实际的做法就是提供一个祖先们的肖像画廊，如此宽广，同时又如此引人入胜，或者微不足道。

路易把手从泉水中收回来，又看了看它。在裤腿上擦干了手之后，他第一千次地想到，他在法国生活已经有五十年了，人们管他叫"德国人"已经有五十年了。人们没有忘记，他也没有忘记。重新挺直身子后，他想起来应该去给老头子打电话了。他已经有一个月没有父亲的消息了。那边，莱茵河对面，在罗拉赫①，老头子会很开心地知道，他现在在追踪什么。从喷泉的水池子这边，路易朝尼古拉港蜿蜒伸展开来的大地放眼远眺。他知道他为什么犹豫了：是从波莉娜开始呢，还是更稳当些，从镇长开始呢？

① 罗拉赫是德国巴登－符腾堡州一地，靠近法国和瑞士的边界。

十三

上午十点钟来到路易的那个叫作地堡的住所时，马克·旺多斯莱准备好了所有可能的答案，来回答克尔维勒可能提出来的询问。于是，他心平气和地进了门，亲吻了玛尔妲，很奇怪没在书桌上找到什么字条。路易肯定给他留下了一条信息，要求他跟他一起出发，前往这个国家的天涯地角。或者，由玛尔妲来充当中间传话人。但玛尔妲什么都没说。这样一来，每个人就都闭口无言，这倒也不错。

马克从来就不知道该如何秘守一个决定超过十分钟时间，无论是好的还是不好的。心中的不耐烦让他总是把守不住机密，而即便他气恼得多么厉害，也会在短短的瞬间化为乌有，因为他需要焦躁不安地晃动，让悬置的问题多少有一点点进展。问题只要悬置在那里，马克就觉得难以忍受，可以说，这世界上没有任何东西会比悬而未决的问题更让马克难以忍受了。他在椅子上焦躁不安地晃动，然后又问玛尔妲，是不是有什么口信要转达给他。

"没有口信，"玛尔妲说。

"哦，不要紧的，"马克说，重新决定保持沉默。

"但是，你知道些什么吗？"他又问。"路易说过要让我充当一个跑路人。这个嘛，不，玛尔妲，我可不是一个干这行当的家伙。不要以为我不会跑路，这跟会不会跑路毫无关系。我可以跑得很快，假如必要的话，就是说，相当相当快，而尤其，我还很善于攀登。不是指爬高山，不，这让我实在沮丧，我很厌烦它，但是，那些墙，那些树木，那些篱笆，我都能攀爬。你恐怕会说我看起来很不擅长这些，不是吗？这么跟你说吧，玛尔妲，我实际上很灵巧的，尽管不太强壮，但很灵巧。在这大地上，人们需要的不仅仅是强壮的人，是不是，嗯？你知道吗，我妻子就是为了一个很壮实的家伙才离开我的？非常壮实，是的，但他却无法在一把梯子上面站稳了，此外，那家伙……"

"你结婚了吗，你？"

"为什么不呢？但那已经是过去的事了，现在，你就别跟我说这个了，我求求你了。"

"是你自己说起来的。"

"是的，你说得对。我说了，玛尔妲，我不是一块生来当兵的料，毕竟，这是要跟克尔维勒在一起干，他招募的标准是精明，是细腻。我当然不会做到一味地服从，种种的禁令总是让我怒不可遏，那会捣毁我的神经。犯罪案件的调查，这让我烦透了，我很不善于怀疑。理解，研究，推理，这可以，但是去怀疑活着的人，我难以做到。相反，我很善于怀疑死去的人，这才是我的职业。我怀疑普伊萨耶贵族老爷家的账房先生，怀疑他在谷仓的账目上做假，他在绵羊毛的问题上应该欺瞒了主人。但他已经死了，你抓住这里的巨大差别了吗？在生活中，我很少猜疑，我相信人们对我说的，我总是信任。然而，他妈的，我也不知道我为什么总要说话，我不停地说话，我的生命都用来讲述我行为的片片段段了，这让我疲惫，而且大大地戏弄了别人。我要对你说，作为士兵，作为怀疑者，我一无所是，零蛋一个，仅此而已。在做一个有力的人、疑虑的人、强大的人方面，或者，如同你的那位路德维格作为无论什么样的超人方面，我是零蛋。无论有克尔维勒陪着，还是没有克尔维勒陪着，我都不会前往布列塔尼，去做跟在另一条狗后面跑的一条狗。这会让我偏离我的……"

"今天上午，你有点儿歇斯底里，"玛尔妲说，耸了耸肩膀。

"啊，连你都瞧出来了，有什么东西出了毛病。"

"你作为一个男人也实在太碎嘴子了，这很有悖于你的形象。听听我的建议吧，因为我，我是很了解男人的。"

"好吧，我才不在乎我的形象呢。"

"你不在乎，是因为你不懂得该怎么做。"

"也许吧。而这又有什么差别呢？"

"总有一天，我会给你好好解释，如何在多嘴多舌中不至于被剁得稀巴烂。你在滥用词语。对了，等你下一次要为你自己选一个女人时，先把她带来给我看一看，因为我是很了解女人的。我会对你说，她是不是适合你，那样的话，无论你是会滥用词语，还是会激动，就都不会彻底完蛋了。"

很奇怪，这一想法并没有让马克不开心。

"那么她应该是怎么样的呢？"

"这里头可就没有什么规律可循了，不要做梦了。等你到时候给我带来一个女人时，我们再谈好了。除了这一点，我可看不出今天上午你为什么这样神经质。你讲你自己的生活已经有整整一刻钟了，没有任何人知道这是为什么。"

"我已经对你说了。我根本就不想跟路易一起出发。"

"你难道不觉得吗，这事儿还真的值得一做？"

"当然啦，玛尔妲，老天啊！而且，这事儿我都已经做过一回了。"

"路德维格说过，你从中摆脱了出来。"

"我不是唯一的一个。而且，问题也不在这里。我被一些腐败的前警察，或者说是假法官团团包围住，而我又不愿意有人把我像拉牛鼻子上的环那样拉出来，我整个星期都在做这个，这就够了。"

"当然啦，当你只想你一个人时，你就会对其他人一点儿都不理解啦。"

"我知道。这是个问题。"

"亮出你的鼻子，让我好好看一看。"

马克想都没有想，就把脸转向了玛尔妲。

"里面已经没地方可以再套上一个环了，太窄了。相信我，我是很了解男人的。而且，始终让你费腿脚，这不应该是一份好礼物。"

"啊，你都看出来啦？"

"而且，又没有谁要求你去陪同路德维格。"

"反正这都一样的。他用一团臭狗屎来诱惑我，相当的有效，微妙，而且，他把我一直拉向布列塔尼，因为他知道，我是不会轻易放弃一个已经开始的玩意的。这就如同一瓶啤酒，你把它打开了，你也就完了，你就得把它喝完。"

"这可不是什么啤酒，这是一桩罪行。"

"我心里很明白。"

"路德维格昨天就出发了。他是一个人出发的，没有要你陪同，你这个小旺多斯莱，他留下你来做你自己的研究，很尊重你的。"

玛尔妲一边瞧着他，一边微笑，而马克则在一旁一声不吭。他觉得很热，他话说得太多了。到了一月一日，他就会做出决定了。他平静地问，碰巧，这个钟点是不是喝咖啡的时候啦？

他们就那样一言不发地准备着他们日常的那份小小咖啡。然后，玛尔妲就请他帮她一把，破解一下她的那一局填字游戏。情况极其例外，因为他感觉自己处在一种虚弱的轻松状态，于是，马克就稍稍放松一下，不再工作。他俩在长沙发兼折叠床上安坐下来，马克拿过一个靠垫，放在背后，又把另一只靠垫塞到了玛尔妲背后，然后又起身去找一块橡皮，没有了橡皮，人们是不能玩填字游戏的，回来后，他又重新调整了一番靠垫，脱掉他的靴子，开始思考横向第 6 行有十个字母的那个词的定义："一种艺术形式"。

"这就有选择了，"马克说。

"就不要解释了，寻找吧。"

十四

前往镇公所之前，路易在对面的菜市场咖啡馆里吃了早点，它就坐落在广场另一边。他等待着他的上衣稍稍晾干一些。第一眼看去，路易觉得那家咖啡馆很合他的口味，已经有四十年没有碰到过了。馆里有一个电动弹子游戏台，还有一张台球桌，边上还立了一个油腻腻的硬纸板标语牌，上写道："小心，台绒是新的"。触碰一个台球，击到另一个，好一个体系，其微妙之处始终令他开心。计算弹道，角度，回力，瞄准左边那个却为打到右边那个。很狡猾。游戏大厅很宽敞，很昏暗。假如人们不来玩游戏，这里恐怕就不开灯，而现在是星期一上午，大约十一点三十分，时间还太早。桌上足球游戏机的小小球员的脚已被磨损得很厉害了。好，脚，它重又开始。他看来得关照一下这根脚趾头了，而不应该任由自己马上就去伸开双臂欢迎他的电动弹子游戏台，去那里玩上入门的一局。

"今天，我们可以见镇长吗？"路易问一个正守候在柜台后的穿灰色和黑色衣服的老妇人。

老妇人想了想，慢慢地把她细巧的双手放到了柜台上。

"假如他在镇公所，当然没有理由不见。但是，天哪，假如他不在……"

"是啊，"路易说。

"要是不在那里，他会在中午十二点半来这里喝一杯开胃酒。假如他在一个工地上，那他就不会来。但是，假如他不在工地，他就会来的。"

路易谢过她，付了钱，拿起他那件还没有完全晾干的上衣，穿越了广场。刚一走进小小的镇公所，就有人问他是不是有预约，因为镇长先生正在他的办公室里工作呢。

"您能不能告诉他一声，就说我是个过路的，我很想见见他的面？我叫克尔维勒，路易·克尔维勒。"

路易从来就没给自己做过名片，这有点儿让他别扭。

年轻人打了电话，然后示意他可以进去了，二楼，尽头里的那个门。无论如何，这房子只有两层楼。

路易对这位参议员镇长没有任何记忆，除了他的姓名，以及他的种种头衔。接待他的那个家伙长得相当魁梧，稍稍有些软，属于那样一种脸，你得努力集中精力，才能回想起来，但总的来说，那脸上的线条很有弹性。他走路像是在微微弹跳，他用一只手把另一只手所有的手指头一一翻过来，却并没有把关节弄得咔咔响，显现出一种叫人目瞪口呆的柔软性。见路易正在观察他的这一举动，镇长便把手伸进了衣兜里，请他坐下。

"路易·克尔维勒吗？请问有何贵干？"

米歇尔·舍瓦利埃微微一笑，但实际上并不那么上心。路易对此早就习以为常了。内务部一位密使的即兴来访，从来不会让当选的议员感觉轻松的。表面看来，舍瓦利埃并不知晓他的去职，或者这一去职还不足以让他放心。

"没有任何会给您带来忧虑的东西。"

"我很愿意相信您。在尼古拉港，连一枚别针都隐藏不下。这地方实在是太小了。"

镇长叹了一口气。他应该在这镇公所里转圈圈。没什么可隐藏的，也没什么东西需要敲敲打打修补的。

"如此说来，还有什么呢？"镇长继续道。

"尼古拉港无疑很小，但它很分散。我来是要带给您某个可能就是属于它的东西，我在巴黎发现的某个东西。"

舍瓦利埃顿时瞪圆了他的蓝眼睛，连眨都不带眨一下的蓝眼睛，但他倒是很想眨一眨眼的。

"我来拿给您看，"路易说。

他把手伸进上衣的兜里使劲地掏，碰到了正在那里打盹的布福的皮肤。他妈的。今天早上在耶稣受难群像那一带溜达时，他把它带了出来，但他回转时却忘了把它放回到旅馆房间里去。现在肯定不是把布福拿出来的时候，因为镇长的脸看起来稍稍有些忧虑。他在布福的肚子底下找到了那团报纸，它可是一点儿都不尊重那些物证，它就静静地趴在那上面。

"瞧，就是这个小东西，"路易说，把那块脆弱的骨头放在了舍瓦利埃的木头桌子上。"它让我很揪心，使我一直来到您这里。但愿我的担心只是杞人忧天。"

镇长俯下身体，瞧着那一团垃圾，慢慢地摇了摇头。这是一个耐心的家伙，可塑性很大，路易心里这么想，他走路放慢脚步，没什么能让他过于激动，他也没有长一颗愚蠢的脑袋，尽管他的眼睛很大。

"这是一块人的骨头，"路易继续道，"是一个大拇趾的最后一节，很不幸，我是在巴黎的壕沟墙广场上发现它的，就在一处树根的栅栏圈上，而它，请您原谅，镇长先生，被包裹在一团狗的粪便中。"

"您还挖掘狗的粪便啊？"舍瓦利埃稳稳当当地问道，不带丝毫讥讽。

"一场瓢泼大雨洗涤了巴黎。种种的有机物全都得到了冲刷，就这样，骨头最后留在了铁栅栏盖上。"

"我明白了。但它跟我这个镇又有什么关系呢？"

"这东西在我看来也太不寻常，太让人恶心了，也引起了我的注意。不能排除是一次事故。或者，通过把偶然性推至极端，说不定会是一条狗从太平间里出来后经过了那里。但是，也不可能排除这是一桩谋杀案留下的残片。"

舍瓦利埃一动不动地待在那里。他仔细地听着，没做任何反驳。

"那我的镇子呢？"他反复道。

"我这就说到镇子了。我在巴黎等待了一阵。但那里什么事都没发生。您知道，人们在首都是无法隐藏一具尸体太长时间的。在郊区也同样什么都没发生，过去十二天以来，没有任何人报过有人失踪。于是，我记录了经过那地方的狗的种种运动轨迹，那些在某处吃却在另一处拉的狗，我认定了其中两条。我选择了利奥奈尔·塞弗兰的那条比特犬的轨迹。"

"请继续说，"镇长道。他依然很柔软，但他的精力在逐渐集中。路易胳膊肘撑在桌子上，一个拳头抵住了下巴，另一只手始终

113

留在衣兜里，因为那只见鬼的癞蛤蟆一点儿都不想睡觉，老在那里乱动。

"在尼古拉港，"他说，"泥滩上发生过一次事故。"

"我们说到点子上了。"

"是的。我来是为了弄清楚，那到底是不是一次事故。"

"是的，"舍瓦利埃打断他说，"一次事故。一位老妇人在礁石上滑倒了，磕破了脑袋。报纸上都报道了。所有必要的证明都由富埃南的警察做出来了。毫无疑问，是一次意外事故。玛丽老太太总是喜欢去那地方，那天正好有雨，或者刮大风。那是她最喜爱的滨螺角落，她每次去都会带满满几袋回来。没有任何人会去跟她争夺滨螺的，那是她的地盘。那个星期四，如同往常那样，她出发去了那里，但天下起了雨，海藻是很滑的，她就滑倒了，独自一人，在黑暗中……我是很熟悉她的，没有人会想到要伤害她。"

镇长的脸变得阴沉下来。他站起身来，背靠到了办公桌后面的墙上，身子软软的，重又拧动起了自己的手指头。在他眼中，对话分明已经到了尾声。

"只是到了星期天，人们才发现她的尸体，"他补充道。

"这也太晚了。"

"星期五的时候，人们对她的失踪还并不着急，因为她休假。星期六中午，没有人见到她出现在咖啡馆，人们就想去她家，还有她老板那里看一眼。什么人都没有。只是在那时，大约十六点钟，人们开始了寻找，多少以业余的方式，人们还并没有真正恐慌。没人想到去沃邦泥滩那里看看。三天以来，天气一直是那么糟糕，人们根本就想象不到她会去采挖滨螺。最终，大约二十点时，富埃南的警察被叫来了。人们在第二天搜索海岸时，找到了她的尸体。沃邦泥滩离这里并不太近，它在海岬上。就这些。如我刚才对您说过的那样，该做的都已经做了。这是一次意外事故。那么，您觉得呢？"

"那么，必要性结束之处，便是艺术开始的地方。她的脚呢？人们是不是注意到什么了？"

舍瓦利埃重又坐了下来，显现出一种表面上的顺从，朝克尔维勒匆匆地瞥去一眼。看来，要把克尔维勒请出办公室，实在不是一件容易的事，他不是一个可以轻易被抛出去的人。

"正是正是，"舍瓦利埃说。"这事情，您本来给我打个电话就行，那可就简单多了，根本用不着费时费力地跑那么多路。我会告诉您，玛丽·拉卡斯塔当时是摔倒的，她脚下根本就没有发生过什么事。"

路易低下了脑袋，沉思了一会儿。

"当真什么都没有发生吗？"

"什么都没有。"

"我可不可以冒昧地问您要一下调查报告？我想看一看。"

"我可不可以冒昧地问您一下，您是不是负有公家的使命啊？"

"我已经不在内务部工作了，"路易微笑着说，"您是知道的，不是吗？"

"我只是在猜测。这么说来，您来这里只是作为一个自由射手啦？"

"是的，没什么迫使您非得回答我的问题。"

"您本来完全可以一进门就告诉我这一点嘛。"

"一进门时，您也并没有问过我嘛。"

"那倒是。那好，快去瞧一眼那报告吧，假如这会让您安心的话。您就去问我的女秘书好了，就请您好好查阅一下，但不要离开办公室。"

路易再一次把那块骨头包起来，看来，决然没有任何人与此有什么关系了，就仿佛他完全是一个无关紧要的人，而只是女人的一个脚趾头把他带到了巴黎的一个树根栅栏上。他认真地浏览了一遍警察局的报告，那是星期日晚上撰写的。确实，关于那女人的脚，没有任何提及。他谢过了女秘书，返回到镇长办公室。但镇长早已去广场对面的咖啡馆喝开胃酒了，接待处的年轻人是这样解释的。

镇长跳着脚地跟人争一局台球的输赢，身边围了镇公所的十好几个人。路易等着他打完这一杆，见他终于失手了，就赶紧凑上前去。

"您还没有告诉过我，玛丽是在塞弗兰家干活的呢，"他在对方的肩膀后轻轻地说。

"这又有什么重要的呢？"镇长也反过来轻声嗫嚅道，眼睛却斜瞄着对手的球。

"但是，见鬼，那条比特犬！它可是塞弗兰家的狗啊。"

镇长对边上的一个人说了几句，把手中的台球杆交给了他，一把拉过路易，来到游戏厅的一个角落里。

"克尔维勒先生，"他说，"我不知道您想要的到底是什么，但是您不能扭曲现实。在参议院，我的同事德尚对我说过您的很多好话。而我在这里发现您忙于关注一件新闻事件，它毫无疑问还是悲剧性的，但我觉得，它应该根本不会激起一个像您这样的人的兴趣。您跑了六百公里的路程，把两个根本凑不到一起去的因素尾对尾地连接起来。有人对我说过，您一旦干起来什么事，通常是很难放弃的，不过，这并不一定就是个优点，但是，面对显而易见的事实，您到底想要干什么？"

一点点批评，一点点阿谀奉承，路易都录了下来。从来就没有任何一位议员希望在自己的地盘上看到他。

"在参议院，"舍瓦利埃继续柔柔地说，"人们同样也说过，被单中的臭虫，远胜过抽屉里的'德国人'。假如这么说是在冒犯您，那就请您原谅我吧，但是，人们就是这样说到您的。"

"我知道。"

"人们还补充说，如此，人们就得动手干，像是要对付臭虫那样，就是说，在室内陈设中点上一把火。"

舍瓦利埃柔柔地笑着，朝接替他打台球的那个人投去心满意足的一瞥。

"至于我，"他继续道，"我没什么可烧的，也没什么可向您展示的，因为您已经不再是自家人了。我不知道是不是无所事事的闲情逸致把您推向了这一顽固。没错，那条比特犬是属于塞弗兰的，恰如玛丽也属于他们家，假如可以这么说的话。她早年曾做过丽娜·塞弗兰的奶妈，她从来就没有离开过她。但玛丽滑倒在了泥滩上，而她的脚却没有问题。还需要我再重复吗？塞弗兰是一个热情的男人，对本镇的事务很是积极。而对他的狗我可就不这么说了，这话也就在我们之间说说而已。但是，您没有任何理由，也没有任何权利去骚扰他。尤其是因为，他的狗总是爱偷偷溜出去，我说的这一点，供您参考，它总是跑出去在乡野中溜达，吞吃整块整块的垃圾。您就是用上十年时间来算，恐怕也算不出来，这狗是从哪里把它们给叼来的，此外，也不会知道那是不是当真就是它叼来的。"

"他就这样结束了吗？'路易问道，指了指台球。"您的对手似乎离开了台球桌。"

"确实如此，"舍瓦利埃。

每个人都取蓝色，这个专业的表达法，而路易则开始了他的那一局，身边围绕有十几个看客，有的指指点点，有的保持着一种赞赏性的沉默。一些人走了，另一些加入进来，在这个咖啡馆里总会不断地形成流动。路易在游戏的当间点了一杯啤酒，这似乎激起了镇长的兴致，他则点了一份麝香干白，最终还赢了那一局。舍瓦利埃在这港口小镇有十二年了，算来已经打了四千局台球，在一生中也算得上是一个大数目了。趁着兴致还热乎着，镇长当即邀请路易一起吃个午饭。路易这才发现，就在游戏厅后面，有一个很宽敞的厅堂，里面放了十五六张桌子。四周墙壁上光溜溜的，花岗岩的墙面被炉火熏得有些发黑。这家大厅套小厅的老咖啡馆，越来越讨路易的喜爱了。他甚至还想入非非地要把自己的床安置在这里的一个角落，就靠在壁炉边上，但是，假如玛丽·拉卡斯塔已经死在了岩石丛中，带着她那完好无损的两只脚，那么，再这样胡思乱想又有什么用呢。这一想法让他不免有些闷闷不乐。他恐怕将找不到他曾如此小心翼翼地捡取的骨头的最终答案了，然而，老天啊，他并不觉得这事情只是一段温文无害的插曲。

在桌子前坐下来后，路易回想起了玛尔妲的建议。当你面对那样一个摇摆不定的家伙，不知道是该推开你还是该接受你，这时，你就稳稳地坐到他对面。侧面给他，你会是令人难以忍受的，要把这个记在你脑子里，但是正面给他，你就有一切一切的机会赢得胜利，假如你真的想努力不装出德国人的样子。而对待一个女人，你也可以这样做，但要更近些。路易在镇长对面坐了下来。他们聊起了台球，从台球，又聊到了咖啡馆，从咖啡馆，又聊到了村镇的管理事务，从村镇的事务，又聊到了时事政治。舍瓦利埃并不是本地人，他是一个空降者。他觉得自己被扔到布列塔尼的尽头很是艰辛，但他已经跟当地融为一体了。路易松口给他说了一些内部信息，可能想以此来讨好他。整个的午餐行动似乎取得了成功，镇长令人生疑的柔软变成了一种亲切友好的柔软，其中混杂了不少的窃窃私语。路易变成了主人，掌握了一种纯粹人为的共谋关系的技艺。玛尔妲觉得这个相当令人恶心，但很实用，当然啦，始终很实用。午餐将尽时分，走过来一个又矮又胖的男人，向他们打招呼。脑门很窄，嘴巴沉甸甸的，路易马上就认了出来，那是海水疗养中心的主任，他的小波莉娜的丈夫，就是说，那个夺走了波莉娜的混蛋。他跟舍瓦利埃说到了一些数字，还有水管子什么的，他们还说一定要在这个星期见上一面。

这一照面弄糟了路易的心情。在一种亲切友好却又稍稍有些强行的理解中告别了镇长之后，路易去港口那边溜达了一圈，然后又沿着空荡荡的街道闲走，只见街边的房屋全都关着护窗板，他给布福换了换空气，它在他那湿漉漉的衣兜深底倒是没受什么大苦。布福是个很能适应环境的家伙。镇长也是，兴许。镇长很高兴路易终于放弃了尼古拉港，而路易则反复思考着他的幻灭，还有他秘密的辞退。他从旅馆门口叫了一辆出租车，让司机一路赶往富埃南的警察局。

十五

傍晚时分，马克·旺多斯莱走下坎佩尔火车站。这也太容易了。克尔维勒让他紧追不舍一条吸血鬼一般的狗，连续好几天疲于奔命，然后，他自己就溜了一个没影儿，结束了这个无主角的故

119

事。不，太容易了。并非只有克尔维勒才想结束那些肮脏的活儿。他，马克，从来就没有让一项侦查悬而未决过，从来就没有过，因为他憎恨任何形式的悬而未决。所有中世纪问题的调查，无疑都是如此，但是，另外的种种调查也一样。对种种档案资料的整理分析，他从来都做得善始善终，即便是最棘手的那些。对十一世纪乡村贸易的繁重研究，让他花费了血与汗的代价，但是苍天有眼，还是顺利结束了。这一次，涉及的显然是不一样的其他东西，一桩肮脏的谋杀案，路易猜测的，但路易并没有排斥对污秽的追踪。而现在，第二次世界大战的儿子——好啊，他现在必须紧急终止这样叫他，因为叫着叫着，就会有那么一天，这一称呼会防不胜防地从他的嘴里秃噜出去——第二次世界大战的儿子独自撤出了对那条狗的追踪，由马蒂亚斯发现的那条狗。而马蒂亚斯也曾同意他的观点，必须追踪那条狗。这是无疑的，比任何其他事情都更要紧，马克已经决定了这一点。他匆匆地往一个背包里塞东西，而与此同时，吕西安，那位研究一战问题的史学家，却正在匆匆忙忙地从包里往外掏东西，并指责他也太不会打背包了，真是见鬼了，这家伙。

"他妈的！"马克嚷嚷道，"再这样磨蹭下去，你都要害得我赶不上火车了！"

"不会的。火车永远在等待光荣的战士，这句话已经永远写在了火车东站上①。女人们在哭泣，但是，可惜啊，火车开走了。"

"我不去火车东站！"

"一点儿都没关系的。实际上，你忘记了根本。"

---

① 巴黎火车东站的候车大厅阿尔萨斯厅中至今仍保留有大型的壁画，主题为市民们送参战的士兵奔赴第一次世界大战的战场。作者为美国画家艾尔伯特·海特，画作题为《大兵的出发，1914年8月》。

吕西安一边把一件件衬衣叠成四四方方的一块块，一边拿目光扫着普伊萨耶老爷家的那堆账册。

确实，在火车上，马克放心地小睡了一会儿，脑袋枕着于格家的登录簿。中世纪，那就是拯救。当有十个世纪在那里陪伴你时，你在任何地方也就不会自我烦恼了。中世纪的真谛就是，马克对吕西安解释道，人们虽永远都看不到个尽头，却还可以在那里头挖掘几千年，这比起像他这样研究多少已经很清楚的第一次世界大战来，可是更为令人鼓舞啊。大错特错，吕西安回答道，第一次世界大战是一个无底洞，一个人类的黑洞，一场地震，破除灾难的钥匙就在里头。历史不是用来宽慰人的，而是为了警告人的。马克在洛里昂和坎佩尔之间打了个瞌睡。

一辆出租车把他一直送到尼古拉港，而马克很快就离开了这个被毁的港口，去泥滩那边溜达了。这个居民点蜿蜒延伸开来，显得比较分散，只有一个小小的中心还幸存着。夜幕降临了，比起首都来，晚了半个小时，他在一堆堆滑溜溜的岩礁上磕破了嘴脸。涨潮了，马克走在他的边界上，平静，满足，雨水从他的头发上流下，流进了后脖颈。实际上，他假如不成为中世纪问题研究专家，就会是个海员。但今天的航船让他根本就没有丝毫登船的愿望。更糟糕的是，那是一些潜水艇。他曾参观过艾斯帕冬号，它就沉入在圣纳赛尔附近的水底，重大的错误，使得他在鱼雷舱中急得出了一身大汗。那么好吧，且做个昨天的海员。更何况，巨大的捕鲸船或者炮艇根本就不合他的口味。那么好吧，就做个更古老的海员吧，比如说，十五世纪末的，出发前往一片新大陆，途中偏离了航向，来到了另一片土地。实际上，都是同一个海员，他看到自己重又被扔到了中世纪，人摆脱不了他命中注定的玩意。这一结论让马克变得十分忧郁。他不喜欢感觉自己被死死锁住，陷入绝境，走投无路，哪怕只是被中世纪。十个世纪的时间可以变得跟十平方米的监牢一样狭窄。这应该是促使他来到这里的另一个理由，来到这大地的尽头，这 Finis Terrae①，这顶端之顶端，这菲尼斯泰尔②。

十六

晚上很晚时，路易跑去镇长家叨扰他了。

在门口，舍瓦利埃瞪圆了他那双大蓝眼睛打量着他，不出声地努动着他薄薄的嘴唇。他一副十分疲惫的样子，像是在自言自语，真是他妈的。

"舍瓦利埃，我还是需要来看看您。"

把克尔维勒堵在门外吗？这根本就没有用，他明天还会再来的，他深知这一点。他让对方进了门，他说他妻子已经睡下了，也不知道那是为什么，于是，路易就在舍瓦利埃指给他的那把扶手椅上坐下了。扶手椅跟它的主人一样柔软，同样柔软的还有狗，狗就躺在地上。至少在那里，规则还是得到了遵守。这是一条庞大的雄性獒狗，因追了好一通雌性獒狗而有些疲惫，它认为它还干得足够多，狗的职业，这样就已经够了，就别指望它还能在一个陌生人闯入家中时汪汪叫着报警了。

"您这里有一条好狗，它知道如何对待生活，"路易说。

"假如您对这个感兴趣，"舍瓦利埃说着，身子往长沙发中缩了

---

① 拉丁语，意思就是"大地的尽头"。

② 菲尼斯泰尔是法国的一个省，在布列塔尼地区。在法语中，菲尼斯泰尔写作"Finistère"，来自于拉丁语 Finis Terrae。

缩，"它从来就不咬任何人，同样，也不吃什么脚。"

"从来都不咬吗？"

"只咬过一两次，当它很小时，因为有人惹恼了它，"舍瓦利埃承认道。

"当然，"路易说。

"吸烟吗？"

"谢谢，是的。"

两个男人沉默了一阵子。他们间并没有什么仇恨，路易注意到，有的只是一种合乎分寸的互相理解，一种退让，一种彼此的接受。镇长并非一个很不好打交道的小子，他很文静，小旺多斯莱见了他恐怕会这样说。舍瓦利埃等待着对方先开口，他可不是一个喜欢先下手为强的家伙。

"我已经去富埃南的警察局那里转了一下，"路易说。"玛丽·拉卡斯塔是在岩礁上磕破了脑袋而死的。"

"是的，这个我们早已经说过了。"

"无论如何，她左脚大脚趾头的最后一节骨头还是缺失了。"

舍瓦利埃并没有惊跳起来，他轻轻地弹了弹他的卷烟，说了一声他妈的，这一下他当真说着了。

"不可能……"他嗫喃道，"这并不在报告中。这到底是怎么一回事呢？"

"我很遗憾，舍瓦利埃，它就写在报告中。当然，不是您给我看的那份报告，而是另一份，是那之后的另一份，法医于星期一撰写的，它的一个副本于星期二寄送给了您，上面特地标明了'私人'的字样。当然，这事根本就不会通知到我的，这我知道，但是，您之前为什么没有跟我说到呢？"

"因为我根本就没有接到这个报告啊！等一下，让我好好想一想……它可能是在星期三才到的，或者星期四。星期三嘛，我去参加了玛丽·拉卡斯塔的葬礼，然后，我就去了巴黎。在参议院开了一个又一个会，一直开到星期六。我是星期日返回的，而今天早上，在镇公所……"

"这么说，您都没有打开过上星期的邮件吗？当我前来拜访您时，都已经快中午了。"

镇长摊开了双臂，然后，又扳动起手指头来。

"老天啊，我只是在十一点之后才到的那里！我根本就没时间瞧一眼邮件，我也没有在等什么紧急文件。相反，庞福尔小海湾的水泛滥成灾了，我要去处理一下，然后，所有的居民全都追在我的背后。那个小海湾，真的是一个圈套，我当初真不该让人修筑的，真的是见了鬼了，您可别搅和在那里头啊！"

"这您就别担心啦，我操心的是别的，而不是一个大水泛滥的海湾。但是我以为已经明白了，您的值班办公时间从九点钟就开始了，不是吗？"

"我的值班时间，我把它定在咖啡馆里，喝开胃酒的那一刻，所有人全都知道这一点。您以为我读了那份报告，却什么都没对您说吗？告诉您吧，根本不是的，克尔维勒！十点钟时，我还在睡觉，不管您是高兴还是不高兴。我不喜欢起床。"镇长说着，皱起了眉头。

路易俯下身子，把食指搭在他的胳膊上。

"那时候，我也在睡觉。"

镇长拿过来两只杯子，倒了一点白兰地。路易的早间瞌睡状态，使得这人在自己的意识中赢得了一些好感。

"更糟糕的是，"路易补充道，"我还要睡午觉。在部里工作时，我就关上办公室的门，躺倒在地板上，脑袋就枕在一大部厚厚的刑法论文上。睡上半个小时。有时，我会忘记收拾留在地板上的书，没有任何人知道我为什么会在地毯上查阅法律文本。"

"那么？"镇长问道。"这第二份报告都说了一些什么呢？"

"如您已经知道的那样，警察们在星期日做出了最初的证实。尸体经过了连续五次潮汐的席卷，已经严重损毁，覆盖了淤泥和海藻。脑门上的凹陷显而易见，而脚上的伤口，则一点儿都不明显。然而，玛丽·拉卡斯塔是赤着脚的。而她平日里似乎总是穿着橡胶的短靴，是她丈夫的靴子，对她来说稍稍有些过大了。"

"没错没错。她就是赤脚穿靴子去捞取海螺的。"

"似乎是海藻把她的靴子缠下来带走的。"

"是的，赤着脚，在第一份报告中就提到了……人们后来在十米开外找到了她的一只靴子，就在岩礁上。"

"那另一只呢？"

"另一只，它被冲走了。眼下这当儿，兴许正漂向纽约呢。"

"第一次尸检是由富埃甬地方的一位全科医生做的，完成于当天夜里很晚时，他注意到了死者的脑袋，伤痕显而易见，而死者的脚，由于被淤泥弄得很脏，并没有引起他的警觉。流血已经停止，伤口也被海水洗得很干净。他很快就完成了诊断，而且诊断得也很确切，死于脑腔破损，额骨断裂，岩石带来的冲击。送到您这里的就是最初这第一份报告。法医只是第二天才到达，星期天晚上，他忙于处理坎佩尔公路上的一件交通事故，没能赶过来。是法医注意到了趾骨的缺损。他的死因结论是头部受到了打击，跟他同行的结论是一样的。至于死者的脚，他是这样写的……"

路易在裤子兜里翻腾，掏出来一团揉得皱巴巴的纸团。

"我简述一下吧……左脚第I趾头的第II节骨头缺失。趾头不是被切断的，而是被撕断的。法医因此排除了任何人类的干预。鉴于这一情境，他猜测应该有一只海鸥经过。因此，是死于事故，而后，动物参与了尸体的清理工作。死亡时间无法得到确切判定，但最晚不晚于星期五上午。星期四下午四点左右，人们还看到过玛丽，因此她应该死于星期四下午四点三十分到星期五中午十二点之间。玛丽会在一大早去海边采滨螺吗？"

"这样的事她也曾有过。她从星期五到星期一都有空。但是，最终，法医还是认为死于事故，尽管她脚上存在一个如此残酷无情的细节。那么，这一点会把您带往何方呢？海鸥的假设多少有些牵强吧，但是，为什么不是呢？它们在那里有成千上万，野蛮残忍，大叫大嚷，好一道伤痕。"

"舍瓦利埃，我并不是在一只海鸥的肚子里找到的骨头，您忘记了吗？"

"是的，我忘记了。"

路易在扶手椅中往后缩了缩身子，他那僵硬的右腿伸在前面。白兰地的质量很好，镇长的兴致明显有所提高，他等待着一些思索在议员的脑袋中反应出来。但他当真非常想知道，这位舍瓦利埃是不是真的知道第二份报告，今晚上他是不是真的大吃一惊，还是他从今天上午起始终就在撒谎，由此希望路易不至于再进一步追寻下去。对待这样一个家伙，实在不可能知道的。他脸部线条的冷漠，他那不确切的身体的松弛，抹去了对他真实想法的任何感知。人们恐怕会说，他的想法先是溺毙在了内心中，然后才到达了表面，见了天日。他身上的一切都停留在底下，漂荡着，在两股水流之间。

这是一个城府极深，肚子里藏了很多鱼的小子。这让路易明白，滚圆的浅色眼睛，他还以为自己在什么地方见过，原来是在鱼贩子那里见过的，在鱼市的货摊上，很简单。路易朝那条老狗瞥去一眼，想看一看它是不是有一双鱼儿那样的眼睛，但是那条獒狗在石板地上呼呼地睡觉，流着哈喇子。

"请等一分钟，"舍瓦利埃突然说。"我明白了，事实证明您是有道理的，塞弗兰的比特犬很可能吞噬了玛丽的脚趾头，实在太可恶了，但这不会让我吃惊的，那条狗，我太了解了，我也常常告诫塞弗兰的，但是，我在这里再问一次，这又有什么关系呢？玛丽是摔倒的，死于事故，而那条狗，生性就爱四处游荡，实在是可恶至极——更何况，所有的狗全都有些类似，那是他妈的天性，我们又有什么办法呢——它居然转悠到了泥滩上，咬掉了她的脚趾头。我在这里再说一次，这又有什么关系呢？您总不能因为一条狗啃咬过一具尸体就把它告上法庭吧？"

"不会的。"

"那好极了，事情就算了结了。您已经找到了您一直在找的女人，再没有什么可说的了。"

镇长又一次倒满了两个酒杯。

"不过，我这里还有一件小小的事情要说，"路易说。"我是在星期五上午发现那块骨头的，那是在一夜的大雨之后，但是，星期四的晚上，凌晨一点左右，它已经就在树根栅栏上了。塞弗兰家的狗则应该是下午两点到凌晨一点之间经过那里的，因为下午两点时，那栅栏上还是挺干净的，而在凌晨一点钟，我已经看到那团狗屎了。"

"人们会说了，您倒是真有不少事情要做啊。整整的一生都在内务部度过了，这还没能把您给修理成一个好男人。看来，真有那么一点吹毛求疵，斤斤计较了。"

"这没什么要紧的，要紧的是，那条狗是在凌晨一点钟之前经过那里的，应该算是在星期四晚上吧。"

"可是，雷电在上啊，当然啦！塞弗兰每星期四晚上都要去巴黎的啊！他星期五要在职业与技艺学校教课的！他晚上六点钟左右出发，差不多午夜时分到达。他总是带上他的狗一起旅行，丽娜实在不愿意一个人跟狗留在家中，但愿这话就在我们俩之间说说，我可以证明这一点。"

舍瓦利埃始终在滥用"愿这话就在我们俩之间说说"这一表述法，而这并不怎么符合他的生存方式，他可不是那样一种男人，可以把漂流在他水流底下的东西全都充分信任地告诉他的。

"因此，"镇长继续说道，一口就把杯中的白兰地喝了个精光，"当塞弗兰来到后，他马上就带他的狗出门，这畜生，这一点很正常。不过，既然话都说到了这份上，我就再一次就塞弗兰的那条狗多说两句吧。啃咬尸体，那可是不能容忍的事情。要不，他就把它拴起来，要不，我就将采取措施。"

"是得采取一些措施了，不过，那可不是专门针对狗的。"

"您倒是说说，克尔维勒，您难道不认为工程师要对狗的这一恶行负责任吗？"

"什么工程师？"

"塞弗兰啊。人们在这里就是这样称呼他的。"

"并不专门是指塞弗兰吧，但是，某个人，那是肯定的。"

"某个人？会有某个人把玛丽的脚砍下来喂狗吃吗？您难道不觉得您这是在把这个故事推向滑稽吗？法医都已经说了，尸体未经

128

切割。您能想象会有一个人，竟然用他的牙齿来攻击尸体吗？您可想过头了，克尔维勒。"

"镇长先生，您就再给我们倒上一杯白兰地，然后，您给我找来潮汐资讯看一看，我求求您了。"

舍瓦利埃稍稍向后退了一步。很少有人对他发号施令的，更何况还是以一种轻松自如的口气。一种关于行为举止如何得当的想法迅速闪过，但是，不，人们说过了，当你很不幸碰到一个德国人倒在扶手椅中时，再要把他弄到室外去，那恐怕连想都不要想。他发出一声叹息，走向了书桌。

"请喝酒，随便点，就像在自己家里一样，"他嘟囔道。

路易微微一笑，又把酒不倒满。舍瓦利埃轻轻弹跳着走了回来，把当地潮汐时刻表递给他。

"谢谢，但是，我已经读过了。这是给您的。"

"潮汐嘛，我对它们是了若指掌。"

"啊，是吗？假如您知道这个，那就没什么能逃过您眼睛啦？"

"是的，没什么能逃脱我的眼睛，您倒是快点说啊，我都有些困了。"

"但是，说到底，舍瓦利埃，您是不是会想象，一条狗，或者甚至是一只海鸥，脱下了一具尸体上的靴子，来吃脚趾头？为什么这比特犬就不直接来啃噬手，或者耳朵呢？"

"您已经读过报告了，见鬼的雷电之神啊！玛丽的靴子掉了，光着脚的！那条狗是偶然攻击了她的脚！当然啦，它并没有去脱掉她的靴子，您还当真把我当成傻瓜了……"

"我可并没有把您当做一个傻瓜。正因为这样，我才要问您一个问题：假如这条狗攻击玛丽时，她就已经赤着脚了，假如并不是那条狗脱掉了她的靴子，那么，这究竟是谁干的?"

"当然是大海啦，上帝的雷电啊，是大海干的!我再说一遍，这在报告中就已经说到了!但愿这话就在我们俩之间说说，你把一切全都忘了，克尔维勒!"

"不是大海，是潮汐，让我们说得更确切一些。"

"潮汐，那是同一回事。"

"那天晚上，潮水是在什么时刻涨上来的?"

"大约凌晨一点钟。"

这一次，舍瓦利埃惊跳了起来。不是一种真正的惊跳，而是一阵颤栗，他赶紧把手中的那杯白兰地放到矮几上。

"事情就是这样，"路易说着，伸开了双臂。"星期四那天晚上，玛丽并没有被潮汐冲掉靴子，因为那时候海潮已经退去，要等七个小时后才会重新涨到她身旁。然而，凌晨一点钟之前，那条比特犬就在巴黎排泄出了她的骨头。"

"我是再也弄不明白了。那条狗难道会瞄准靴子吗?那可是没什么意义的啊……"

"大概是出于某种意识吧，我当初要求过看一下靴子，他们把它留在了富埃南。我们的运气还不错，那是一只左脚靴子。"

"他们有什么权利把它拿给您看?"舍瓦利埃说，有些气愤。"从什么时候开始，那些警察竟敢于向退休的普通平民随便出示他们的物证的呢?"

"我认识富埃南警察队长的一个朋友。"

"那就祝贺您了。"

"我只是检查了一下那只靴子，而且是用了显微镜。它并没有狗牙咬过的痕迹，甚至连轻微的牙印都没有。狗根本就没碰过它。

当那条比特犬在六点钟之前来到时，玛丽应该已经光着脚了。"

"这倒是能够解释得通……让我们想一想……她脱下了靴子，比方说吧，想把掉进里头的小石子倒一下，而……她一下子没有掌握好平衡，就跌倒了，脑袋上重重地挨了那么一下。"

"我并不这么认为。玛丽是一个老年女人。她应该是坐在一块礁石上脱她的靴子。在她这把年纪，人们通常不会一条腿站立维持平衡的……她很灵巧，很敏捷吗？"

"应该不算吧……很小心谨慎，很脆弱的。"

"因此，不会是潮汐，不会是玛丽，不会是比特犬。"

"那么，会是什么呢？"

"是谁吧，您想说的，应该是谁吧？"

"是谁呢？"

"舍瓦利埃，是某个人杀死了玛丽，正是这一点，您得着手好好管一管。"

"您是如何看明白这事的？"一阵沉默过后，镇长开口慢慢问道。

"我已经去看了地点。傍晚大约五六点钟时，太阳下山了，但天色还没有暗下来。假如要杀死玛丽，那泥滩，尽管在这个季节很是荒凉，却不是一个最理想的地方，因为它很容易被人看到。您不妨想象一下，凶手是在泥滩后面的小松林里杀死她的，或者是在高高俯瞰着泥滩的沃邦小棚屋中，一石头砸在脑袋上，然后，再从陡峭的小路上把尸体弄下来，一直下到礁石丛中，这您能想象到吗？凶手得背负着老太婆玛丽，好在她并不太重。"

"轻得就如一片羽毛……请您继续说下去。"

"把她扛在肩上，一直下到泥滩，把她丢在那里，脸冲下朝着岩礁。在下山的过程中，保不齐会有一只靴子掉下来，因为太松了，不是吗?"

"是的。"

"那凶手，在放下尸体时，会看到靴子不见了。他绝对应该回去把它找回来，好让人们由此得出老太婆死于事故的结论。他无法想象大海的浪潮会把靴子重新再冲掉。于是他便重又爬上山路，一直爬到小棚屋那里或者小树林里，在已经降临的夜幕中寻找。那里荆棘丛生，灌木杂乱，再往后一点，便是松树林。我们不妨设定，他，或者她，用了四分钟时间重又爬上山路，再用四分钟时间找到那只黑色的靴子，再用三分钟时间下山。这就留下了十一分钟时间，而就在这段时间里，塞弗兰家那条喜欢四下流窜的狗来到了泥滩上，它完全有足够的时间咬掉尸体脚上的一根大趾头。您是熟悉这狗的獠牙的，真是他妈的一件好武器，强大无比。在刚刚落下的夜幕中，凶手干净利落地把尸体重新扛上肩，根本就没发现什么意外的肢残现象。请您再给我们倒一杯白兰地吧。"

舍瓦利埃一声不吭地照办了。

"假如人们马上就找到了玛丽的尸体，而且是穿着靴子的，那么，人们给她验尸脱靴子时当即就会注意到脚上的伤残，那样一来，谋杀案也就不容置疑。一个死去的女人在她的脚趾头被吃掉之后，是不会再把靴子穿上脚的……"

"请继续说下去。"

"但是潮汐，凶手真是有好运气啊，潮汐冲走了玛丽的靴子，把其中的一只留在了石头滩上，另一只则被卷向了美洲方向。于是，人们发现她时，看到她是光着脚的，缺少了一截脚趾头，但是附近有不少的海鸥，它们明显被怀疑，这样就合理地解释了此事的蹊跷。只是在那一刻……"

"只是在那一刻，塞弗兰家的狗经过了那里，而且它……它把吞噬下去的骨头最终排泄在了巴黎，就在当天晚上，在涨潮之前。"

"我也说不出更好的假设来了。"

"那么，就没有什么可补充的了，有人杀死了她……有人杀死了玛丽……然而，塞弗兰带走了他的狗，大约六点钟时，如同往常一样……"

"那狗在六点钟之前有足够的时间找到玛丽。得问一问塞弗兰，出发去巴黎之前他的狗是不是离家出去过。"

"是的……很显然。"

"这就没什么可选择的了，舍瓦利埃。明天一大早起就得通知坎佩尔那边。这是一次谋杀，而且是蓄谋已久的，或者是有人跟踪玛丽一直来到泥滩上，或者是他把她拖到那里，装成偶然事故的假象。"

"那么说来，此人就是塞弗兰了？是工程师了？这不可能的。他是一个很有魅力的家伙，很有才华，待人很真诚的。玛丽跟他们的交往也不是一年两年了。"

"我没有说是塞弗兰。他的狗是自由的。塞弗兰和他的那条狗，是两回事。所有人都熟悉玛丽去捡滨螺的那个角落，这个您已经说过了。"

舍瓦利埃点了点头，揉了揉他的大眼睛。

"我们去睡觉吧，"路易说。"今天晚上，我们是什么都干不了啦。但必须通知一下您手下的人。假如他们中有人有什么话要说，就让他悄悄地说吧。一个杀人凶手，那是还会出手的。"

"一个杀人凶手……现在缺少的还就是这个啦。且不说，我的手头还有一桩偷窃案呢。"

"啊，真的吗?"路易说。

"是的，工程师的地窖，正巧，那是他安放他那些小机器小玩意的地方。昨天夜里，地窖的门被撬了。您兴许知道，那是一个老内行干的，有人从老远的地方过来咨询他，而他的那些机器是很值线的。"

"是入室盗窃吗?"

"不是的，很奇怪，只是简单的参观，看来是。但那毕竟还是很让人膈应的。"

"确实。"

路易觉得自己不应该急于摊牌，于是就向镇长告退了。走在黑乎乎的街道上时，他感觉酒劲一阵阵地上涌。他无法稳稳当当地支撑在左腿之上，同时让右腿听从使唤。他在一棵树底下停住脚，只见树枝树叶被突然猛烈起来的西风刮得乱摇乱晃。有时候，这卡死了的膝盖实在叫他泄气。他总是在想，波莉娜是因为他的腿脚完蛋了才离开他走掉的。她是在事故发生之后半年做出决定的。几秒钟时间里，路易仿佛重又看到了昂蒂布的那场凶猛的火灾，就在这烈火中，他膝盖的某些关节不幸碎为了齑粉。经过一场长达两年时间的围捕之后，他终于堵住了那些家伙，但是，他连带也堵死了他的膝盖。玛尔妲为了激励他，曾对他说，瘸腿看起来很风雅，要是戴了一个单片眼镜，他可以很高兴地发现自己很像塔列朗，既然那位塔列朗是他的祖先。塔列朗也是跛足这一细节，是玛尔妲所知晓的关于那位历史名人的唯一事情。但是他，清清楚楚地知道，跛足一点儿都不具有诱惑力。他隐隐约约地渴望自己的膝盖能够柔和下来。正是在这一点上，人们发现，白兰地是很好的东西，而他却喝得太多了一些。世界就在血与火之中，那个脚趾骨头粘在树根栅栏边那堆小小垃圾上的女人，他已经找到了她，他判断得没错，有人杀死了她，有人用一块荒野的岩石杀死了一个老太婆，一个微不足道的女人，在尼古拉港有一个杀人凶手，而狗则在巴黎的第 102 号长椅处出卖了那个杀手。这一次，他将会原谅那条狗，以他那样的膝盖，做到这样也就足够了，他要去睡觉了，他不会去为自己的跛足而哭泣，去哭上整整一夜，塔列朗没有做这个，就算是有，那也是以他自己的方式。

　　假如有人对他说，他白兰地喝多了，他是不会跟人家争论的，这毕竟是事实。到明天，他将会在侦查开始时腿脚沉重地去接待坎佩尔的警察。他得知道，舍瓦利埃是真的知道还是不知道那第二份报告，但是，撬门溜锁地闯入镇公所，去检查装有报告的信封，看来似乎是不太妥当的事。镇公所的门并不会那么轻而易举就能打开的，如同一个沙丁鱼罐头，或者如同塞弗兰家的地窖。他又迈开步子，拖着膝盖，走了起来，穿越黑黢黢的广场，那里，猛烈的西风还在一个劲儿地刮着。镇公所是一栋关得死死的小小楼房。然而……路易抬起了脑袋，上面，二层楼上，有一扇小小的窗户是开着的，它那白色的窗框在夜空中显得格外明亮。一个小小的窗户，它应该是厕所的窗户，而肯定不是一间办公室的窗户。何等的疏忽。而对一个像他那样的家伙，又是何等的诱惑啊。无用的诱惑。当然，房子外面有滴水管，可以趴在那上面，花岗岩石头之间的衔接也很有空隙，而且相当宽，但以他的膝盖，连想都不用去想。而且那窗户对他这样身躯伟岸的人来说，还是过于窄小，即便就算他的腿脚不像那位瘸腿魔鬼①一样。活该镇公所倒霉，活该舍瓦利埃倒霉，他就用别的办法来把那些鱼从这家伙的皮肤中拉出来好了②。路易溜进了他的旅馆，眼前满是玛丽的形象。他在报告中看到过她的照片，一个小个子女人，恐怕连一只癞蛤蟆都不敢碰一下。轻如一片羽毛，镇长曾经说过的。那个男人，或那个女人，用石头砸死她的那个人，他一定会叫他（她）为他（她）的方式和他（她）的确信付出代价。他发誓。他想到了他的父亲，想到了罗拉赫，那边，远方，在莱茵河另一边。他向老人发誓，一定叫那人为他（她）的确信付出代价。

他觉得自己遇到了困难，他的双手很无用，根本没法把钥匙捅进房间的门锁中去。这都是白兰地引起的麻烦。他已经变得软了下来，软化了他的膝盖，还有玛丽，还有莱茵河，他却插不进去房门的钥匙。好在，他还是开亮了走廊中微弱的灯光。

"我能帮你吗？"一个嗓音在他的背后响起。

路易慢慢转过身来。只见马克背靠在走廊的墙上，叉着胳膊叉着腿，正冲他微笑呢。路易打量了他一番，心里想，旺多斯莱的这个后代，还真的是一个难缠的主呢，不过，他还是把手中的钥匙给了对方。

"你来得正好，"他只是很简单地说了这么一句。"而且，不仅仅是为了钥匙。"

---

① 瘸腿魔鬼是法国文学史上一部同名小说的主人公，这部小说是十八世纪作家勒萨日模仿西班牙前辈作家路易·德·格瓦拉创作的故事而写的。

② "把鱼从某个人的皮肤中拉出来"可能是布列塔尼地方的一种特殊表达法，类似于法语中"把虫子从某人的鼻子中拉出来"，意思应该是"让某人不知不觉地吐露出真相来"。

马克一声不吭地打开了房门，开了灯，看着路易就那样直挺挺地倒在了床上。

"满满的五杯白兰地，"他说着，做了个鬼脸。"好酒，很好的酒，议员真会接待人，我们可不是遇上了随便什么人，来到了随便什么地方。你请坐。你知道吗，玛尔妲同样也管我叫瘸腿魔鬼来着？"

"这是一种荣幸吧？"

"对她来说，是的，而对我，这就只是一种腻烦。而你，你的腿脚不是瘸的，你长得短小精干，恰到好处。"

"这得取决于为了什么事。"

"为厕所的窗户，那将是绝对完美。"

"很开心嘛。到底是怎么回事？"

"你自己来说吧，你还会做些什么呢？当然，我指的是，除了你那该死的中世纪？"

"我都会干些什么吗？除了那些个吗？"

马克稍稍思索了一番。他觉得这问题很不好回答。

"攀爬，"他说。

路易一个机灵就从他的床上坐了起来。

"那么好，快过来。你瞧这里。"

他把马克拉到房间的窗户前。

"你看到对面的房子了吧？这就是镇公所。在它左侧，厕所窗户是敞开着的。那里有一根滴水管，石头之间还留有一些很不错的接缝，该有的一切全都有了。这事情并不那么容易，但对一个像你这样的人，那就只是开个玩笑而已，假如你没有对我撒谎的话。是西风把你给我吹来的，小旺多斯莱。但是，我得给你一双不一样的鞋子。你总不能穿着皮靴子去飞檐走壁吧。"

"我总是穿着靴子攀援的,"马克说着,挺直了身子,"再说,我也根本不穿别的鞋子。"

"这又是为什么呢?"

"这会让我精神振作,这会让我信心倍增,假如你非要知道个究竟的话。"

"明白了,"路易说。"每个人都自有自己的一套,归根结底,去攀爬的人是你,而不是我。"

"一旦进了那里头,我都需要做些什么呢?"

"请坐,我这就解释给你听。"

二十分钟之后,马克就溜到了镇公所旁,并从左侧靠近了它。他一边向上攀援,一边保持着微笑,把他靴子的尖头卡死在石块之间的接缝中。一道缝接着一道缝,他前进得很快,一只手还紧紧地抓住滴水管。马克的双手又宽又大,非常结实,而这天晚上,他那精瘦的身体的灵巧让他十分满意,因为他根本就不用费太大的劲,就能迅速上升。

路易从自己房间的窗前观察着他。因为穿了一身黑,马克的身影在镇公所的阴影中几乎难以分辨。他看到马克来到那个窗户前,做了一个屈身向上的动作,钻进了窗户,然后就消失了。他搓了搓手,耐心地等着,毫无焦虑感。在遭遇困难时,马克很善于迎刃而解。就如玛尔妲会说的那样,他是很了解男人的,而小旺多斯莱,带着他的脆弱,他极端的直率,他水平不稳的易感性,他那孩童般的好奇心,他那会思想的芦苇的韧性,这一切全都紧密混杂在一起,确实是一个值得一提的家伙。当初,在旅馆走廊上突然看到这位中世纪专家来临时,路易感觉到了一种确确实实的轻松,而且他并没有觉得什么惊讶。从某种意义上来说，他就是在等待他，他们要一起开始行动，而马克也知道这一点，知道得跟他同样清楚。出于一些跟他自己的理由很不相同的理由，马克·旺多斯莱总是能把他已经开始的事结束好。

又是二十分钟后，他看到他从窗户中跳了出来，不慌不忙地爬下了楼房的外墙，下到了地面，迈开大步穿越广场。路易前去把房门悄悄地打开了一小半，而两分钟后，马克就悄无声息地进了房，就着小卫生间的洗手池龙头喝了几口水。

"他妈的，"他说，从卫生间里走了出来，"你把癞蛤蟆放在卫生间里啦。"

"那是它自己选的。它在洗手池底下似乎待得很自在。"

马克揉了揉他那在攀爬中被弄皱的裤子，整理了一下他的那条银腰带。威风凛凛，却华而不实，老旺多斯莱曾经这样描述腰带，这话说得不假。

"你这样总是把自己紧紧地塞在长裤里，就不会把它给弄碎了吗?"

"不会，"马克说。

"再好不过了。来吧，讲一讲吧。"

"你说得有道理，厕所正好对着镇长的办公室。我在邮件堆中翻找了一会儿。富埃南警察局的大信封就在那里头，还标明了'私人'的字样。但它已被打开了，路易。我仔细瞧了瞧。就如同你所说的那样，这就是第二份报告，里面明确提到了那根缺失了的脚趾头。"

"啊!"路易说。"这么看来，他就是在撒谎了。不管你相信还是不相信我的看法，这是一个撒起谎来面不改色心不跳的人。他就像池塘中一片满是泡沫的水面，你根本看不出底下有多少鱼儿。一些微弱的运动，一些微微波动的阴影，仅此而已。"

"一个干净的池塘，还是一个肮脏的池塘？"

"这个嘛……"

"为什么他要撒谎？你是不是在想，是议员砸死了老太婆？"

"人们是可以随便怎样想象的，我们在这里对谁都不熟悉。兴许会有一些很简单的理由，让他这样撒谎了。不妨假设一点，即他没有想象过那根脚趾头跟一桩谋杀案之间的联系，因为他无法知道，那根脚趾头竟然会一直跑到巴黎的壕沟墙广场，并且我会在涨潮之前就找到那团臭狗屎。明白了吗？"

"明白了。别说得那么快，这会让我有些困惑。"

"你希望我讲得很慢很慢吗？"

"不，那同样会让我困惑。"

"那么，怎么才会不让你困惑呢？"

"不知道。"

"那么，你就自己去对付吧。今天早上镇长所得知的一切就是，他治下的一个女性市民死在了岩礁丛中，海鸥兴许还把她的一个脚趾头给咬去了。请记住，他并没有把此事的细节提供给媒体，而这又是为什么？布列塔尼靠旅游业而生存，而尼古拉港是一个贫穷的小镇，你肯定已经看到了这一点。要给他镇上的那些肮脏的海鸥做广告，那是一点儿好处都不会有的。这一切之外还要加上……"

"我渴了。我要喝水。"

"你就跟那家伙一样烦人。去喝吧，你根本就无需得到我的准许。"

"那，要是你的癞蛤蟆向我扑过来呢？我刚才都看到它动了一下。"

"刚才，你像一个王子一样强行闯入了镇公所，而现在，你却害怕起布福来了？"

"确实是这样。"

路易站了起来，去洗手池那边接了一杯水。

"这一切之外还要加上，"他一边说，一边把水杯递给马克，"有一个家伙在他的办公室里闹腾，还把老太婆玛丽缺失了的脚趾头拿出来给他看。并不是脚趾头让他气恼，这倒是很让他感到惊奇，让他气恼的是那家伙。没有任何一个议员，更何况还是参议员，无论他多么彬彬有礼，会喜欢我来捣乱，会喜欢有我这样一个人在他的地盘折腾。那些家伙有的是朋友，有朋友的朋友，有种种协定，有种种条约，他们更希望别见到什么'德国人'。这就是他对我说的原话，带着一些泡泡，从他池塘的深底发出。"

路易做了一个鬼脸。

"他是这么称呼你的？"马克说。"他认识你吗？"

"是的，知道外号。我想要一杯啤酒，你呢？"

"同意，"马克说，他注意到，路易是字正腔圆，一字一顿地说了"我想要一杯啤酒"。

"简而言之，舍瓦利埃之所以撒谎，是为了避免我总是赖在这地方不走，"路易说着，拿过来两瓶啤酒，打开了瓶盖。

"谢谢。但他同样也有可能只是开了信封，却并没有阅读。我们打开信封，朝里面的内容瞥上一眼，我们决定以后再来读，接着就去干别的了。我自己就经常这样。那些纸张还没有揉皱呢。"

"这完全有可能。"

"那么，我们现在干什么呢？"

"明天，警察就将来到，他们会开始侦查的。"

"那么，这就算成了，我们可以走了。我们就在报纸上看此后的结果吧。"

路易没有回答。

"怎么?"马克说。"我们总不至于还得留在这里，瞧他们是怎么干的吧? 我们就用不着还去监视在这整个地方展开的一切侦查了吧? 你已经达到了目的，这就好极了，侦查展开了。请问，究竟是什么把你拖住在了这里呢?"

"我在这里认识的一个女人。"

"啊，他妈的，原来如此，"马克说着，伸开了双臂。

"如你所说的那样。我只会招呼说一声:你好，然后，这就走人。"

"招呼一声你好……之后，人们就不再知道，这会在哪里停住，别指望我会在这里等着你，尤其是只等待你一个人。就像一个傻瓜蛋，你根本就没有一个人去对他招呼一声:你好。不，谢谢了。"

马克咕咚咕咚地喝了好几口啤酒。

"那个女人，你对她很感兴趣吗?"他继续道。"她对你做了什么呢?"

"这就跟你没关系啦。"

"有关女人的所有故事全都跟我有关系，你最好明白这一点。我观察其他人，这对我是一种兴趣的培养。"

"没什么可培养的了。自从我把腿弄坏后，她就离家出走了，而我在这里又发现了她，有了一个五大三粗的丈夫，在海水疗养中心里蹚水。我想去那里看一看。我要招呼一声你好。"

"还有什么别的吗? 招呼一声你好，跟她说说话，再次获得她?

把她的丈夫浸入满是淤泥的浴池中吗？你知不知道那是根本行不通的？你匆匆来到，如同一个记忆深处的贵族老爷，而你却像一个乡巴佬那样，被人扔进日常生活的地牢。"

路易耸了耸肩膀。

"我说了，我要去跟她招呼一声你好。"

"是'你好'？还是'你好，是什么使你嫁给了这个家伙'？你是不会因此而开心的，路易，"马克说着站了起来。"对那些已经失去的女人，你要勇敢一些，我们就逃之夭夭吧，这是我的体系，勇敢些，我们就哭泣吧，勇敢些，我们就自杀吧，勇敢些，我们就尝试着去爱上另一个女人吧，勇敢些，逃之夭夭吧，这又重新开始了，而你，你将干一些乱七八糟的事，而我，我明天晚上就坐火车回去。"

路易微微一笑。

"那又怎样呢？"马克说。"这让你厌烦了吗？你兴许爱她还爱得不够深，在心底。瞧瞧，你平静得如同一大片牧场。"

"这是因为你对两者都很不耐烦。你越是不耐烦，我就越是平静，你给了我很大的帮助，圣马可。"

"可别滥用。你连请都不说一句，就已经好好利用了一回我的右腿，仿佛它就是你自己的腿，这就已经够了。你还可以寻找一些有用的家伙，会把他们的一条腿借给你用，像这样，不计报酬。那么，但愿你也能想到开发一下我天然的焦虑，来把它变成你的白面包，这很恶心。除非，"他又沉默了一会儿，喝了几口啤酒，接着补充道，"这之后，你把那白面包再次递给我，这就另当别论了。"

"波莉娜·达尔纳斯，"路易说道，围着马克绕了一圈，"这就是那女人的姓名，她很喜欢体育，她的专长是四百米跑。"

"我才不在乎这些呢。"

"她现在应该是三十七岁，她已经青春不再，她在地方报纸的专栏中玩体育报道。她每星期要上两三次报纸，对这里的人，她知道不少。"

"白痴的反应。"

"兴许吧。得有一个愚蠢的借口，来掩饰一个很坏的想法。而且，我还有一个家伙要好好地检查一下。"

马克耸了耸肩膀，瞪起一只眼睛瞧了瞧他那喝空的啤酒瓶的口子。当人们瞪圆了眼睛瞧着一只空瓶子的口子时，人们所能看到的一切，真的是无法想象啊。

十七

路易成功地在九点左右起了床。他想赶紧就出门去招呼一声你好，这样一来，也就算是了却了一件心事，越早越好，既然他早就情不自禁了。马克说得有道理，他本来应该避免掉的，不再去见她的面，不去瞧她的丈夫，但是一点儿用都没有，他向来就不曾拥有过该舍得就舍得的大智慧，他总是想做一些让人心烦的事。只要他的行为举止不像一个混蛋那样，那就行。一切都将取决于她可能会做出的反应。这一切无论如何都会是忧伤和平庸的。波莉娜总是想要钱，在这一点上她一定会一年更比一年加剧，一定会难看得无法看。但是，他想看到的，恰恰也就是这一点。看见某种很丑的东西。波莉娜掉进钱眼里出不来了，她浸在钞票和鱼汤里头了，闭上眼睛跟那个小个子男人睡觉了。波莉娜毫无光辉，毫无奥秘，耸肩缩脖地待在她那不良倾向的走廊中。而当他看到了那一切时，他恐怕就再也不会去想她了，它总会让人处于一种抓狂的状态。马克弄错了，他根本就不想跟她睡觉了，但是，他倒是要看一看，他不再想跟她睡觉都到了什么程度。

但是要当心，他走出旅馆时心里想，不要弄出什么动静来，不要什么复仇意义上的嘲讽，那也太容易了，太粗俗了，一定要当心这一点，稳住，好好地稳住。他很惊讶，在镇公所前面竟然没有看到一辆警车。镇长一定还在睡大觉，他会在上午什么时候软软地打电话给他们的，而对凶手来说，这就等于又赢得了一阵。在礁石上磕破了脑袋的老太婆的脸，还在睡大觉的镇长的脸，躺在那个家伙床上的波莉娜的脸，一个满是傻瓜蛋的村镇的脸。一定当心，可别弄出什么动静来。

他来到海水疗养中心的前台，做了自我介绍，挺直了自己一米九〇的身躯，并意识到自己确实挺得很高，拔得很直。他要求见一下波莉娜·达尔纳斯的面，既然这就是她新的姓名。不，不是为了一次准许进入，他想见一下波莉娜·达尔纳斯的面。她今天上午不见任何人吗？好的，同意，请问您是不是可以转告她一下，就说路易·克尔维勒很想见她一面？

女秘书发出了那条信息，路易就坐到了一把污秽不堪的黄色扶手椅里静等。他对他自己很是满意，他把这事做得很好，很有礼貌，很讲规矩。他会招呼一声你好，他会走掉，面对着他曾爱过的那个女人重又变得丑陋的形象走掉。警察们将来到尼古拉港开展调查，他不会在这旦，在这豪华的大厅中过夜了，这里根本就没有任何美的东西可看。招呼一声你好，然后再见，他还有别的事要做呢。

十分钟时间过去了，女秘书又返回到他跟前，对不起，达尔纳斯夫人不能接待他，并且请他原谅她，他可以以后再来一次。路易感觉到，那些好好的规矩全都粉碎成了齑粉。他起身起得太猛，差一点就在那一条脏腿上失去了平衡，接着他就朝那道门走去，门上挂了一块写有"私人"字样的牌子，那牌子已让他收敛了好一阵子。女秘书赶紧跑到办公桌边，打算摁铃，而路易却已经闯入了那个禁入的套间。他停在了一个宽敞的大房间的门槛上，达尔纳斯夫妇刚刚在里面吃完了早餐。

他们俩全都抬起了头，随即，波莉娜又把头低下来。在三十七岁这把年纪上，人们是无法期待一个女人变得彻底丑陋不堪的，波莉娜的情况便是如此。她现在把一头褐色的头发剪得短短的，这便是路易还有时间来得及注意到的唯一区别。而他，他已经站起身来，路易觉得他跟他昨天午餐时发现他时心中希望的是同样的丑。他很矮，很胖，当然比在照片上要好一些，他的肤色有些苍白，几乎有些发绿，脑门很短，颧骨和下巴有些走形，鼻子很塌，眉毛很浓很粗，两只眼睛炯炯有神。这就是可看到的一切有神之处，还有，他的眼睛略有些偏小偏窄。达尔纳斯同样久久地打量着突然闯进他家门的这位不速之客。

"我猜想，"他说，"您一定有充足的理由这样闯进来，而无视我的女秘书的阻拦？"

"我当然有我的动机。但是我怀疑，它们不一定就是最好的。"

"好极了，"小个子男人说道，同时请他坐下。"请问先生贵姓……？"

"路易·克尔维勒，波莉娜以前的一位朋友。"

"好极了，"他重复道，也跟着坐了下来。"您要喝点咖啡吗？"

"很愿意。"

"好极了。"

达尔纳斯舒舒服服地靠在他那把宽大的扶手椅上，瞧着路易，突然显出很开心的模样。

"既然我们拥有共同的趣味，"他说，"那我们就先撇开种种开场白，直接进入你擅入硬闯的目的，您认为如何？"

说实在的，路易本没想到会是这么个情景。他还是习惯于引导争辩，很明显，现在是达尔纳斯占了上风。不过这并不让他感到沮丧。

"那将会很容易，"路易说，抬起眼睛望着波莉娜，只见她始终紧紧地贴坐在椅子上，现在还稳稳地托住了他的目光。"作为您妻子的朋友，旧情人，我不妨明确一下这点，而且是在八年之后被弃绝的情人，我强忍住怒火强调这一点，我知道她就生活在这里，我就是想来看看她变得怎样了，看看她的丈夫是个什么样子，她是为什么，又是为了谁，抛下我一个人，让我在整整十年期间忍受我的痛苦，总之，这是每个人都会问到的种种平庸的问题。"

波莉娜站了起来，一声不吭地走出了房间。达尔纳斯的粗大眉毛乱动了一阵。

"当然啦，"达尔纳斯说，给路易倒了第二杯咖啡，"我很明白您的意思，我很懂的，波莉娜的弃绝伤害了您，这是很合乎情理的。一会儿，你们俩完全可以平心静气地细细讨论这些问题，没有我在场，你们尽可以自由自在。您一定愿意原谅她的，您的来访一定让她惊讶了，您是了解她的，她有一种很活跃的天性。依我看，她兴许并不是那么执意要把我介绍给她原先的朋友们。"

达尔纳斯的嗓音听起来很温和，很悦耳，而且，他这人似乎还是那么文静，静得跟路易一样自然，毫不做作，毫不费力。时不时地，他慢慢抖动着他的两只大手，仿佛被火烫伤了似的，或者，被水浸湿了，他只是想把水珠甩掉而已，又或者，他是想把所有的手指头全都复位，总之，这很奇怪，而路易觉得这动作有些不同寻常，而且很有意思。路易总是会去瞧人们手上的种种动作。

"但是，您为什么突然就做出了决定，在十一月中旬？有什么别的事情吗？"

"我会跟您说的。这是我来访的第二个动机，而最好的动机，第一个，从本质上说，显然更为卑劣，更带有复仇意义，如您已经注意到的那样。"

"显然，但是，我很希望您不要给波莉娜带来痛苦，而至于您可能会给我带来的痛苦，给我这个人，我们将会在恰当的时候看到它的，假如它会有的话。"

"说定了。第二个动机是这样的：您是此地最富有的人之一，您的海水理疗中心引来男人、女人，以及大量的流言蜚语，您待在这里已经十五年了，此外，波莉娜还为地方的报纸工作。因此，你们兴许有些什么东西可以给我。从巴黎那一边，我眼下正在追随一个小玩意，它一直引导我发现了玛丽·拉卡斯塔在沃邦泥滩岩礁上的死亡，出事已经有十好几天了。一次事故，人们是这么说的。"

"那么您呢？"

"我吗，我说是一次谋杀。"

"好极了，"达尔纳斯说，摇动着两手。"请说来听听。"

"对玛丽·拉卡斯塔，您一点儿都不上心吗？"

"一点儿都不。您的头脑中怎么会有这样的想法？正相反，我很喜爱这个女人，她很聪明，很狡猾，很和蔼。每星期，她都要来花园。她自己没有花园，您明白吗，她很挂念它。于是，我在中央公园里头给她留了一小块地。在那里，她想种一点什么，就可以种点什么了，红薯啦，小豌豆啦，谁知道都有什么呢？这剥夺不了我什么，我根本就没时间干园艺活，理疗中心的客人从泳池出来后也不会去那里侍弄土豆，当然不会，这不是他们要做的事。我们常常见面，她会给波莉娜带一些蔬菜来，好做菜汤。"

"波莉娜？她做菜汤吗？"

达尔纳斯摇了摇头。

"做菜做饭的人是我。"

"那么，跑步呢？她的四百米呢？"

"我们来选择一下吧，我们来选择一下吧，"达尔纳斯说，嗓音很微妙。"您跟波莉娜的单独会见等一会儿再说吧，先跟我说一说那桩谋杀案。您说得有道理，我认识这里所有的人，这是很显然的。跟我说说究竟出了什么事了。"

路易并不执意保守此事的秘密。既然凶手都小心翼翼地把这件事伪装成了一次意外事故，那么最好还是尽早把一切都统统推翻，透露种种细节，把动静闹大。迫使凶手转入另一个方向，而不是躲在他天然的甲壳中，只希望能让什么东西突然喷发出来，那只是简单的人之常情，结实得如一把旧长椅。路易对达尔纳斯做了一番简述，他觉得对方确实长得很丑，感谢上帝，但是，跟他在一起让他感到非常开心，这一点没有什么好否认的，把他一路引到尼古拉港来的这事情的种种细节，趾头骨，狗，巴黎，靴子，涨潮，与镇长的交谈，侦查的展开，他统统都说了。而在这番讲述期间，达尔纳斯把他那胖胖的手指头甩动了两三次，却没有一次打断对方的话，甚至连说一声"好极了"都没说。

"好吧，"达尔纳斯说，"我猜想，人们会从坎佩尔给我们派一个督察过来……让我们瞧一瞧，假如那是个褐发的高个子，那可就糟了，但假如是一个病恹恹的小个子，那我们就撞上大运了。病恹恹的小个子，据我曾经遇到过的情况——四年前在中心曾发生过一次事故，一个女人在淋浴的水龙头底下死去，一次灾难，但纯粹是一次意外事故，您就不要因此而忐忑不安啦——因此，那个病恹恹的小个子，叫盖雷克的，相当精明灵巧。不过，他的疑心同样也非常重，他从来就不轻信任何人，而这一点也把他给耽误了。必须善于选择那些可以依靠的人，如果做不到这一点，那人们就会陷入困境之中。而且，他的上头还有一个预审法官，此人对下棋简直着了迷。因此，这位法官太会怀疑人。他会把随便什么嫌疑人都抓来关起来，因为他生怕罪人逃脱掉，宁可错抓多人，不愿漏掉一人。俗话说得好，欲速则不达，心急吃不了热豆腐。总之，您会看到的……另外，我还猜想，您不会留下来参加侦查吧？您的戏想必已经演完了？"

"就剩下一点点时间，来看一看坎佩尔方面是如何把一切全都掌握在手中的。这多少是我的事，我实在很想知道，我可以把跟踪任务委托给谁。"

"就如对待波莉娜那样？"

"我们已经说过，我们会选择的。"

"我们来选择一下吧。关于这一谋杀，我能对您说什么呢？首先，克尔维勒，您很让我喜欢。"

路易瞧了瞧达尔纳斯，相当惊诧。

"没错，克尔维勒，您很让我喜欢。我等待着证实您因我深爱的波莉娜而会给我带来的痛苦，任何一个认识她的人都会很容易理解这一点，此外，我等待着千年死敌让我们面对面个对个地交锋，只是我很遗憾地想到我将不会占上风，因为您已经强调过了，我很丑，而您却不是这样的，我等待着让生活大为震颤的那些时刻的来临，却得知有人砸死了玛丽老太婆，对此我毫不宽容。不，克尔维勒，我是不会宽容这个的。不要对镇长寄予太大希望，别指望他还会提供给您关于他治下的居民的更多情况，无论是给您，还是给警察，他都不会的。他眼睛死盯着他的每一张选票，把他生命的每一天都用来尝试摆脱种种厌烦，我并不责备他，但是，他也太，这话怎么说呢，太松软了。"

"在上面，还是一直到底？"

达尔纳斯噘起了嘴唇。

"好极了，您都看到了这个。人们都不知道镇长心中到底在想些什么。他来这里已有两个任期了，是从巴黎大区那边派过来的，而在这整整一段时间之后，根本不可能在他身上抓住任何还稍稍有些恒常性的东西。兴许这就是他总能让自己被选上的诀窍。为了能八面玲珑地随意转向，却又不至于被人发现，最值得一做的，难道不就是变得圆溜溜，不是吗？这么说来，舍瓦利埃就是圆溜溜的，很滑溜，玻璃化的，如同一条海鳗，在某种意义上，就是一件杰作。他不会给你什么直率的回答的，即便它们看起来还有些直率的样子。"

"而您本人呢？"

"我善于撒谎，就跟别的人一样，这是不言自喻的。只有那些傻瓜蛋才不会那样呢。但是，除了花园之外，我看不到玛丽跟我之间还有什么联系。"

"而从花园那里，她就能轻而易举地走进您家中。"

"她确实常常这样做。我对您说过的，那是为了送些蔬菜来。"

"而在一个家里，人们是能知道很多事的。她是不是很好奇呢？"

"啊！非常好奇……恰如很多单身者。当然，她曾经有丽娜·塞弗兰，还有由她养大的丽娜的孩子们，但现在，孩子们都已经大了，两个孩子都在坎佩尔，读中学。于是，她显得更孤单了，尤其是从她的丈夫离去后，她丈夫叫迭戈，大约五年前去世的，是的，大概就是这样。两个小小的老人，很晚才结的婚，彼此十分相爱，很感人的，您真应该看一看这一切。是的，克尔维勒，她是很好奇的，这个玛丽。而肯定就是因为这个，她才接受了镇长委托给她的不太干净的小小工作。"

"我可不可以把我的癞蛤蟆从衣兜里拿出来？我本来并不打算在这里待这么长时间的，我担心它会被捂得太热。"

"请便吧，好极了，"达尔纳斯说，看到布福待在大理石地面上，他一点儿都不觉得有什么可惊讶的，仿佛那就是一盒卷烟摆在了地板上。

"我在听您说，"路易说着，又拿起了那杯已经凉了下来的水，在布福的背上淋了好几滴。

"让我们去公园里谈一谈这些吧，您觉得如何？这里有很多工作人员，恰如您今天上午已经见识过的那样，人们走进走出，就像在一个热热闹闹的磨坊中。再说，您的小动物到了外面也会感觉更舒服。您让我喜欢，克尔维勒，除非有新的命令传来，我来给您讲一讲玛丽的垃圾的故事，完全只是在我们俩之间。只有波莉娜还知道一点点这个。其他人可能也会听说过一点点，这是当然的，玛丽可并不像她自己认为的那样能守秘密。这会让您感兴趣的。"

路易站了起来，然后又坐下，把布福捡起来，然后重又站立起来。

"您不能够弯一下腰吗？"达尔纳斯问他。"这条腿？我看到您进来时有些跛足。"

"是这样的。我在一场可恶的调查中烧伤了膝盖。只是在这之后，波莉娜才从家里出走的。"

"依您看来，她是因为这个才出走的吗？"

"我相信。但是现在，我不再知道了。"

"因为见到我的时候，您就在心里说，波莉娜其实并不太在意对方身体上的缺陷，是吗？好极了，我相信您已经抓住真相了。但是，让我们选择吧，我们已经说过了，要选择的。"

路易弄湿了自己的手，抓过布福，两个男人一起出门，走进了公园。

"您当真很富有嘛，"路易说，估摸着小松林的面积。

"确实。情况是这样的。大约五年多前吧，一个家伙定居到了我们这个镇。他买了一栋很大的别墅，白色的，很丑陋，就跟这个水疗中心一样丑陋，这是跟您说说的。没有人知道他是靠什么生活的，他在家中工作。在对他做第一次考察检查时，人们觉得没有任何太特别的东西可说，其实他与人相处还是很融洽的，爱打牌，爱打台球，您总是能在菜市场的咖啡馆里看到他，他每天都要去那里玩上几局，好一个结实而又单调的大脑袋。他叫做布朗歇。勒内·布朗歇。依我的观察，他应该有七十来岁了。因此，没有任何特别的兴趣，我当然观察得并不十分细致了，不过，即便是粗粗看来，有一点还是十分明显的：他脑子里在转着一个念头，要当下一任的镇长。"

"啊。"

"他有的是时间，五年，一切都可能会发生的。他讨人们的喜欢。这是一位典型的地方原教旨主义者，尼古拉港为尼古拉港，不为任何别人，这看起来相当奇怪，他本人只是个很晚才来到的外乡人。但是这会讨人喜欢的，您就想象一下吧。"

"您不喜欢他吗？"

"他把一个小小的过错安在我头上。勒内·布朗歇在他的牌局中曾低声说过，水疗中心把外乡人强加给了尼古拉港，一些荷兰人，一些德国人，还有更糟的，一些西班牙人，一些拉丁人，还有更更糟糕的，一些有钱的阿拉伯人。您想象自己是更好的人吗？"

"很好。"

"您自己，您是德国人吗？"

"一部分，是的。"

"好的，布朗歇会看到的，这不会拖很长时间的。在发现外乡人的踪迹方面，他是无与伦比的。"

"我可不是外乡人，我是德国人的儿子，"路易面带微笑地明确道。

"对勒内·布朗歇来说，您就是外乡人，您将看到这一点。我可以把他从这里扫走，我是有办法的。但那不是我要采取的方法，克尔维勒，随便您相信还是不相信。我等待着看到他做出改变，我会好好地窥伺的，因为这镇子跟他在一起恐怕是不会变得滑稽的。圆溜溜的海鳗要强上一百倍。通过用眼角的余光来监视他，我就这样标定了他，而玛丽老太婆同样也在监视他。就是说，从夜幕一降临起，她就在监视着他的垃圾。"

"由镇长所派遣吗？"

"对极了。这里，是一星期才清理一次垃圾的，都是在星期二晚上。自从七八个月以来，玛丽都会把勒内·布朗歇的垃圾袋撤回来，拿到自己家去好好检查一番——他们居住得还算很近——然后再封口放回去，人不知鬼不觉的。而第二天，玛丽就会前去镇公所。"

路易停下了脚步，背靠在一棵松树的树干上。他的手指头机械地抚摩着布福。

"镇长是不是担心，勒内·布朗歇会千方百计地把他提前搞下台？布朗歇是不是在暗中谋划着什么反对他的计划？"

"永远都有这可能，但人们同样可以构想完全相反的情景。镇长想知道这位布朗歇究竟何许人也，他在干什么，他从何而来，兴许还希望通过他的垃圾对他了解得足够多，好在必要的时刻彻底粉粹他的竞选计划。"

"是的……而假如玛丽通过翻腾布朗歇的垃圾，对镇长的事情知道得太多，他会把她杀死吗？"

两个人陷入了一阵沉默。

"丑陋，"路易最终说道。

"垃圾，从来都不是什么光彩的事。"

"那么塞弗兰一家呢？他们又能告诉您什么呢？"

达尔纳斯摊开胳膊，晃动着双手。

"除了他们家那条可恶的比特犬，我就只有好话可说了。女主人，她给人印象相当深，美丽，却谈不上漂亮，您肯定也都注意到了。常常是静悄悄的，除非她的孩子们都在跟前时，那时，她简直就像变了一个人似的，十分滑稽。简单一句话，我认为她在这里过得很郁闷。塞弗兰是一个很好的伴侣，聪明，有趣，直率，但他有一个很大的问题，那就是他那些见鬼的机械。他对那些杠杆、活塞、齿轮的故事简直是走火入魔，他跑遍整个国家，追逐他那些神圣的机器，但是请您注意，他是以此为生的。人们可以把他看成一个货真价实的收藏家，尤其因为他把这一切当成了他的买卖，他卖出它们，又买进它们，然后再卖出，整个家里总是翻箱倒柜，天翻地覆的，请您相信我。他是国内这方面的最大专家之一，在整个欧洲也颇有名气，到处都会有人过来看望他。丽娜对那些机器嗤之以鼻，而他则太喜爱它们。于是，当然啦，丽娜就活得很郁闷。对一个女人来说，比起跟一台打字机做斗争来，跟另一个女人做斗争反倒更容易一些。我这么说，可能把这个想法发挥得稍稍有些过度，因为说到我自己，我倒是更喜欢让波莉娜对机器感兴趣，比如说吧，而不是对你感兴趣。"

"让我们选择吧。"

达尔纳斯抬起了脑袋，观察着路易的脸。

"您这是在检查我？有什么地方不对劲吗？"

"我想起了一个主意，我想稍稍冒一下险。"

达尔纳斯眯缝起他的小眼睛，一动不动地打量起了路易。最终，他点了点头，用脚扒拉着在地上铺了厚厚一层的松果。

"那么？"路易问道。

"危险是不可忽略的。我得好好地想一想。"

"我也是。"

"那么，我们一会儿再见，克尔维勒，"达尔纳斯说，向他伸出手去。"请您放心，我会寸步不离地紧跟着您的，为了侦查，也为了波莉娜。如果说，我能在第一件事情上帮助您，那么，我就会在第二件事情上妨碍您的，我会很乐意那样做。在这一点上，您完全可以相信我。"

"谢谢。您一点儿都没有想过，玛丽会在那些垃圾中找到什么东西吧？"

"可惜啊，没有想过。我只是看到她那样做了，仅此而已。镇长应该是唯一得知信息的人，或者还有丽娜·塞弗兰，兴许吧。玛丽把她当做自己孩子一样养大。但是，在得到这个或者那个的种种情报之前，您首先得在菜市场咖啡馆里度过很长的时间。"

"丽娜·塞弗兰来咖啡馆吗？"

"所有人都来咖啡馆。丽娜也常常来的，来看他丈夫打台球，来看她的朋友们。冬季里，那里是唯一可以尽兴聊天的地方。"

"谢谢，"路易重复道。

他拖着笨重的右腿，远远地走向公园的出口，他感到背后有达尔纳斯的目光在注视他，这道目光应该在评判这位瘸腿的人到底是有还是没有运气。不管怎么说，这就是路易他自己对自己提的问题。他本不该再来见波莉娜，这一点是显而易见的。她没有变，要说变，也只是地点和姓名变了，而现在，一种轻微的遗憾弄得他脑袋疼。而且，她在躲避他。这是很正常的，因为他的行为举止完全就像一个粗野的人。关于这一切，最令人难堪的是，达尔纳斯居然也讨他喜欢。假如真的是他杀死了玛丽，那倒是能把事情处置好了，显然。达尔纳斯很热衷于为他提供一些轨迹，而且那都是一些很有意思的轨迹。一场小雨开始下了起来，这让布福很是开心。路易并不加快步伐，他几乎从来就不那样做，他深深地吸着伴随着潮湿空气而渐渐散发出的松树的气味。松树的气味，那很好，他不会整天都去想那个女人了。他想要一杯啤酒。

十八

水疗中心离菜市场咖啡馆相当远，而路易慢慢地走在一条空荡荡的小路上，顶着一阵冷冷的小雨，雨水早已把路边的野草淋得透湿。他觉得膝盖很难受。他看准了路边的一块界石，便带着布福坐了上去，打算休息一会儿。终于有这么一回，他尝试着不再去想什么。他伸出一只手，擦了一把额头上的雨水，这时，他看到波莉娜就站在他面前。她脸上没有一丝和颜悦色的样子。他想站起来。

"你还是坐着吧，路德维格，"波莉娜说。"既然是你自己在犯傻，那你就继续坐着吧。"

"好的。但是我并不想说话。"

"不想？那么，今天上午，你来我这里又是为了什么？就这么夺门而入，就这么信口开河？你把你自己当作什么人啦？"

路易瞧着野草被淋湿。当波莉娜发怒时，还是让她一吐为快的好，这是让她平静下来的最好办法。而无论怎么说，她总还是完全占着理的。于是，波莉娜说了整整五分钟，以她擅长的用在四百米跑上的精力，把他数落了一个狗血喷头。但是，跑完了四百米后，那她就得乖乖地停下来了。

"你说完了没有？"路易问道，抬起了脸。"好的，很好，我同意，你在所有的问题上都有理，你也不用再继续下去了。我只是想来见见你，这并不是什么太严重的事，你也根本不必非把我赶出门去不可。前来看看你，再没有别的了。现在，这已经做了，很好，根本就不必大声报时了，我再也不打算打扰你了，以我德国人的名义起誓。而达尔纳斯也坏不到哪里去。甚至，一点儿都不坏，兴许还要更好。"

路易站起身来。他的膝盖浸透了雨水。

"你难受吗？"波莉娜干巴巴地问道。

"都是因为下雨。"

"你就没能让人弄好这条腿吗？"

"不，没有什么遗憾的，自从你走之后，一直就是这样子。"

"可怜的大傻冒。"

她走掉了。说实在的，路易心里想，他也不必再费力赶上她了，根本就没用的。总之，她说了他一个狗血喷头，她说得有理。他现在只想要一杯啤酒。

远远地，马克骑着自行车过来了。

"我租了它，整整一个白天，"他在路易跟前刹住车，说道。"我很喜欢它，你跟这个女人的事，都已经完了吗？"

"彻底完啦，"路易说。"我们的关系很紧张，却并不真正存在。那个丈夫很有意思，我以后再讲给你听吧。"

"你要去哪里？"

"去喝一杯啤酒。去咖啡馆看一看，警察们行动到哪一步了。"

"坐上来吧，"马克说，给他指了指车后的书报架。

路易思索了半秒钟。以前，他会骑自行车，他从来就没有让人捎带过，但是，马克，他已经开始在调转单车的车头，准备朝向回去的方向。他的建议显然没有丝毫调侃的意味。没别的，他只想帮他一下，仅此而已。马克可不像他那样，他从来就不会伤人的。

五分钟后，他在菜市场咖啡馆门口刹住了车。一路上，他有的是时间在风雨中大喊大嚷，告诉路易说，在临时性地抛弃普伊萨耶的贵族老爷后，他已经租用了一辆自行车，想在这个地方转上一圈，他在这里，就在停车场对面，也就是在大超市对面，发现了一个很富有幻觉形象的玩意。那是某一种机器，高达四米左右，一个雄伟庞大的金属物件，钢铁和黄铜的混合体，造得却十分精巧，十分微妙，尽是一些杠杆、齿轮、圆盘、活塞，而整个东西却确确实实地毫无用处。看到他在这非同一般的玩意前目瞪口呆，一个当地人模样的家伙走了过来，为他演示了一下它是如何运作的。他在下边的摇杆上摇了一下，于是，巨大的机器就开始转起来，没有一个活塞不连带着转动的，机械传动朝各个方向攀升，来到这四米高机械骨架的最上面，然后又从侧旁滑落下来，而这一切都是为了什么呢？即便我让你猜上一千次，你恐怕都猜不到的，马克一边说，一边扭过头来朝向书报架，这一切为的是，到最后，让一条力臂击打在一卷纸上，印出这样的字来：这很可能。尼古拉港的纪念。那个家伙说，可以拿走那张纸，那就是给我的，免费的。那里有一百零一份不同的模本。这之后，马克就摇动了好多次摇杆，让这一无所用的巨大机器振动起来，于是就收集到好多份小小的警句格言，还有尼古拉港的种种纪念。他得到了以下的字条，次序很是混乱，**您烧伤了，尼古拉港的纪念**，然后是**这就够了不用走得太远，尼古拉港的纪念**，然后是**为什么不？尼古拉港的纪念**，然后是**天才的想法**，然后是**为什么那么多的仇恨？**然后是不，很冷，以及其他种种，反正他已经记不清了。一个独一无二的机器。为了摇动他最后那一下摇杆，马克抓住了最基本的一着，必须在自己脑子里给自己提个问题，然后启动神谕。他在两个问题之间犹豫摇摆。第一个问题是："我会不会及时结束对普伊萨耶地方贵族老爷账目的研究？"他觉得这个问题有些过于吝啬小气，另一个问题则是："还会不会有一个女人爱上我？"但是，假如回答会是否定性的话，他更希望不知道答案，于是，他选定了一个很简单的、什么都不牵连的问题，类似于"上帝是不是存在？"

"你知道它回答了我什么吗？"马克补充道，他停在了菜市场咖啡馆的门口，却始终还跨坐在自行车上："**请重新构成您的问题，尼古拉港的纪念。**而你知道吗？这个一无是处的漂亮仪器，是塞弗兰动手做的。这上面有他的署名，L. 塞弗兰——1991。我倒是真想做一个这样的玩意，一个巨大而又辉煌的蠢货，能为种种愚蠢而又不成形的问题提供糊涂的回答。梦想已经够了，瞧一瞧吧，警察们在那里了。"

"好的，我们去等他们吧。或者还不如不等了，就让倒霉的啤酒见鬼去吧，我们这就去塞弗兰家。既然你都谈到了，既然警察们都已经迟到了，我们就当面对他们说一说吧。来吧，启动，走。"

十九

在塞弗兰家，夫妇俩已经坐到了饭桌前。当丽娜看到走进来两个浑身湿漉漉而从外表来看已然决意要留下来的男人时，她别无选择，只能在桌上再添两套餐具。路易介绍了马克，而马克突然间只想到一件事，就是如何躲避那条比特犬，生怕它会走进来。在一般的家犬面前，他倒是还能做到合理推理，但是一条比特犬，更何况还是一条吃过死人脚趾头的比特犬，想一想他就觉得瘆得慌，腿肚子就直发抖。

"那么，现在怎么样？"塞弗兰说着，坐到了桌子前，"您心里还始终想着那条狗吗？您想要一个地址吗？您都已经决定了吗，为了你的女朋友？"

"我已经决定了。而且我还希望能在之前就跟您说说。"

"在什么之前？"塞弗兰问道，往每个人的盘子里舀了两勺子贻贝。

马克最讨厌吃贻贝了。

"在警察前来拜访你们之前。今天早上，您难道没有见到他们吗，就在镇公所门前？"

"这一回总算行了，"丽娜说，"我早已经对你说了，这条狗犯了一件傻事。"

"我什么人都没看见，"塞弗兰说。"我在忙于我那台最新的机器，一个很漂亮的物件，一台1896式的蓝贝儿牌打字机，形态什么的都很好。警察是为灵狗儿来的吗？这是不是走得稍稍有些远了，不是吗？说到底，它都对您做什么了？"

"它帮我们重新确立了某种最基本的事实。正是靠了它，我们才得知，玛丽不是摔倒在岩礁丛中死掉的。她是被人杀死的。而警察也正是为了这个才到我们这里来的。我很为你们俩感到遗憾。"

丽娜感觉身上很不舒服。她扶定了桌子，瞧了瞧克尔维勒，就像是一个很不愿意当着众人面倒下的女人。

"谁杀死的？"她说，"杀死？是那条狗它……"

"不，狗没有杀死她，"路易快速地说道。"但是……这怎么说呢……它跑到泥滩那边，就在谋杀案发生之后不久，而，我很遗憾，它吞噬了死者脚上的一根趾头。"

丽娜并没有发出一声叫喊，但塞弗兰却猛地站了起来，走过去，从椅子后一把扶住了妻子的肩膀。

"安静一下，丽娜，你安静一下。先生，请您给我们解释一下，我忘记了您姓什么来着。"

"克尔维勒。"

"克尔维勒先生，请您给我们解释一下，但是请快一点。玛丽的死给我们带来一种很痛苦的冲击。她曾经把我妻子和我的孩子们养大，因此，您应该明白，丽娜实在很难接受人们谈论她。到底是怎么一回事？这条狗怎么会……"

"行，那我就长话短说吧。玛丽被人发现躺在泥滩上，光着脚，您知道的，人们说是海水把她的鞋子冲走的。但有一点在报纸上根本就没有提到，那就是，她的左脚缺了一根趾头。是海鸥干的好事，人们是这样想的。但是，还在潮水涌上来冲刷她之前，玛丽就已经失去了这个趾头。是有人杀死了她，就在星期四晚上，然后又把她拖下海滩，而玛丽脚上太松的靴子就那样脱落了。凶手在岩礁上干完他的一连串动作后，又跑回来找那只脱落的靴子。这段时间就足够长了，足以让一条狗来咬掉赤脚上的一根趾头。杀人者对此什么都没看到，因为夜幕已经降落，而等到人们重又发现玛丽的尸体时，时间早已过去了三天三夜。"

"可是您又是如何认定这一切的呢？"塞弗兰问道。"人们找到了证人证据吗？"

他还一直牢牢抓着丽娜的肩膀。谁都没想到要动一动身子。

"没有任何证人。人们只有您的那条狗。"

"我的狗！但是，为什么非得是它呢？它又不是唯一一条乱游荡的狗，真是见了鬼了！"

"他是唯一一条把玛丽的脚趾头连同粪便一起排泄出来的狗，就在那个星期四晚上，凌晨一点钟之前，而它的那泡屎就拉在了巴黎的壕沟墙广场上。"

"我一点儿都不明白，"塞弗兰说，"一点儿都不！"

"是我找到的这根骨头，是我追着它的踪迹一直来到了这里。我很遗憾，但那就是您家的狗。更何况，在这个案件里，它还提供了帮助呢。若是没有它，人们恐怕永远都不会怀疑到一桩杀人案。"

丽娜突然大声叫起来，挣脱了她丈夫的双手，朝屋外跑去。附近顿时传来一阵嘈杂声，塞弗兰赶紧就奔了过去。

"快点，"他冲他们喊道，"快点，她对玛丽可是无比地敬重！"

十五秒钟后，他们追上了丽娜。她仅仅跑到了大院子那里，面对着正冲她低声怒吼的比特犬。丽娜手中拿着一把卡宾枪，她后退一步，举枪上肩，瞄准。

"丽娜！不！"塞弗兰吼叫道，朝她飞奔过去。

但丽娜一点儿也没转身。她紧咬住牙关，扣动扳机，只听得啪啪两记枪响，那条狗向上一跳，接着就倒在了地上，躺在了血泊中。她松下劲头，把武器扔到死狗身上，一声不吭，颌骨还在不停地颤抖，对赶过来的三个男人连看都不看一眼，便回到了屋里。

路易跟着她也进了屋，留下马克陪同在塞弗兰身边。她又回到饭桌前，重新坐下，面对着满满的盘子。她的双手在抖动，她的脸在抽搐，面色极其难看，一点儿都称不上漂亮。在这一刻，她的面容中有一种非同一般的僵硬，使得她身上的每次抖动让任何人都无法柔和下来。路易为她倒上葡萄酒，并把酒杯递给她，还为她点了一支烟，她拿过酒杯，接过烟。她瞧着他，吸了一大口气，一种温柔重又浮现在她的脸上。

"它付出了代价，"她说，一字一顿地边说边吸气，"这条地狱般的脏狗。我早就知道了，总有一天，它会让我们摊上事的，给我，或是给孩子们。"

马克也回到了房间里。

"他在做什么？"路易问道。

"他在埋葬那条狗。"

"做得好，"丽娜说。"做得好，甩掉包袱。我替玛丽报了仇。"

"不。"

"我知道，我又不是个傻瓜。但是，我根本就无法再跟这肮脏的家伙在一起，哪怕只是一分钟。"

她轮番地打量着他们。

"什么？这让你们震惊啦？你们要为这条脏狗哭泣吗？我把它打死，是为所有的人都做了一件好事啊。"

"您也真够冷静的，"路易说。"您都没有放过它。"

"这就再好不过了。但让您害怕的并不是打死一条狗的那种冷静。这畜生始终就让我提心吊胆，害怕死了。当马丁年纪还很小时——马丁是我儿子——那狗就曾扑到他脸上。他的下巴至今都还留着伤疤呢。嗯？它很漂亮吗，这狗，嗯？我曾经求过利奥奈尔尽快把它给扔掉。但是，不，他什么都不愿听，他答应要好好教育那条狗，他说，它会变老的，还说马丁曾经惹过它。从来都不是那狗有错，从来都是别人的错。"

"您丈夫当初为什么要留下灵狗儿来养呢？"

"为什么？因为在当年，他觉得它很幼小，躺在深沟里都已快死过去了。他把它给捡了回来，精心护理，这狗终于死里逃生了。利奥奈尔甚至会对一台生了锈的旧打字机软下心来，只要它修好后能重新运作。我就让你们想象一下，当那条小狗扑到他怀里时，他又会怎么样。他始终养有一些小狗。我都没勇气从他怀里把它们夺走。但是，这一下，我的玛丽，不，我实在是无法忍受了。"

"那利奥奈尔又会说什么呢，"马克问道。

"他会很忧伤的。我会给他再买一条的，某种很温和的狗。"

这时，塞弗兰回到了房间里。他把一把铁锹靠墙放下，来到桌子前坐下，根本不是在他的原位。他搓了搓脸，掸了掸头发，把身上的泥土都抖落下来，然后又站起来，去洗脸池洗了洗手。然后，他一只手又搭在他妻子的肩膀上，像刚才那样。

"我还是要谢谢你们在去警察那里之前先来了我这里，"他说。"我宁可在你们面前经受这一下，而不是在他们面前。"

路易和马克站了起来，准备走，丽娜冲他们微微一笑。塞弗兰在门口赶上了他们俩。

"我请问你们，"他说，"是不是有可能……"

"别在警察面前说这些吗？"

"显然……知道是我妻子开了枪之后，又会给他们带来什么后果呢？这只是一条狗的事，但是您要知道，那些警察……"

"假如他们想要看一看那条比特犬，您又该怎么对他们说呢？"

"就说它逃走了，说我不知道它在什么地方。我们会说，它一直就没有再回来过。可怜的狗啊。别太急于评价丽娜。是玛丽养大了她，三十八年以来，她们从来就没有分开过，她就住在我家。自从她丈夫迭戈消逝后，玛丽就在自己家里团团转悠，丽娜决定把她接到我们家来。一切都准备好了……玛丽的死给了她一次可怕的打击。那么……更何况，是一次谋杀……而这条狗，又掺和在了其中……她丧失了平衡。克尔维勒，我们得理解她，她对这条狗始终有一种恐慌，尤其是为了她的孩子们。"

"它曾经咬过马丁的吧？"

"是的，是的……三年前，那时候，它还是一条小狗呢，马丁稍稍有些惹它，那么？您将对警察说些什么呢？"

"什么都不说。警察会自己解决的，那是他们的职业，那是他们的宿命。"

"谢谢。假如我可以帮忙的话，为了玛丽……"

"你们俩，当你们之间解决了这条狗的问题后，也都好好思考一下吧。另外，那个星期四晚上，您是几点钟出发的？"

"钟点吗？我总是在六点左右出发的，大概吧。"

"带着狗吗？"

"总是带着狗的。这很确定，那天晚上，它不在家，它再一次跑出去撒野了。纯属是多余的一次，不是吗？我很恼怒，因为我不喜欢太晚才到巴黎，我希望在我第二天上课之前能有足够的时间睡个好觉。我就开上了汽车，在当地转了几圈。我在靠沃邦泥滩很近的地方找到了它，它跑着奔向村里。我抓住了它，我叱责了它一通，然后就带它上了车。我无法猜测……它刚刚都做了什么……不是吗？"

"我已经对您说过了，塞弗兰，在这件事中，您的比特犬还帮了忙呢。若是没有它，就没人能知道玛丽是被杀死的。"

"没错，必须尝试着从这个角度来看事情……它确实帮了一个忙。但是，话又说回来了，实际上，您还没有吃饭吧？"

"这倒并不太要紧，"马克急急忙忙地说。"我们会安排好的。"

"我要见一见丽娜。她应该已经在后悔了，想到要为我再买一条新的狗了，我了解她。"

马克跟他招呼了一声，心里说，他眼下就不去问他关于那个一无所用的神奇机器的事了，今天可不是一个问他这问题的日子，他还会再过来的，想到这里　他便重又推起了自行车。他轻轻地推着自行车行走，而路易就走在他的边上。

"当她开枪打狗的时候，你注意到她的脸色没有？"马克问道。

"是的，人们看到的只有这个。"

"真是相当怪异啊，一个相当漂亮的人怎么会瞬间变得那么可怕啊。然后，就在刚才，她重又变得很正常了。"

"你对她是怎么想的？假如她先提出来的话，你是不是还会跟她睡觉啊？"

"你可真滑稽。我没有问过我自己这样的问题。"

"你没有问过你自己这样的问题吗？但是，你拿你自己的生命做什么来着？应该总是对自己提出这样的问题，马克，真见鬼。"

"啊，原来是这样。我还真的不知道呢。那么你，你，对自己提出过这样的问题了吗？答案是什么呢，是，还是不？"

"这个嘛，那可就不一定了。跟她，一切都得取决于时候。"

"对你自己问这样的问题，于你又有什么用，假如你真的不知道该如何回答，而只会这样含糊其辞？"

路易微微一笑。他们一言不发地悄悄走了那么一会儿。

"我想去喝一杯啤酒，"路易突然开口说。

二十

马克和路易在菜市场咖啡馆的柜台前吃了午餐。大厅中散发出一股浓烈的湿衣服的气味，还混杂了香烟和葡萄酒的气味；马克很喜欢这种气味，这让他马上产生一种强烈的愿望，要在一个角落里开始工作，但是，他却干不了，他把普伊萨耶的老爷家的账本留在旅馆房间的床头柜上了。

对一顿午餐来说，时间稍稍有些偏晚，只有镇长决定过来时，人们才会重新打开餐厅门，但是他还没有走出办公室。所有人都知道，此时此刻警察们正跟他一起在那上面，所有人都知道，玛丽·拉卡斯塔被人杀死了。镇公所的女秘书已经放出了风声。而所有人都知道了，是那边的那个高个子，那个腿有些瘸的家伙，把这件事从巴黎带到了这里，人们并没有明确解释其中的原由。人们迟迟地滞留在咖啡馆，人们等待着镇长，人们从柜台前走过来又走过去，朝那两个从巴黎过来的人瞥一眼。人们一边等待，一边喝酒或是玩游戏。趁此机会，咖啡馆的老板娘，穿一身黑衣服的灰头发的小个人女人，当即就掀起了为了过冬而盖在第二张台球桌上的盖布，美国台球桌。"各位请当心，台绒还是新的呢，"她早已经说过的。

"那张桌子，我们身后三个档口，朝窗户那边，你看见了吗？"路易说。"不，你可别转身，就从吧台上的镜子中瞧。瞧那个又胖又矮的男人，眉毛长得很低的，你看到了吗？好的，他就是波莉娜的丈夫。你觉得他怎么样？"

"跟刚才是同一个问题吧？是说跟他睡觉吗？"

"不，蠢货。你会说些什么呢？"

"假如必要的话，干脆就逃之夭夭吧。"

"诀窍就在于此。那家伙具有一种非凡的精细，不过，要想在他脸上看出什么蛛丝马迹来，那几乎是不可能的。"

"那么，跟他在一起的那个姑娘呢？你想要过去招呼一声你好的，就是她吗？"

"是的，是他的妻子。"

"我明白了。对我来说，完全同意，我很想跟她一起睡觉。"

"没有人问过你的意见。"

"你说过，人就应该总是对自己提出问题，我在实施这一建议呢。"

"我会告诉你应该在什么时候实施。真是他妈的，旺多斯莱，你就别再拿这个来烦我啦，我们有别的事要做。"

"在这里，你还认识别的什么人吗？"马克说，从吧台镜子中团团扫视了一遍烟雾腾腾的大厅。

"没有人。据镇公所的居民登记册，尼古拉港一共有三百一十五名有投票权的人。这地方很小，但是对一个杀人案件来说，这人数可就足够多了。"

"那女人死在星期四，下午四点之后，六点之前。这只是很窄的一个时间段，警察要找到这段时间中有作案嫌疑的人，应该不会很难的。"

"这固然只是一个很窄的时间段，却是一个很宽的地带。没有人会在十一月的下雨天前去沃邦海岬那边溜达。在海岬和镇中心之间，只有一些偏僻无人的公路，一些空空如也的房屋。这是一片荒凉和潮湿的地带，那个星期四，天气可是极其糟糕，又是刮风，又是下雨的。除了这些，还要加上一点，五六点钟时，这地方的人有一大半都走在来去坎佩尔的路上，他们大都在那边有份工作，而从坎佩尔开车返回这里，是无法为任何人提供什么不在场证明的。另外有些人则在捕鱼，而再也没有什么比一个渔民更具有流动性了，也没有什么比一条船更漂泊不定了。假如可以把四十个人排除在嫌疑之外，那就已经很好了。那样一来，就还剩下二百七十五个人。从中再除去年纪太大的，那就只剩下二百三十来个人了。"

"那样一来，最好还是先从玛丽那边开始算起吧。"

"在玛丽的生活中，并非只有塞弗兰一家人。还有她的丈夫，迭戈，已经失踪了，我还没有弄明白，他究竟是死了，还是出走了。还有达尔纳斯的公园□她那小小的一块花园。这就为我们增添了达尔纳斯一家，以及水疗中心的工作人员，即便算是在淡季里，也还有十四个人。另外，她还在勒内·布朗歇的垃圾中翻找东西，她还定期前往镇公所，还有人们尚且不知道的种种情况。玛丽跟许许多多人都有关联，这就是那些好奇的人会提出的问题。这里的老板娘，身穿黑衣服的小个子女人，被人叫做安托娃奈特的，她说过，玛丽每天都会来这里歇上两次脚，除非她根本就不来的日子。"

"她都喝些什么？你问过这个问题吗？得始终提出问题来。"

"冬天里爱喝的是热朗姆酒，夏天里是苹果酒，其余季节里往往就喝上小小的那么一杯麝香葡萄酒。玛丽喜欢去散步的地方有沃邦海角，那里，没有人会冒险去跟她争抢她要捡取的那些可怜的滨螺，她还喜欢去港口，那里总是会有一些人经过的。一些小子从那里出发，一些小子从那里回转。关于飓风是会来还是不会来，会有一些争论，一些人就在防波堤上修理用具，一些人则在笼子里挑选家畜……你看到港口了吗？"

"那里真的有人捕鱼吗？"

"假如你睁开眼睛好好看一看，你就能看到两艘很大的拖网渔船远远地抛锚在海上。它们会出海一直前往爱尔兰。眼下在这个大厅里的绝大多数家伙，都是港口的人，眼下不在这里的，都在坎佩尔的办公楼里。那个刚刚走进来的小子，你看到了吗？但是，老天啊，每一次我给你指出什么人时，你不要都转过身去看嘛！"

"啊呀，我就是这样的嘛，都习惯了，出于本能，我不得不转动一下身子。"

"那好吧，你还要学会看人看物时眼睛都不眨一下。好的，那家伙，是在教堂里打扫卫生的，他只干这个，有一天我见到他在耶稣受难雕像附近，一副假神甫的样子。对此，你是怎么想的？"

马克稍稍低下了头，眼角往吧台上的镜子一瞥。

"不，不，我也不愿意跟他睡觉。"

"闭嘴，现在，过来的这位是达尔纳斯。"

达尔纳斯在路易身边站定，胳膊肘撑住了吧台，朝马克伸出一只手来。

"我叫旺多斯莱，"马克说。

"好极了，"达尔纳斯说，带着一种短笛般的嗓音。"有什么关于警察的消息吗？"

马克恐怕不会想到，一段如此粗的脖子竟然会产生出一种如此轻柔的音质来。

"他们还在跟镇长讨论呢，"路易说。"对那些需证明自己不在场的人来说，那将是一条十字架之路啊。您自己，您也要提供证明吧？"

"我好好想了想星期四下午的事。一开始，没有任何问题，我两点钟在修车行，接收一辆新发货的宝马车。"

"请便吧。"

"我是非常非常的开心。我在公路上试了一会儿车，但是，当时天气很糟糕。我就停好了车，然后我工作了一会儿，独自一人在我的办公室。后来波莉娜喊我去吃晚饭。"

"都是无用的证明，"路易说。

"是的。"

"那波莉娜呢？"

"真的是灾难啊。她上午去了报社，从坎佩尔回来时已经三点左右了，出门跑步去了。"

"冒着风雨吗？"

"波莉娜任何天气里都会出去跑步的。"

"这会是一条十字架之路，"路易重复道。"我们背后的所有那些人，都是些什么人？"

达尔纳斯朝大厅匆匆瞥去一眼，目光又回到路易跟前。

"左边角落里，是安托万、纪尧姆，还有他们的父亲罗伊克，三人都是渔民，再一个是贝尔纳，就是修车行的那家伙，很精明能干。下一张桌子上，那个很年轻的小子，叫加埃尔，是一位无可辩驳的沉思者，而坐在他对面的，大约四十来岁的羸弱家伙，就是若望，是管教堂的，他负责擦洗，往锁眼里抹油脂，他拍拍摸摸钻石，多少有些偏离事情的本质，对神甫可谓忠心耿耿。然后，是波莉娜·达尔纳斯，我妻子，您已经有幸认识她了，我也就不为您介绍了，让我们跳过去吧，选择一下吧。后面那一桌，勒福洛舍，当地最粗犷的渔民，一切暴风骤雨的劈杀者，拖网渔船夜晚美人号的船主，而在他对面的，是他妻子，以及他妻子的未来情人，对这点，勒福洛舍还一直蒙在鼓里。跟他们在一起的，是阿塔兰忒号渔船的船主。右角里那张桌子前，坐着大超市的女经理，她的女儿娜塔莉，左边角落桌子前的纪尧姆正在追求她，还有皮埃尔－伊夫，他也在追求娜塔莉，但娜塔莉根本就不理睬他。而站在角落里的……当心，克尔维勒，那人来了，尼古拉港的原教旨主义者，对镇长一职垂涎三尺的那个人……"

"勒内·布朗歇，"路易悄悄地对马克说，"跟垃圾有关的那个家伙，你可别转过身子去啊。"

路易从酒杯上方看过去，盯住了镜子，马克也做着同一动作，看到一个头发发灰的精干家伙走了进来，他脱风雨衣时弄出了很大的响声，还使劲地跺着脚。室外，天气一直就没有好转，西风带来了飓风，一阵接着一阵。路易目光追着勒内·布朗歇的动作，他进来后就跟人们握手，跟女人们拥吻，对波莉娜点了点头，就靠在了柜台前。路易让马克动一下位置，想更好地看看他。塞弗兰两口子也走了进来，坐下了，于是，马克决定走到他们那张桌子前去，因为路易在推他，这让他好不耐烦。现在，路易和勒内·布朗歇之间没有了障碍，可自由通达。路易注意到对方发红的脸蛋，记下了他浅色的眼睛，圆圆的鼻子，这很重要，漏了缝的嘴唇，相当粗糙，叼住了一支已经熄灭了的雪茄，小小的耳朵，耳垂仿佛雕凿成了斜角，后脖子成了脑壳的自然延续，不带一丝曲线，一切都衬托在脸部的一道道褶皱中，相当突兀。安托娃奈特老太婆给他拿来一杯酒。罗伊克，坐在左边角落那张桌子前的渔民，走过去来到他身边。

"看来，是有人杀死了玛丽，"罗伊克说，"你都听说了吗？她不是自己摔倒的。"

"有人告诉我说了，"布朗歇说。"可怜的老东西。"

"警察都来啦，你看见了吗？是盖雷克在管这件事。"

"是盖雷克吗？他会把整个地方弄得像个监狱的，这事不会拖太长久的。"

"对我一个人来说，这会给我带来鱼儿的，瞧……镇长来了，他在那上面聊了有整整三小时了。"

"至少，在他忙着干活时，他还是不会睡觉的。"

"你以为吗，你？你相信是有人推了她吗？看来好像是真的。"

"我相信我所看见的，罗伊克，我想到我所想到的。"

达尔纳斯朝克尔维勒做了个手势，并深深叹了一口气。但是克尔维勒很紧张。他紧紧抓住他的酒杯，往他右侧连续不断地投去好几眼。马克从他自己跟塞弗兰两口子在一起——他就坐在丽娜边上——的这张桌子看过去，监视着这一切。路易纹丝不动，身子僵僵的，只有脑袋在很快地动着。

"看来这都是真的，"罗伊克重复道。

"这就取决于是谁在说了。"布朗歇说。"看起来，就是您了，这没错吧，先生？"

布朗歇身子转向了路易。

"我特地为此过来旅行了一趟，"路易回答道，嗓音中透着一种友好。

"为了说些什么呢，到底？"

"人们刚刚对您说的那些，就是说，玛丽·拉卡斯塔是被人杀死的。"

"您是以什么身份提出这一指控的？"

"简单的公民身份……一条狗完成了那样一种微妙的行为，来把事实真相摆到了我的脚下。我就采用了它，我来分享。"

"这地方的人都很真诚直率的，"布朗歇继续高声说道。"您在尼古拉港散布了混乱。您指责我们屠杀了一个老太婆，而镇长一点都没有说什么相反的话。我却说了。尼古拉港的人们可不是杀人凶手，但是即便如此，也全由于您，他们将成为种种无情猜疑的对象。"

一些嗓音响了起来，互相混淆，一阵表示支持的喃喃声紧接着布朗歇的话语传过来。达尔纳斯做了一个鬼脸。那些还没有赞同布朗歇事业的人可以动摇了，布朗歇一下子就抓住了机会，并且毫不迟疑地加以开发。

"您想知道我的观点吗？"布朗歇继续道。"玛丽的案件是一个阴谋，跟镇长有关，而我将会说出最终的秘密。您将看到我站在您的对面，来保卫这些人，先生……我很遗憾，我没能记住您的姓，我似乎觉得这个姓读起来很费劲。"

"当心，"塞弗兰慢吞吞地对马克说。"布朗歇在搬救兵。兴许还得掺和到里头，克尔维勒不是当地人，他身边并没有什么人可作为帮手。那都是一些正派的人，除非到时候他们会不再正派。"

"您就不要添乱了，"马克轻轻地说道，"路易是有武装的。"

"有武装？"

"他的舌头呗。"

"布朗歇也很善于辩说，"塞弗兰喃喃道，同时还轻轻地摇着脑袋。"他甚至还是我们这地方的高音喇叭。他是一匹害群之马。随身总是装满了整套整套的话，他还拥有循循善诱的戏剧艺术。他比他表面看起来的样子要狡猾多了。"

路易也跟着缓缓地转向了布朗歇，而马克则不无满意地注意到，他轻而易举地超过了他的个头。他早已拉长了自己的身高，他现在稳稳当当地维持住姿势，而在他的边上，布朗歇看起来就像是一只陶罐。一种不带丝毫价值的优点，但那毕竟还是一种优点嘛。路易定定地瞧着那人，而他的侧影，在这一时刻，显得很威严，而且隐约有些蔑视人，但没什么可吸引人的。

喃喃声在大厅中越来越强化。一些人已经站立起来，另一些则离开了游戏大厅，来到了吧台边上，伸长了脖子，准备探听消息。

"并不是所有人都有一个简单的姓氏的，布朗歇先生，"路易拖长了嗓音慢吞吞地说，在这嗓音中，马克听出来整整一连串充满了危险的亲和力。"但是，我敢肯定，只要付出一种轻微的努力，以您所拥有的智力，您一定会成功地把它读出来的。它一共只有三个音节。"

"克尔－维－勒，"布朗歇一字一顿地念了出来，嘴唇向前翘着。

"衷心祝贺您了，您可真有学外语的才华啊。"

"那是因为，在法国，我们获得一种长期的培养，使得我们有一种很好的记忆力，即便是在五十岁之后。"

"而我也看到了，您已经抓住了种种机会，来自我培养。"

布朗歇咬紧了牙关，迟疑着，狠狠地喝了一大口白葡萄酒。

"您在我们这里要待很长时间吗？"他继续道。"或者，对那些对您没有任何要求的人，您都已经做得够多了？"

"既然您都给了我建议，那么我就很有可能滞留下去。我确实感到，我对什么要求都没有提过的玛丽·拉卡斯塔还做得很不够，她却已经被人用石头砸死了。说实在的，您让我感到很轻松，非常轻松，我在这个咖啡馆里很开心。如果能更进一步地熟悉您，那我将会很高兴。安托娃奈特太太，您能不能再给我来一杯啤酒？"

路易保持外表的平静，但勒内·布朗歇并不试图保留他的宁静，正好相反。

"他将要猛攻了，现在，"塞弗兰喃喃道。"那是他的体系。"

安托娃奈特把一瓶啤酒放到柜台上，布朗歇把手指头摁在克尔维勒的上衣上，给阿塔兰忒号的那位胖船主做了一个手势。但是那位渔船主还在犹豫。

"布朗歇先生，"路易说，推开了搭在他肩膀上的手指头，"放规矩一点，别粘着我。我们彼此还不太熟悉，但是，我会来看望您的，请您放心好了。是不是就是镇公所后面的那栋大房子？**稍稍往**

右一点？"

"邀请谁不邀请谁，都由我来选择，克尔维勒先生。我家的门并不为您而敞开。"

"一道门，那又是什么呢？一种象征，至多不过……反正，随您的便好了，去您家还是在别的地方，但是我请求您，请让我先安安静静地喝完这杯啤酒吧，您都害得我把这凉啤酒给放温乎了。"

马克微微一笑，到最后，除了几张无动于衷的脸，周围的人早已不再参与开心的取笑了。

"没错，"安托娃奈特突然加入进来，很是为菜市场咖啡馆的服务质量担忧。"请不要耽误这位先生的凉啤酒，还是稍稍闭一会儿嘴吧，勒内。总之，真是他妈的，假如玛丽是被人杀死的，假如这真的是事实，那么，尽管这位先生做了他要做的，我还是看不出，人们为什么要指责他。假如这地方真的有一头很坏的畜生，那么，我们也要知道，这地方并不比其他地方好到哪里去。你为我们把它们都粉碎了。"

马克很惊讶地瞧了瞧塞弗兰。

"她说起话来总是这样的，"塞弗兰说，微微一笑。"难道不是吗，嗯？"

"安托娃奈特，"路易说，"您是一个很讲道理的女人。"

"我在孔卡诺干过拍卖，我可了解人们了。那些鱼吧，有时候，会有一条两条烂的臭的，随便哪一个港口都会有这样的事，在尼古拉港，如同在别处，仅此而已。"

"安托娃奈特，"布朗歇说，"你就别……"

"够了，勒内，到大街上去高谈阔论吧，我，我这里可有顾客要伺候。"

"那你就把随便什么人全当成你的顾客啦？"

"我就伺候那些渴了想喝的人啦，这难道是一桩罪孽吗？但愿将来不会有人说，安托娃奈特没有伺候好一个渴了想喝的人，而无论他是哪里来的，你听明白我的话了吗，无论他是从哪里来的！"

"我渴了，想喝，"路易说。"安托娃奈特，再给我来一杯扎啤。"

布朗歇耸了耸肩膀，而马克看到他改变了策略。他在安托娃奈特的胳膊上重重地拍了一下，深深叹了一口气，装作一副输了游戏的战败者样子，憨厚老实，乖乖求饶，根本就不想再惹是生非，输虽输了，但输得正大光明，他前去把他的屁股和他的白葡萄酒杯挪到渔民们的那张桌子前。安托娃奈特前去打开了一扇窗，好让烟雾过大的大厅通通气。马克很是赞赏这个满脸皱纹、裹在一身黑长裙中的瘦瘦的小个子女人。

"瞧，熟睡的人终于来了，"布朗歇对纪尧姆说。

镇长走进了咖啡馆，时间已经是三点钟了。他漫不经心地跟人们打过招呼，迈着一种疲惫的舞蹈者的步子，一句话没说，就把路易拉到后堂，像是人们随手捡起自己落下的东西。路易对马克做了个手势，示意他跟上来。

"请等一秒钟，舍瓦利埃，我有一句很要紧的话要对旺多斯莱说。"

马克发现路易非常非常紧张。他死死地盯住路易那抽搐不已的身躯，试图把它弄明白，但发现这既不是因为愤怒，也不是出于激奋，更不是神经质。这就如同一种僵硬，驱除了他脸上的表情，摘除了它的阴影和模糊，只让人看到突兀的曲线。不再有魅力，不再有温柔，不再有微妙的差异和不确切。马克在心中自问，这究竟是

179

不是一个遭到别人狠狠打击的人会有的样子。

"马克，必须有人从巴黎给我带个什么东西过来。"

"我吗？"

"不是你，我需要你在这里跑动。"

"地堡里的什么东西吗？那为何不叫玛尔妲呢？"

"不要玛尔妲，她会在火车上磕破脸的，她会把那玩意或我不知道的另外什么东西给弄丢的。"

"樊桑呢？"

"樊桑得死守在第 102 号长椅上，他一定不可以离开它。我可没什么机动的人啦。你的那位同事，他叫什么来着？不是那个老弄出响动来的那个，是另一个。"

"马蒂亚斯。"

"他有空吗？"

"眼下，有空的。"

"可靠吗，极端可靠吗？"

"狩猎采集者牢靠得就如一头原牛，而且还要更谨慎。但一切得取决于他对这事是否有兴趣。"

"必须给我带来一盒子夹在一起的好几张纸，就塞在一个标有 M 字样的黄色文件夹里，任何情况下都不能把它给弄丢了。"

"这事总还可以托付给他的。"

"马克，人们越不理解这些文件，就越能做好这件事，把这一点告诉他。"

"好的。要找到它都有些什么记号吗？"

路易把马克拉到大厅的一个角落。马克一边记录，一边频频点头。

"去吧，"路易说。"假如马蒂亚斯可以，并且一旦他可以，就谢谢他了。通知一下玛尔妲他会过去一趟的。去吧，赶紧。"

马克一点儿都不想弄明白路易所说的是什么。这里头有太多的晦涩难懂，就是想反对也根本无用，最好还是等待，等待它自个儿解决。他找到一个独立的电话亭，给巴黎沙勒街的咖啡馆打了电话，它被用作了一个联络点。他等了五分钟，最后，是他叔叔来接的电话。

"我要找的人是马蒂亚斯，"马克说。"你过来接电话做什么？"

"我就探听一下嘛。告诉我吧。"

马克叹了一口气，把事情很简单地对他说了说。

"一个标记有 M 字样的文件夹吗？在地堡中吗？什么关系来着？"

"跟凶手有一种关系，你愿意它是什么关系呢？我认为，路易看来是找到什么了。他脸上的线条都抹得走样了。"

"我去给你找圣马太，"老旺多斯莱说，"但假如可能的话，你们就不要在这件事上太过纠缠了。"

"我已经纠缠上了。"

"就让克尔维勒去追他的兔子好了，让他一个人去追好了。"

"不可能，"马克说，"我都已经用来充当他的右腿了。我们只有一只兔子要追，看起来好像是这样。"

老旺多斯莱嘟囔了几声，离开了电话。十分钟之后，马克终于等来了马蒂亚斯。由于这位狩猎采集者理解得很快，并且说得很少，马克三分钟后就结束了通话。

二十一

因此，有一个可怜虫把鼻子探了进来。只因为这条傻狗。而到现在，警察们已经来了。这倒是不太要紧，我才不在乎呢，一切混乱情况皆在预料之中。不那么傻。小小的不乐意者，盖雷克，别人让他去哪里，他就会去哪里。他那副样子，简直就是一个不撞南墙不回头的一意孤行者。他跟所有人都一样，他只不过有那副样子而已。带着一种小小的冲动，他会去人们愿意他去的地方，就像是一只蚂蚁。小小的不乐意者并不会做太出格的事。人们讲过关于蚂蚁智力上的很多蠢举。但那只是一个愚蠢之极的奴隶，而不是别的什么。只要把手指头放在它前面的路上，那就够了，它一定会转身返回去的。由此而为，一直到光线改变。结果百试不爽。它不再知道家在哪里，它迷路了，它会死去。我这样做过很多很多次。盖雷克，他也一样。只要把手指头放在他面前就行。并不在第一个来者够得到的地方。一个普普通通的杀人凶手，他在第一个警察来到时会好赖对付过去，他也从来就没想到过蚂蚁与太阳光的故事，他会在那两天之内被抓住。

不那么傻。而那个带着狗屎从巴黎转回来的人，假如不叫人放手的话，将会见识到他的痛苦。他是不会让人放手的。他想让自己到处都去，什么都看到什么都知道什么都能够。他以为他自己是谁呢，这可怜虫？比别人少一点点可怜，小心注意。无论怎样，我了解这方面的情况。镶有饰带的人道主义者，再没有比他还更狭隘迟钝的了。假如他想到处都去点火来消灭老鼠，他就将采取灭火机的那一击。那将会很迅速，很精确。他将偏离正道，而没有时间看到有人来。我拉着引线呢。当人们将去照料小蠢才时，我会承当一个诗人。这将很伟大。实际上，假如我不做别的事情，我就会去做杀人凶手。我已经是凶手了，我了解我自己，但是，我还是会去做一个职业杀手。我有干这事的才华。而杀人能让人内心放松。小心注意，别拿出任何东西来让人看。做该做的事。时不时地，装作一副若有所思的样子，感兴趣。留心在意，让一切都柔柔地丢弃，眼睛，脸颊，手。

二十二

就在马克百般犹豫之时，拿不准究竟是要去研究床头柜上的普伊萨耶的老爷，还是要去尼古拉港的大机器摇杆上给它摇上一下——为的是，能就"当太阳在五十亿年之后发生爆炸时，该如何把地球拉出太阳系去？"这个问题获得一个答案——镇长关上了菜市场咖啡馆后厅的门，来告诉路易他跟坎佩尔来的那位叫盖雷克的警探的会见情况。盖雷克早已就玛丽·拉卡斯塔的问题把镇长折腾得精疲力竭，他拿走了村镇居民的登记册，还想见一见克尔维勒，以求得到他的证实，还有他带来的那一块骨头。

"他们都在富埃南的警察局。随后，他将启动审讯。"

"您为什么要告诉我这些？"路易问。

"是盖雷克要求我这样做的。他想今晚之前问您几个问题。我只不过是在转达他的意思。"

"他有一个计划，一个想法了吗？"

"盖雷克在玛丽的生活中只看到有一件事要特别记住，那就是她丈夫迭戈的失踪，那是五年前的事了。"

"那男人死了吗?"

"谁都不知道,人们就一直没再见到他,是死是活不好说。他的长枪扔在了港口,还有一条船不见了踪影。可以确信的是,玛丽对这事尽可能地闭口不谈,但她始终在等待他。对他留在书房中的东西,她连一件都没去碰过。"

"他们是很晚才结的婚吗?"

"他们俩当时都已经六十岁了。"

"他是在这里认识她的吗?"

镇长来了一个表示不耐烦的小小跳脚。一而再再而三地重复所有人都烂熟于心的平庸故事,实在是让人腻烦。但是,盖雷克要求他别把矛头指向克尔维勒,人们可能还需要他,他听说过这个人,他还有一些疑惑。

"他在丽娜家中见到过玛丽的,这一点很显然,当她还住在巴黎时。在丽娜还跟她的第一个丈夫生活时,玛丽就在他们家干活了,她照料两个孩子,很简单。"

"她的第一任丈夫,他叫什么来着?"

"一位物理教师,这跟您将不会有什么关系。他叫马塞尔·托马斯。"

"那迭戈也认识丽娜吗?"

"不认识,真见鬼,迭戈当时跟塞弗兰一起工作,正是因为这样。"

"那他和丽娜的关系呢?"

镇长坐了下来,心里很纳闷这家伙是如何做到人们后来所讲到的那一切的,而他自己却根本就无法抓住迭戈和玛丽的这一故事。

"塞弗兰,"镇长一字一顿地说道,"原本是这对夫妇的一个老朋友，尤其是马塞尔·托马斯的老朋友。他们两人都收藏旧机器，工程师每一次去巴黎，一定要去他们家看望，看望他和他的收藏品。迭戈是为塞弗兰工作的。因此，他就陪同塞弗兰去丽娜家。因此，迭戈就在他们家里认识了玛丽。"

"那么，这位迭戈，他都为塞弗兰做些什么工作呢？"

"他在法国四处奔波，寻摸各种机器。塞弗兰发现迭戈很擅长修修补补的活儿，就让他帮自己干活。总之就这样，在塞弗兰娶了丽娜两个月之后，迭戈也娶了玛丽。他们全都迁来此地安顿。"

路易也跟着坐了下来，很耐心的样子。他心里很纳闷，不相信人们怎么能讲述一个如此糟糕的故事。舍瓦利埃的精神肯定有些错乱。

"丽娜是离婚之后再嫁的塞弗兰吧？"

"当然不是啦，见鬼的，那是在那次事故之后。她丈夫从阳台上摔了下去，很不凑巧。她不幸成了寡妇。"

"啊，快给我讲一讲这件事。"

"反正，成了一个寡妇。她丈夫从平台上跌落下来。我是从玛丽口中得知的这个故事，因为，丽娜根本就受不了听别人讲到这事。当时，只有她和玛丽跟孩子们在一起。丽娜在房间里阅读，而托马斯在平台上吸他的最后一支烟。丽娜一直在责备自己，悔不该让他在喝多了酒之后独自一人留在那上面。这很愚蠢，她又如何能预料此后的事呢？"

"那是在巴黎的什么地方？您知道吗？"

舍瓦利埃又叹了一口气。

"在 15 区，格鲁修道院长街。不要问我门牌是几号，见鬼，我根本就不知道。"

"您别激动，舍瓦利埃。我只不过在尝试着了解情况，根本就没有让您难堪的意思。因此，丽娜就这样成了寡妇，带着她的两个孩子，还有玛丽。后来呢？"

"一年之后，她就转身投向了朋友塞弗兰，她嫁给了他。"

"当然。"

"她有孩子要养，没有工作，不再有钱。她丈夫只给她留下了各种机器，当然是一些很漂亮的机器，但她不知道该拿它们做些什么。她再婚了。然而我猜测，她还是爱工程师的，我几乎都敢确信。他当真把她拉出了困境。好的，这并不太要紧，所有人都会再婚的，而塞弗兰把他的一大家子安顿在了这里。而就这样，盖雷克对迭戈产生了兴趣，而人们却对这个迭戈一无所知，而塞弗兰也并不知道得更多，他曾经发现迭戈正在外省的一个大集上出售三件玩意。我对盖雷克为迭戈说尽了好话，我想他应该不会干什么坏事的，他是个可靠的人，不过情绪化一点，但人很好，而且勇敢，他每天早上都六点钟起来。当他失踪后，所有人都很想念他。至于玛丽……半个月之前，她还在等待他。"

"非常忧伤啊。"

"非常。而且，这话不妨就在我俩之间说说，对镇里来说，也非常棘手的，非常棘手。"

"盖雷克会从什么开始呢？"

"会从您啊，然后是塞弗兰夫妇，然后是所有人……他和助手将会费尽九牛二虎之力，来调查谁在场谁不在场，而这恐怕也不会有什么大用场。在这里，所有人都会在所有方向上绕圈圈。"

"他们已经问过您当时在场不在场了吗？"

"做什么用呢？"

"他们有没有问过您呢？"

"没有，当然没有啦。"

"那么，就会来问的。"

"好吧，您是想把我打发进臭屎堆里去吗？这就是您生活中的娱乐吧？"

"那么您呢，您就不认为您已经打发玛丽进了臭屎堆了吗？勒内·布朗歇是吧？翻腾他的垃圾？这就是你的娱乐吗？"

镇长做了个小小的鬼脸，向后扳动手指头却不发出一记嘎嘎声，但是他坐在椅子里并没动。令人难以置信，这家伙，真正是一片池塘，一汪水洼。路易这个人总是好奇地被液体元素所吸引。人们把他倒进一只杯子里，他就平了。人们倾斜水杯，液体就会侧倾，但它的表面依然还是平的，始终都是平的。即便是翻倒过来，或是扭曲在各个方向上，表面会始终停留在水平上。镇长就是这样的，恐怕得把他带到一种摄氏零度以下的环境中，才能够实实在在地抓住他。但是路易确信，即便他把镇长冻成了冰，他也会安排好，冻住表面，而妨碍整个的可视性。

"这里，冬天天气冷不冷？"他问道。

"天气很少会很冷，"舍瓦利埃十分机械地回答道。"只在极端情况下才能看到冻冰。"

"活该。"

"您是怎么得知玛丽还有布朗歇的垃圾的故事的呢？您是在水晶球中，还是在一堆狗屎中读到的呢？"

"是不是您要求她做这些小小的检查的？"

"是我，没错。但我并没有强迫她，我还给她做了补偿。"

"您到底在寻找什么呢？"

"是布朗歇在寻找我，您可不要弄错哦。他下决心要把镇公所给我抢光。我已经被植入了，但为了对付我，他面对种种肮脏的手段是决不会犹豫的。我想知道他都为我预备些了什么。"

"垃圾会帮您知道一些情况吗？"

"知道他每星期吃两次鸡，还吃不少的罐头饺子。知道他来自人们不知道的某个地方。没有家庭，没有党派，没有已知的政治亲缘关系，一无所有。一段充满风浪的往昔，难以把控。"

舍瓦利埃做了一个鬼脸。

"他的各种纸张，都给烧毁了。我正是发现这一点之后，才想到要去寻找玛丽，希望他总还会留下一点点什么吧。因为一个烧毁自己资料的家伙，嗯？一个不想雇保姆打扫卫生的人，而且没有任何借口，嗯？但是布朗歇一丝不苟，他清理他的鸡肉直到骨头，他刮干净他的饺子罐头，他吸他的雪茄一直吸到头，直到烟火烫了手指头，而他的纸张，没有一张会原封不动地遗漏出来。他的垃圾，那可是垃圾中的精华，那是一堆既无肉体又无精神的废物，是一些灰烬，没有任何别的，尽是灰烬。假如您觉得这一点很正常的话，我觉得一点都不正常。"

"他是来自哪里的？至少，总有人知道吗？"

"来自北部－加莱海峡。"

"您敢肯定吗？"

"这是他自己说的。"

路易皱起了眉头。

"那么，玛丽呢？"他接着说。

"我知道得很清楚，"镇长说。"假如他看到她在翻他的垃圾……假如他杀死了她……那就将是我的错，这我知道得很清楚，我并没有等着您来想到这一点。但是我实在很难想象在尼古拉港会有一个凶手，即便那就是他，我也难以想象。"

"有人杀死了她，舍瓦利埃，老天啊，多少也让您血管中的血液流动流动吧，振作起来吧！而对您自己，玛丽又有没有发现一些什么？布朗歇又是计划通过什么缺口来打击您的呢？"

"假如我知道的话，克尔维勒，我就不用派人去寻找了。"

"通过哪里呢，依您的想法？"

"我难道真的知道吗，我？他可以随意发明出什么来！十张假发票，十五次挪用钱款，十八个情妇，一种五重生活，四十个孩子……缺少的可不是选择……现在，说到您了，克尔维勒，您什么时候走呢？一见过盖雷克就马上走吗？"

"从逻辑上来说，是的。"

根本不可能看到舍瓦利埃到底是放松了下来，还是没有。

"而从实际上说，却不是。"路易补充了一句。

"您没有信心了吗？他这个人不错的，盖雷克。是什么拖住了您呢？"

"三件事。还有，我想喝一杯啤酒。"

舍瓦利埃耸了耸肩膀。他陪同路易来到吧台前。大厅里此时还没有空，这是个与众不同的日子，人们等着警察。根据来来往往的走动与时断时续的谈话，座位的分配已完成。马克早就返回了，安坐在丽娜和波莉娜之间。他还在犹豫。假如他是波莉娜，他就会嫁给塞弗兰，而不是达尔纳斯——但是每个人好赖都会应付过去的——尽管，塞弗兰的屁股长得太低，肩膀又太窄，某种程度上说，是一副姑娘家的形态，很少见这样的身材，但照马克的说法，它却很值得人们重视。但是，让我们宽宏大量一些吧，这几乎就看不出来，而塞弗兰给出了某些躁动的符号，在马克讲究团结的头脑中，它们很值得看重。工程师来回往返于吧台和各张桌子之间，端上饮料，撤走空杯子，干着安托娃奈特的活儿，动辄就中断他的雷明登商号的纪事，当他焦虑的目光投向丽娜时，他浅色和衰老的小脸就会在真诚的漂亮微笑与转瞬即逝的鬼脸之间挣扎。而很悖论的是，达尔纳斯，尽管显出一副融化的糖稀做成的拔丝海龟的模样，东一处西一处地粘在了锅底上，却显得比工程师更有阳刚之气。他平静地微笑着，倾听塞弗兰在那里说话，把他那两只肥胖的爪子搭在大腿上，还时不时地甩动一下，要把手甩干——马克心想，他恐怕在甩手上融化的糖稀——而咖啡馆的旋涡和躲在里头的那些人的旋涡，则毫不拥挤地钻进了他微细的目光中。丽娜，嘴唇拉得老长并偶尔闪闪发亮的高大而又漂亮的女人，肯定让马克稍稍有些担心，正在跟波莉娜·达尔纳斯有一搭无一搭地说着话。每当她们的话语从马克的肩上传过来传过去时，他就赶紧低下头来。他喝上一大口，好让他的沉默不那么显眼。他已经有整整半小时没跟波莉娜交换一个词了，他感到自己没有发挥。玛尔妲如果见到此情此景，恐怕会说，这样把自己夹在两个女人之间，实在是愚笨至极，因为，你只要跟其中的一位说话，就免不了会把自己的背对准另一个，真的是有失风雅，应该挪个位子，正面朝向她们。正想到这时，路易冲他做了一个手势。

“那么？都决定好了什么呢？”路易低声问道。

“我想过了，我更愿意跟波莉娜睡觉，但她不喜欢我。”

“别来恶心我，马克。说正经的，那事情呢？圣马太怎么说的呢？”

“他今天晚上到，22 点 21 分的列车到达坎佩尔。”

路易露出一丝笑容。

"好极了。回去继续聊天吧，当我跟盖雷克在一起时，你就好好地探听发生的一切。"

"我没什么可聊的。我很局促的。"

"动一下位子，正面朝向别人，这正是玛尔妲会说的。塞弗兰，"路易高声喊了一句，"来一局台球怎样？"

塞弗兰微微一笑，立即就接受了邀请。两个人走向了大厅深处。

"台球，法国式，还是美国式？"塞弗兰问道。

"美国式。我已经集中不起相当的精力来对付三个球了。我的脑子里有四万个球，这会对我很有好处的。"

"我也是，"塞弗兰说。'说实话，我已经开始有些腻烦了。我不想让丽娜在中午发生了那件事之后还一个人独自待着，最好还是把她带到这里来。然而，我有那个神圣的机器在等我，我倒是更喜欢去关注它，以忘掉我的那条狗。但现在不是时候。丽娜已经好多了，您的朋友让她开心多了。他平时是做什么来着？"

"那是一位历史学家。他只关注中世纪的历史。"

"不开玩笑吧？"

"不开玩笑。"

"我可没见过像他那样的中世纪历史学家。"

"他也没有，我恐怕。他的日子有时候也过得很拮据，甚至东借西凑的。"

"哦，是吗？那他没钱的时候干什么呢？"

"他慌乱，他发光，或者，他闹笑。"

"哦，是吗？这可有点累人啊，说来我听听。您先请吧，克尔维勒，请出杆。"

路易瞄准，击发，打进了 6 号球。同时，他还竖起一只耳朵，探听酒吧里发生的事。

"最终，"纪尧姆说，"为什么人们给自己找麻烦呢？人们不知道是谁杀死了玛丽吗？那就只须去问那机器要一个答案好了，不是吗，工程师？"

"而你知道它会如何回答吗？"站在大厅另一端的一个家伙说道。

"您听明白了吗？"塞弗兰笑着说。"那是我的机器，一台巨大的疯狂机器，是我建造在停车场附近的，您看到它了吗？它散发一些小小的讯息。我可从来没想过，他们居然还会接受它。我本以为它会给当地带来一个小小的丑闻，但在几个月的疑虑提防之后，他们却开始把它偶像化了。那是因为我的机器能回答一切……人们远道而来向它查询，差点儿就要赶上求一个女神了。假如摇动摇杆需要付钱的话，那么，我们在尼古拉港就会变得很富有了，这可不是开玩笑的！"

"是啊，"路易一边说，一边监视着塞弗兰的击打，看来，他打台球也打得很好。"马克都对我说了。他已经向机器提了不知道有多少个问题了。"

"该您了。尽管如此，那机器还是差点儿给人带来损失。一天晚上，"他压低了嗓音说，"有一个小子问它他老婆是不是欺骗了他，而那个又胖又笨的铁家伙竟然给了他肯定的答复，大概还觉得这样回答很好玩吧。那小子就把这回答当作了神谕真言，他差点儿就把那个所谓的情敌给废了。"

"那么，机器说的到底是不是事实？"

"根本不是！"塞弗兰笑道。"他老婆可把那个牺牲者给害苦了，他不得不前去，要让机器咽下诽谤的恶果！一场真正的好戏……这还不是唯一的一次呢。有好一些人甚至还成了真正的狂躁者。一遇上什么小小的难题，就赶紧跑去求问，快去，来上一摇杆……它都超过我了，我的机器，不开玩笑。"

"那么，您到底想做什么呢？"

"建造啊，化无用为机械。我要掀起一场颂扬机械之荣耀的运动！而为了庆贺机械之美，我想让机器变得毫无用处，让它唯一的引人之处就是启动，就是运作，人们观望到它之后会说：'它能转动！'让荣耀归于运转，归于可笑与无用！让荣耀归于有推力的摇杆，归于能转动的轮子，归于冲动不止的活塞，归于滚动不停的转轮！做什么用呢？用来推动，用来转动，用来冲动，用来滚动！"

"而最终，无用的机器开始派上用场了，不是吗？"

路易在工程师那番话语的慰藉下，顿时感觉轻松了不少，接二连三地打落了不少球，塞弗兰支撑在台球杆上，一副很开心的样子，似乎把那条死了的狗忘在了脑后。

"的的确确！好一个针对不满意问题的工厂！我敢向您保证，有的人甚至会从二百公里远的地方赶来咨询它！不是为了来看看它，克尔维勒，而是来咨询它的！"

路易赢得了第一局，塞弗兰要求再来一局，试图复仇，同时，还要了一小杯白葡萄酒。从酒吧台那里开始，人们把台球桌围了一圈又一圈，兴致勃勃地观战。有的人走来走去，有的人指手画脚地点评，有的人还在问工程师那机器到底会回答什么。室外，始终下着大雨。大约五点钟时，路易就只剩下 7 号球要打了。

"这 7 号球，它还在跟他作对呢，"一个嗓音在说。

"最后一个球，总是那样的，"另一个嗓音说。"美国式台球，真是太讨厌了。一开始，到处都有球，真的得像一头牛那样好好地玩，不要把那么一个球随随便便地收进去。随后呢，就变得复杂了，人们会发现，自己原来要比自己想象的还更傻。而在玩法国式台球时，人们会一下子就知道自己很傻。"

"法国式台球，当然更难打，但同时也更直率，"另外有个嗓音说道。

路易微微一笑。他第三次打漏了 7 号球。

"我是怎么跟你说的，这 7 号球，它根本就不想进去，是不是?"那个嗓音重复道。

塞弗兰瞄准，通过一杆两次撞台边，把球打了进去。

"打得好，"克尔维勒说。"已经快到五点了。您还有时间给美人儿吗?"

丽娜的位子就在台球桌边上，坐在一把观众长椅上。塞弗兰朝她投去匆匆的一瞥。

"我要去找丽娜了，我就让位了，谁来?"

塞弗兰坐到了丽娜旁边，一条胳膊拢过来搭在了她肩上，而马克的眼睛则始终注意着其他人是如何对待女人的。他觉得，塞弗兰不应该把胳膊放在这里，而应该放在那里。那样更温柔。而达尔纳斯，他，则并没有搂定波莉娜。看来，波莉娜是一个人待定了。路易跟黑夜美人的船主勒福洛舍开始了新的一局。那，可就容易多了，这大胖家伙防御得很好，但他的防御更善于针对西风，而不是绿色呢绒的台球桌。安托娃奈特提醒他说，要当心那呢绒，不要把酒杯放到球台边沿上，真是他妈的。

"警察们终于来了，"马克突然开口说。

"继续吧，"路易对渔老板说，头都不带抬一下的。

"他们要找的人是您吧?"勒福洛舍问道。

"好像是，"路易说，依然俯身在球台的呢绒上，一直眼睛半闭着。

"由此，您不该把他们引来的。勒内刚才说的话里有些东西是真的。谁播下微风必将收获风暴，我的小子。"

"假如真是这样，那今年就将是个好年成。"

"兴许很好，但是尼古拉港，毕竟不是您自己家的洋葱，就别管人家的闲事了。"

"您去爱尔兰海会很顺利的，您，勒福洛舍。"

"这可不是同一回事，那是为了去深海捕大鱼，我别无选择。"

"那么，对我来说，也是同一回事，也是为了去深海捕大鱼。人们干的同样的活儿，我别无选择，我就是鱼。"

"这个，很肯定吗?"

"假如他就是这么对你说，"塞弗兰插嘴道。

"那么，好吧，"勒福洛舍一边应许着，一边用台球杆的尖头摩擦着自己的脸。"那么，假如那是一样的话，同意，假如是另外一回事，我就什么都不说了。该您出手了。"

盖雷克中尉走进了游戏厅，瞧着正在进行中的那一局台球游戏，外表看不到一丝不耐烦。勒福洛舍的一侧脸有些发蓝，那都是被台球杆给蹭的，而路易，自从一个半小时以来就不停地在打台球，头发都一绺绺地耷拉下来，遮住了脑门，衬衣的下摆也从长裤中抽出来了一小半，袖子也秃噜到了胳膊肘。有十好几个男人和女人一动不动地围在台球桌周围，有的坐着，有的站着，有的手中拿着一杯酒，有的嘴上叼着一支烟，这一下都不去看那桌上的球，而去看从坎佩尔来的警察了。盖雷克个子很矮，长了一张瘦瘦的脸，脸上的线条很难描述，一道迷茫的目光，头发隐隐有些偏金黄色，很短，也很稀。路易赶紧把台球杆撂在球台的呢绒上，过来跟他握手。

"我是路易·克尔维勒，很荣幸能见到您。您能允许我把这一局打完吗？因为我都已经输了一局了。"

"您打您的吧，"盖雷克说着，不带一丝微笑。

"请您原谅我，但我有一位祖先，很能打台球的。我的血液中就有这份才华。"

很好，路易这么想道，这家伙很狡猾，他并没有全力使用他的权威。他在等待，他在兜圈子，他没让自己被一些琐碎的小事所困扰。

十分钟后，路易击败了勒福洛舍，实践了所许的复仇，这时，他赶紧穿上套头衫和上衣，跟在警察后面走了。这一次，盖雷克带他走向了镇公所。路易发现，他实在是不无遗憾地离开菜市场咖啡馆那充满了蒸汽、汗酸味和烟草味的烟雾腾腾的大厅。这地方已经走进了他的内心，而在构成为他的记忆和他的内心生活的那一个又一个咖啡馆的巨大队列中，这个菜市场咖啡馆在受欢迎程度上莫名地占据了很前列的地位。

二十三

眼前的这个警察是个很谨慎的人，一点儿都不令人讨厌，但也并不让人轻松，而正是在跟这位警察讨论的过程中，路易在自己左侧衣兜中发现了那张纸。盖雷克正跟他解释说，迭戈，迭戈·拉卡斯塔·里瓦斯，是一个西班牙人，对他五十岁之前的情况，人们一无所知，而他正是在五十岁时开始为塞弗兰工作的。看来，他将不得不启动整个西班牙了，而这可不怎么叫他开心。但是，要不留痕迹地消失得一干二净，迭戈就得有一些很严肃的理由，而始终在等待他的那位玛丽，肯定是知道这些理由的。谁知道他是不是返回来过呢？谁知道是不是他杀死了玛丽呢？路易一边听着警察讲，一边把手伸进衣兜深底，摸到了那张纸。一个皱巴巴的纸团，本来是不该在那里头的，因为他早已把包着骨头的那张报纸给了盖雷克。

"克尔维勒，"盖雷克说，"您是在听我说呢，还是在干什么?"

"请您读一读这个吧，中尉，但是请不要把手指头摁上去，我已经把我的指纹弄得到处都是了。"

克尔维勒递给盖雷克一张揉皱了的细长的小白纸条，边缘已经有些破了。短短的几行文字是用打字机打出来的。

有一对男女

在沃邦的棚屋中，

但所有人都默不作声。

您还在等什么

与其浪费掉时间

白白地错失 7 号?

"这首诗，它是从哪里来的?"盖雷克问道。

"从我的衣兜里。"

"又是?"

"这一下，我可没办法。一定是刚才，在咖啡馆里，有人把这张纸塞到我衣服兜兜里的。而三点钟我进到酒吧里时，它还不在那里头呢。"

"那您的上衣，它，又是放在哪里的呢？"

"就放在台球桌边上，搭在一把椅子上，本来准备晾干一下。"

"纸张是团成一团的？"

"是的。"

"这个关于7号的故事，它又是什么呢？"

"是一个台球，编号第7号。在那一局的最后时刻，我都已经打了三次，始终都没把它打落。"

"写得还真是糟糕。"

"但是，很清楚嘛。"

"一对男女……"盖雷克喃喃道。"假如有一对非法偷情的男女那天晚上在棚屋里，那玛丽就会碰到他们，而他们中的一个就会把她杀死。这是站得住脚的，这已被人们看到了，四年前在洛里昂，不会再晚了。只不过……为什么只用一个匿名的词？为什么作者不把这对男女的名字说出来？为什么他专门找的您？为什么要在咖啡馆里？为什么是这个7号，它在那里又来做什么？"

"保龄球游戏中的一条狗罢了，"路易慢吞吞地说。

"一连串无用的为什么……"盖雷克继续道，像是在对自己说，说着还耸了耸肩。"在这里，人们碰到了匿名信制造者的复杂皱褶，遇到了他们扭曲的动机，他们不讲逻辑的委婉手法……贪婪，懦弱，暴力，软弱……同样的东西，六年前在蓬阿贝就有过，不会再晚了。但是，指责会是真实的。"

"沃邦棚屋对一对男女来说是个很明智的幽会地方。那里有屋檐遮风挡雨，又远离一切。被人撞见的危险微乎其微。"

“即便知道玛丽·拉卡斯塔会来那片泥滩上采挖滨螺？”

“她肯定没走进那个棚屋，那是个名誉问题。在那些石头建造的旧棚屋中，人们通常只是云撒上一泡尿，或者偷偷跟相好的人见上一面，所有人都知道这个，五万年前在整个世界上就已有过这样的事了，不会再晚了。但是亡那个星期四，也不知怎么就这么巧，玛丽可能偷偷地往里头瞥了一眼。而这正是关键所在。”

“那字条的作者呢？他也在那里头吗？”

“对于一个发生谋杀案的晚上来说，那就会有太多的人在场了，我可不相信会有那样的巧合。但是，他可能会知道，有一对男女就在棚屋中。他得知了谋杀案，他做了比较分析，他为我们暗示了这一假设。他没有说出来，因为他害怕。您读到了吧：‘所有人都默不作声’。或者是作者在做戏剧化处理，或者在这一对男女中，有一个威胁性的人物，再或者，那是一个有影响力的人物，容不得别人来打扰，而所有人都默不作声。”

“那为什么要来找您呢？”

“我的上衣很容易接近，这是一根能一直通向您的很好的接力棒。”

“一对男女……”盖雷克重又喃喃低语道。“一对男女……你谈到了一个情况……这是在大地上最普遍的情况。监视棚屋不会带来任何结果的，他们是绝不会返回那里去的。询问人们也不会带来任何结果，而只会散布一种无名的混乱，却得不到放出有用的情报。我们必须做的，将是找到字条的作者。指纹，必须好好看一看指纹……”

“他肯定不会冒险留下什么指纹的。正是因为如此，他，或者是她，才把纸条揉成了一团的。”

"是吗?"

"他不可能戴着手套在咖啡馆里而不引起人们特别的注意。要把那玩意儿塞进我的衣服兜里,最简单的办法就是把写好的字条搓成小纸团,把它藏在一张纸巾中,捏在拳头里,然后经过衣服旁,让纸团落进衣兜里就行。纸团很小,很容易偷偷地捏在手心中,然后,就这样,让胳膊在体侧来回摆动。"

"他看到你打失了7号球,然后,他出去了……那7号球,是几点钟的事?"

"是我跟塞弗兰玩的那一局的最后,五点钟之前吧。"

"然后,他又返回来,准备好了纸条,摆动起了胳膊。在这段时间里,您都看到有谁进来又出去过?"

"我根本无法为您做一个关于人们进来和出去情况的完整报告。我当时只注视着我跟勒福洛舍玩的那局游戏的进程,更何况我还不太熟悉这里的人。当时在酒吧中,游戏台周围的人可真不少。人们等待着你们的到来。有的人进来,有的人出去,有的人赖着不动。"

"剩下的就是打字机的字体了。"

"说到这个嘛,您倒是有一个专家在现场,可以派上用场的。"

二十四

好几分钟时间里,塞弗兰一直集中精力于那张字条,中尉已经靠着两把夹子,把它小心翼翼地展开在他面前了。困惑,认真,人们几乎可以说,他是在尝试凭借一幅照片来辨认一张隐约瞥见过的脸。

"我熟悉它,"他终于开口,低声说道,"是的,我熟悉它。这是一种缓慢的、柔软的、温和的打字。假如我没弄错的话，那台机器现在就在我家中。来吧。"

两个男人跟在他后面，走进了他家里摆放机器的那个房间，这是一个很宽敞的大厅，那里头，桌子上，架子上，整整齐齐地摆放了两百多台黑乎乎的形状出奇的机器。塞弗兰毫不迟疑地滑行在一张张桌子之间，最终坐在了一台带圆形字母盘的黑色夹杂金色的打字机面前。

"戴上它，"盖雷克说着，递给他一双手套，"打字的时候请轻一点。"

塞弗兰点了点头，戴上了手套，拿起一张纸，把它插入滚筒的槽中，那么一卷。

"这一个，"他说，"是杰尼亚图斯牌子的，1920 年型。要打字的文本，到底是什么呢？"

"有一对男女，换一行，在沃邦的棚屋中，换一行，但所有人都默不作声，"盖雷克念诵道。

塞弗兰打出了最初的几个词，抽出那页纸，仔细查看。

"不，"他说道，做出一种鬼脸，"几乎就是它了，但还并不是它。"

他突然站了起来，很不满意自己那不太理想的成绩，绕着另几张木头桌子转了一圈，在一台小小的狭长形的机器面前坐了下来，仅凭着外形，人们实在很难猜想出那台机器的功能。

塞弗兰又在这台机器上打了一遍文本的最开头，不是敲打在一个键盘上，而是让一个圆轮转动，直到选中想要的字母才停下来。他操作着，对那个金属的圆盘根本就不带看一眼的，因为他对每个字母的位置早就烂熟于胸了。他抽出那张打了字的纸，咧嘴一笑。

"行了。是从这种机器上打出来的，维罗泰普牌，1914 年型的。警探先生，请把原件拿给我对比一下。"

工程师把两张纸凑到一起来来回回地看。

"就是维罗泰普牌的，毫无疑问。您看到了吗？"

"是的，"盖雷克说。"打出整个文本来，好让实验室再做鉴定。"

当塞弗兰在那里再次转动维罗泰普牌打字机的圆盘时，盖雷克趁机仔细打量了一番整个大房间。摆放有维罗泰普牌打字机的那张桌子最靠近门口，正好处在窗户的庇护下。塞弗兰过来，把刚刚打出来的第二份模本交给了他。

"这次，"盖雷克对他说，"能不能在上面留下您的指纹？请别介意，我们没有冒犯您的意思。"

"我明白，"塞弗兰说，"这里是我的家，这个是我的机器，而我就在第一线上。"

他摘下手套，用两手捏住那张纸，在那上面使劲摁了摁手指头，然后，再次把纸张递给警探。

"克尔维勒，请您留在这里，我这就打电话，让我的助手处理指纹的事。"

塞弗兰跟路易留了下来，他的脸色既有些担忧，又有些激动。

"人们能够很容易地进到这里来吗？"路易问道。

"白天，是的，比如说，通过花园的墙。夜晚，或者当我们不在家里时，我们会启动自动报警装置。我应该说，今天下午，埋葬了灵狗儿之后，我带上丽娜去咖啡馆散心，但我没有想到启动报警系统，我脑子里在想别的事。实际上，我常常会忘事。"

"您就不为您的这些机器担心吗？"

塞弗兰耸了耸肩膀。

"假如人们不是这个圈子里的人，那可是想卖都卖不出去的。得找到有兴趣的买家，了解那些收藏家，网络，地址……"

"能值多少钱？"

"这得看型号，看珍稀程度，看运作状态。比如说，这一台，就值五百法郎吧，但是那一台，我就能卖到两万五千法郎。谁又能说得上来呢？谁又擅长于选一好的呢？有一些打字机外表根本就不起眼，却是行家们追逐的奇货。瞧那一台，角落里的，带有那根方向反了的换行杆，您看见了吗？是雷明顿牌1874年的第一批型号，如今已成了独一无二的孤品，带有它那根确实不太好使的换行杆。雷明顿在它们出厂后不久就把它们全部重做了，并且为当时所有的旧型号拥有者免费改正了换行杆的方向。但是，这一型号早已从美国进入了法国，而雷明顿没能追到它们屁股后，来为它们一一改换操纵杆。于是，机器就这样成了独一无二的孤品，谁会知道还有如此奇特的故事？一个收藏家，是的，另外还有，得有一个懂行的家伙。我们这行的人并不太多，没有任何人胆敢耍我，那样做的话，是会马上传遍行内的，是要在市场上被一下子孤立的，甚至可以说是一种自杀行为。那么，您也看到了，不值得冒险的。而且，我还用金属锁爪，把每台机器都固定在了基座上。把它拆除是需要工具和时间的。除了我的地窖，我就从来没有过什么忧虑，而这地窖，前天晚上有人闯进去过，不过，还算好，什么都没偷走。"

这时，警局的助手走了进来，盖雷克为他指了指那一台维罗泰普牌打字机，还有门和窗户。

然后，他简单地谢过工程师，就走了。

"除了塞弗兰的指纹，我不认为我们还能发现别人的指纹，"盖雷克在跟克尔维勒一起返回镇公所时说。"当然，随便什么人都有可能来打出这张字条，但是塞弗兰毕竟处在很微妙的境地。然而，我看不出他会对那对隐藏的男女感兴趣。同样，我也看不出他会有什么兴趣，用他自己的一台老打字机来打一张字条。"

"算了算了。塞弗兰不可能打这个玩意的。我跟勒福洛舍打台球时，他根本就没离开过咖啡馆一步，而当我跟您一起来镇公所时，他依然还留在那里。"

"肯定吗？"

"肯定。"

"还有谁留在那里？"

"他妻子，好像，但当她在酒吧时，我并没有监视她，另外留下来的人，还有勒福洛舍、安托娃奈特、布朗歇……"

"那个 7 号球的故事打扰了我。这真是既无用，又无益，它没有意义，然而它应该有种意义的。"

"那个塞字条给我的人，并不愿意人们认出他来。谈到这个球时，他实际上也在迫使我们想到，当塞弗兰在咖啡馆里打台球时，他本人就在当时在场的三十来个人当中。很好。那么，要是他不在场呢？"

"那么，他又是如何知道 7 号球的故事的呢？"

"从外头，从窗户。他等着，他听着，他记下多多少少有些意思的原始细节，把它放在文本中显眼的地方，以证实他本人当时就在大厅中。没有人会透过窗户去看的，它蒙上了一层哈气，外面正下着大雨呢。"

"是的，这很可能。他，或者是她，很可能就在大厅里，直到打 7 号球时，或者是在外边。可那样的话，人们就难以再进展了。

那要凭空给自己增添很多困难，好不让别人认出来。"

"要不，他就是十分害怕凶手，要不，就是他。"

"他什么？"

"他，凶手。已经不是第一次，一个杀人犯扔出一只替罪羊来了。一定要小心在意，盖雷克，很有可能是，有人想把我们直接引诱到错误的路上去。在角落里有一堆垃圾，头等重要的，我感觉到有些像这样。"

盖雷克瘦削的脸有些变形。

"您把事情给扭曲了，克尔维勒。人们看得出，您实在是很不习惯于匿名信。这是很流行的，极端地流行。不会晚于六年前，在蓬阿贝就有过。这一类字条可不是凶手们写的，而是一些胆小鬼，一些庸人，一些可怜虫。"

"一个处心积虑地杀害老妇人的凶手，可不就是一个可怜虫吗？"

"当然是的，但那是一个有行动的可怜虫。而匿名字条的作者们则是一些消极的可怜虫，无能者，被抑制的人，能力低下者，只是想让人听到他们的声音。这两个世界之间存在着一条鸿沟。这不会是同一个人干的，这两者根本就粘不到一起去。"

"随您怎么想好了。但是请随时告知我侦查的情况，指纹啦，不在场证明啦，还有西班牙啦。假如可能，假如您能接受一个援手的话。"

"我倒是倾向于独自工作，克尔维勒。"

"那么，我们兴许还将见面的。"

"是您挑起的这次侦查，这一点绝对没错，但是您并没有权利加以干涉。我很遗憾不得不提醒您这一点，您只是一个普普通通的人，混同于其他人，跟其他人一样。"

"明白，我会自我调节好的。"

七点钟，路易回到旅馆，没见到马克。他把电话机拉到床上，准备打电话。他拨了第 15 区警察分局阿贝·格鲁街道辖片的号码。这个时刻，纳当应该还在他的办公室里。

"是纳当吗？我是路德维格呀。很高兴找到了你。"

"德国人，你怎么样？你的退休生活，还好吧？"

"我在布列塔尼一带闲逛。"

"那边，有什么可做的吗？"

"有鱼啊，毫无疑问。还有一些是大鱼呢。对了，跟你打听一下，马塞尔·托马斯，就是住在阿贝·格鲁街上的那一位，十二年之前从自家二楼上坠落，到底是怎么回事？能不能给我查一下，把情况告诉我？"

"你别挂电话，我这就去查一下档案。"

十分钟之后，纳当回来继续通话。

"是的，"他说。"那小子确实是从楼上坠落的，归类于意外事故。"

"我知道。但是具体细节呢？"

路易听到纳当在那里一页页地翻看。

"没什么太重要的。那是那年 10 月 12 日晚上。托马斯夫妇在家接待两位朋友吃晚餐，利奥奈尔·塞弗兰和迭戈·拉卡斯塔·里瓦斯，两位客人晚餐后于二十二点返回旅馆。留在现场的只有夫妇二人，两个年幼的孩子，以及女管家玛丽·贝尔顿。二十二点后，就没有任何人进入过他们的公寓，邻居们都这样证实。坠落发生在午夜十二点。讯问……同事……邻居……这我就跳过去了，我就跳过去了。死者的妻子接受了好几天讯问。她说她当时已经在床上，她在阅读，人们找不到任何对她不利的证据，也没有任何对玛丽·贝尔顿不利的证据，她当时留在了她的房间里。这两个人中，任何一人如果出房间走动，另一人就一定会听到。到事故发生为止，到那位丈夫发出叫声之前，她们俩谁都没有离开过自己的房间。要不，这两个女人就是在互相包庇，要不，她们说的就都是实话。对利奥奈尔·塞弗兰的审问也是同样情况，他当时在旅馆睡觉，而对迭戈·拉卡斯塔，也是一样，他是一个说话啰嗦，唠唠叨叨的小子，这从档案的厚度中可以看出来。等一下，我来浏览浏览……拉卡斯塔的情绪很激动，他一心一意地为两个女人辩护。后来，一个星期之后，则是对质和事实复原。等一下……警探的记录中说到，每人都坚持各自的陈述，妻子眼泪汪汪，女管家也一样，塞弗兰很震撼，而拉卡斯塔几乎哑口无言。"

"你当时说过的，他很啰嗦，唠唠叨叨?"

"在前一个星期里，是那样的。看来，那小子肯定已经厌烦透了。总之，很简单，排除了自杀，而谋杀则不太可能的，或者说无法检测。阳台栏杆很低，那家伙又喝了很多酒。死亡结论为事故，准许火化并归档。"

"当时做侦查工作的那位警探叫什么?"

"塞利埃。他现在不在，他已经升为上尉了。"

"在第12区，是的，我认识。我谢谢你，纳当。"

"你知道这故事的后续情节吗?"

"两桩婚姻，一次失踪和一次死亡。你是怎么想的呢?"

"我想，这件事总归不太正常。祝你钓上大鱼，路德维格，但是，要当心。你的身后已经没人了。凡事一定要细心，要一字不差地听从你那只癞蛤蟆平静而又节制的建议。我无法说得更好了。"

"我就替你来亲吻它吧，我也亲吻你的女儿们。"

路易微笑着放下了听筒。纳当生了七个漂亮的女儿，好一个美妙无比的童话故事，总让他感到兴奋不已。

塞利埃，他，早已离开了办公室。路易打电话追到他家里，才算找到了他。

"这么说来，那块小小的骨头，是一次谋杀了，"在认认真真听完路易的简述之后，塞利埃说。"而马塞尔·托马斯案件的演员们都在现场吗？"

塞利埃说话时总爱拖长嗓音，像是要留出时间来系统地好好回顾往昔似的。

"在这里，是盖雷克在做侦查。您认识他吗？"

"多少认识一点。相当的腻烦，不爱聊天，不爱笑，但是也不来扭曲的那一套，反正我知道的是这样。也没有什么奇迹。而说到奇迹，其实我自己也没有过。"

"在马塞尔·托马斯案件的审问中，有些什么特殊东西吗？"

"我试图回忆起来，但我什么都看不到。假如这是一次谋杀，那我在这里头还真的什么都不在乎。但这里头没什么花头，当真。"

"两个女人中的一个，会不会静悄悄地一直走到平台上来呢？"

"您在想，我是不是已经证实过了吧。那是一种古老的镶木地板，带匈牙利风格的尖头图案，我又看得很清楚，这要命的地板，踩上去，没有一块不吱吱乱响的。假如是两个女人中的一个杀的人，那一定是得到了另一位的协助，没别的答案。"

"在塞弗兰和拉卡斯塔走了之后，她们就没在家里接待过任何人吗？"

"没接待过任何人，这一点调查得清清楚楚。"

"对这个故事，您怎么会回忆得那么清楚呢？"

"哦……这都是因为种种怀疑，那些怀疑，紧紧地依存于生活。有那么多案件，我都紧紧扣住，凶手也被我死死盯住了，但它们还是从我的头脑中被抹除，让位给了其他。但是，拖带有种种怀疑的那些案件，却存留了下来，死死地卡在了一个角落里。"

"那些怀疑都是从哪里来的呢？"

"从迭戈·拉卡斯塔。他来了个一百八十度的大转变。一个热情洋溢、多嘴多舌的家伙，他东奔西跑，像是个激动万分的西班牙美男子，要洗清白那两个女人，尤其是那位女管家。最终，他娶了她，这并不让我吃惊，他爱她爱得哪怕要抠瞎自己的眼睛都在所不惜。当他和他的老板一个星期后返回来为案件对证时，他一声不吭得像是一个西班牙美男子，忧郁而又自豪。他不再为任何人辩护，他任由事物如逝水流去，停留在一种疑虑重重的沉默中。我想到，那是他伊比利亚人①的天性使然罢了，当时，我要远远年轻得多，而且有棱有角。尽管如此，由于他的原因，我至今还是能回忆起那一次充满了眼泪的对证，回忆起那吱吱作响的镶木地板，还有他那张坚毅的脸。他是我在这个案子中唯一的一朵火焰，而火焰已转向黑色。仅此而已。要想怀疑，根本就用不着太多东西，但我是为我自己在说话。"

挂上电话之后，路易在床上又留了五分钟，始终叉着胳膊。站起来，去吃点东西。

走出房间时，他从门缝底下捡起一张字条，他刚刚进房间时没

---

① 伊比利亚人，代指西班牙人。

有注意到它。

　　"假如你想找我，我就在机器那里，一些悬而未决的问题。请小心你那只肮脏的癞蛤蟆，它在卫生间里干傻事。马克。"

　　路易向旅馆的人要了一些面包，还有两根香蕉，步行去了机器那边。他慢吞吞地走着。盖雷克实在不讨他喜欢，这家伙也太干巴巴了。勒内·布朗歇也不讨他喜欢。镇长，倒是不那么咄咄逼人，但也不讨他喜欢。匿名的字条也不讨他喜欢。达尔纳斯讨他喜欢，然而他想毁的人正是这一位。运气真不好。跟塞弗兰在一起，他们可以彼此理解，只要不谈及那条狗就行，好在那条狗已经死了。而说到女人那方面，玛丽老太婆的脸讨他喜欢，甚至还在追随他，但是，有人把她给杀死了。丽娜·塞弗兰的形象也开始萦绕在他的脑际。她杀死了那条狗，而这个举动，无论她丈夫对此说了什么，一点儿都不显得平庸，那丈夫倒是做了很多努力来保护她。他似乎时时刻刻都在保护她，把手搭在她肩上，保护她，安抚她，或者稳住她。至于波莉娜，她还在讨他喜欢，也是运气不好。因为，波莉娜的那副神态，不像是要靠过来，而是一种挑战似的僵硬，或者是人们不知道的其他什么。好的，他说过，他会不再去惹她的，那就努力践行已经说出的诺言吧。说出一番诺言，那是很漂亮的事，可以毫不困难地做到，但说出之后就得恪守，那就相当艰难了。眼下这一刻，马蒂亚斯应该就在前来的火车上了，带着他的那个黄色文件夹。想到那份卷宗就已然让他付出了好一番努力。这是一个沉重的，吞咬着人的想法，让他感觉到脑袋稍稍有些疼。

远远地，他瞥见了马克谈到过的那座稀奇古怪的高大机器的黑色身影。走近后，他听到了一阵阵低沉沙哑的颤抖声，一些咯哒咯哒声，一些嘎吱嘎吱声。克尔维勒摇了摇脑袋。马克成了这台一无所用的机器的一位拥戴者。他又提了个什么样的蠢问题？这究竟是一种什么样的机器，竟然能最终战胜小旺多斯莱心中那不可调和的对比，战胜他那成为刻苦钻研之目标的善变的激情？路易恐怕都不会说得出，还有什么能吸引住那家伙，让他从深深的、平静的潜心钻研中，或者从像一个快要淹死的落水者一般如痴如醉的迷惘状态中超脱出来。他难道会把它描写为瘦削的鲸鱼，密林深处的剪径者，坚定地走在自己道路上的行路人，或者，描写为在波浪表面挣扎不已的气喘吁吁的小狗崽？

　　马克站在那里，凭借打火机的火焰，读着那台机器刚刚发给他的信息，同时，还在那里哼哼着歌曲。他一点儿都没有竭力挣扎的样子。克尔维勒已经不是第一次听到他唱歌了。他停在几米远的地方，看着他，听着他唱。若是没有让他怒火中烧的谋杀老太婆的案子，若是没有跟正向他滚滚飞奔而来的黄色文件夹紧紧捆绑在一起的那些艰难的想法，那么，他应该还是很能欣赏这一场面的。夜晚很冷，雨已停歇，那机器，令人震撼，中止了它的嘎吱嘎吱声，而在夜色中，孤独一人的小旺多斯莱在歌唱。

"别了生活，别了爱情，别了所有的女人
还没有结束，还要到永远，这场臭名昭著的战争
在克拉奥讷，在高坡上，我们得抛下血肉之身

因为我们全都注定要受惩罚，要被送去牺牲。"[①]

"机器回答你什么了？"路易问道，打断了他的歌唱。

"这台机器将让人们看到它自身，"马克说着，揉搓着那一条讯息。"它没有做什么别的，只是在生活中，在中世纪，在太阳系做一些臭狗屎。你会看到的。提一个问题吧，但要大声地说出，不然的话，它是不会运行的。"

"大声地说出来吗？这是规则吗？"

"这是我发明出来的，为的是知道你在想什么。这就相当狡猾了，是不是？"

"你想知道什么呢？"

"从根本上，想知道你对谋杀案是怎么想的，你对波莉娜·达尔纳斯有些什么期望，你对你让马蒂亚斯为之奴隶一般工作的 M 档案有些什么期待。从次要方面，想知道你对太阳大爆炸和我是怎么想的。"

克尔维勒靠近了那座大机器。

"那我们就来问它一下。要转动的地方就是这里吧？"

"正是这里。转五圈，要用力。我替你去机器的那一头把答案给取来。"

机器让整个的齿轮系统发出嘎啦嘎啦的声响，路易满怀兴趣地观察着这一现象。

"它让你感到惊讶了吧，嗯？喏，这就是给你的回答。你自己

---

① 这是著名的法语反战歌曲《克拉奥讷之歌》（1917）的副歌中的几句，该歌曲由不知名的几个士兵创作，表达了法国士兵的厌战情绪。

读去吧，我是从来不去翻看别人的信件的。"

"这里太暗了，我也没有带打火机，我也没有带我的癞蛤蟆，我什么都没带，还是你来读给我听吧。"

"**让我们保持平静。尼古拉港的纪念**。瞧我都对你说什么来着？你看到了吗，这有多烦人啊？保持平静，然后，还有什么呢？"

"等待。对你向我提的那些问题，我连一个答案都没有。我一点儿都不了解玛丽·拉卡斯苔的故事，我担心我了解波莉娜的故事，而对 M 档案，我们期待你的那位狩猎采集者。在我的衣兜里曾有过新鲜东西，当我们在咖啡馆里时，有人把一张可怜巴巴的字条塞进了我的衣兜。其中写道：**有一对男女在沃邦的棚屋中，但所有人都默不作声**，等等。会不会碰巧是你干的呢？"

"把什么东西塞进你的衣兜里吗？冒着碰到你那只肮脏的癞蛤蟆的危险？失去一次交谈的机会？这可真叫荒诞啊。快告诉我其中的细节吧。"

这两人又不慌不忙地走回旅馆。路易给马克解释了那张揉皱了的纸条的故事，说话的同时，也瞧了一眼自己的手表。

二十五

马蒂亚斯一到旅馆，克尔维勒立即从他手中接过文件夹，把自己关进房间。

"已经有半个小时了，我一直就无法从他嘴里掏出一句整话来，"马克对马蒂亚斯说。"那个文件，你看了吗？"

"没有。"

马克根本不需要再补问一句："你敢肯定你没有看过吗？"因为

当马蒂亚斯说一声是的，或者没有，那就当真是是的，或者没有，根本没必要再进一步刨根问底。

"你真的有一个伟大的心灵，圣马太。要说我，我似乎觉得，我是会偷偷瞧上一眼的。"

"我根本无法考验我的心灵，文件被订书机钉了针。我去看看大海吧。"

马克推上他的自行车，陪同马蒂亚斯前往泥滩。马蒂亚斯没有做进一步解释。他知道，假如条件许可的话，即便是步行走着去，马克也喜欢推上自行车。自行车就算是为他代替了马，贵族的战马，农夫的役马，或者印第安人的坐骑，这要依不同的情况而定。马克则早就记住了，无论天气有多冷，马蒂亚斯都坚决不肯穿袜子，他总是光脚直接穿教士们的那种凉鞋，下身穿一条长布裤，腰上系一条粗糙的绳子，上身则是贴肉直接穿一件套头衫，但是，他同样不做任何解释。人们是无法改变一个狩猎采集者的。一旦有可能，马蒂亚斯就会脱去身上的衣服。当有人问他脱衣服的理由时，他则会说，衣服很碍事。

马克推着自行车快步走，以求能跟上长了一双巨腿的马蒂亚斯。当马克在那里细细讲述当地的情景时，马蒂亚斯则在边上一声不吭地静静听着。马克本来可以只用短短五分钟时间来简述一下，但他更喜欢拐弯抹角，添油加醋，强调微妙差别，突出细枝末节，补充转瞬即逝的印象，增添些花絮，而话语中所有那些雕琢，马蒂亚斯都简单地把它们称作饶舌。现如今，马克已经在重新粗线条地描绘棋盘上最昏暗的每个方块，就是说，他这样说道，丽娜·塞弗兰的阴郁情绪，打在狗脸上的两记枪击，镇长的浮悬状态，勒内·布朗歇铅一般笨重的身躯，在那个老傻瓜的垃圾中翻腾的玛丽那双小小的手，西班牙人迭戈的神秘失踪，沃邦棚屋中一对影子男女的诗意化的被告发，克尔维勒得到了那份 M 档案后如同清除了污垢的脸，他恼火爱情的那些陈旧碎片，达尔纳斯那存于粗犷肉体和灵巧手指头中的狂热智力，马克正这样啰啰嗦嗦地说个不停时，马蒂亚斯突然打断了他。

"闭嘴，"他说，一把抓住了自行车把手，止住了马克的脚步。

马蒂亚斯一动不动地凝定在了黑暗中。马克没有表示任何异议。在一片风声中，他什么都没听到，什么都没看到，什么都没感觉到，但他对马蒂亚斯有着足够的了解，知道他已在暗中窥伺什么了。马蒂亚斯有一种属于他自己的感觉方式，动用自身的五大感官，恰如集众多的捕捉者、检验者、破译者以及天知道的什么人物于其一身。马克实在是很想转手出售马蒂亚斯，以换取各种各样的发明创造，比如声波探测器、花粉采集阱、红外阅读器，以及其他一些复杂组合，对那些东西，马蒂亚斯本来会极其适当地去做，而无需花费一个铜板。马克认定，这位狩猎采集者，凭借贴在荒原沙地上的一只耳朵，就能听到巴黎－斯特拉斯堡高速列车的经过，然而人们不太知道这会有什么用场。

马蒂亚斯松开了自行车的把手。

"赶紧跑，"他对马克喊了一句。

马克看到马蒂亚斯在夜色中一下子冲到了他前面，他虽没有醒过懵来，却立即意识到，在这之后他也得跟着跑。马蒂亚斯的动物性能力——一种原始的能力，吕西安会这样说——令他颇有些措手不及，粉碎了他的话语。他把自行车往地上一扔，就跟在这位静悄悄地飞溜开去的历史学家身后跑了起来，而且跑得比他还快，根本就不顾及那条小路实际上处在悬崖的边缘。跑出二百米之后，他就追上了马蒂亚斯。

"那下边，"马蒂亚斯说，伸手给他指着一片泥滩。"你赶紧下去照料他吧，我到附近去转一转，那里肯定有什么人在。"

马蒂亚斯说完立即就离开了，而马克则往下瞧了一眼那片海岸。只见下面有个昏黑的人形，一定是有人磕破了脸，六七米高的一次高空坠落。他紧贴着岩礁往下出溜，隐约猜想可能有人在小径上把那家伙推了下去。他终于来到了海滩上，朝那坠崖者跑去。他轻轻地拍打他，面部抽搐着，摸到了手腕，寻找脉搏。脉搏在跳，很微弱，但那家伙一动也不动，甚至连呻吟都不呻吟一声。而马克则相反，他觉得热血直往太阳穴上涌。假如有人曾经推搡这小子，那应该是在一分钟之前发生的事，以某种很简短的动作，而且已被马蒂亚斯听见了。马蒂亚斯的飞跑应该阻止了凶手最终完成他的那一手，而现在，马蒂亚斯正在后头追他呢。马克断定那小子应该没有好下场。无论他是躲起来，还是逃跑，都很少有运气能逃脱狩猎采集者的追踪，而马克对马蒂亚斯却一点儿都不担忧，说起来，这真是一种不太符合逻辑的安全感，因为马蒂亚斯跟别人一样，也是一个普通人，并非刀枪不入，并没有瓶子中三万岁的命，跟人们能期望的完全相反。马克不敢摇晃躺在地上的那家伙的脑袋，生怕他颈椎已经出了问题。他在这方面的知识还是有些的，知道自己眼下最好什么都不做。但是他成功地撩开了头发，找到了他的打火机。他拿火光照了他好几次，终于认出来此人就是被达尔纳斯描绘为最终美梦者的那一位，十七岁的年轻小子，刚才就在咖啡馆里，跟白皮肤的神甫替代者坐在同一张桌前。他不敢肯定他叫什么名字，加埃尔，兴许就叫这个。摸到头发的同时，马克也摸到了血，他的胃不由得紧紧地一抽搐，立即就松开了手。他真想去海水里好好地把手洗一下，但是他又不敢离开这个年轻人。

马蒂亚斯在小径的上方轻轻地喊他。马克飞快地爬上七米高的垂直岩礁，一直爬上悬崖边缘，立即在湿漉漉的青草丛中擦起手来。

"应该是加埃尔，"他气喘吁吁地说。"眼下，他还活着。你留在这里，我去找人来帮忙。"

只是在这一时刻，马克才看到，马蒂亚斯一声不吭地待在阴影中，手中紧紧地抓着一个人。

"你知道这人是谁吗？"马蒂亚斯只是问了这么一句。

就用不着打火机照亮了，他看得很清楚。马蒂亚斯通过反握手腕，紧紧地抓着丽娜·塞弗兰。

"工程师的女人，"马克嗓音低沉地说。"你是在什么地方找到她的？"

"不远，她就躲藏在一片树林中。我听到她在喘气。你不用担心，我不会给她带来任何痛苦的。"

丽娜·塞弗兰一动也不动，她不哭，也不说话。她在颤抖，就像中午要了那条狗的性命后那样。

"你赶紧地，"马蒂亚斯说。

马克朝他的自行车飞奔而去，一偏腿就骑了上去，飞也似地朝镇子里骑去。

他敲也不敲，就猛地推开了克尔维勒房间的门。路易没有睡觉，抬起脸来，同时把堆放在桌上的资料迅速拢在一起，那是一些从黄色文件夹中抽出来的旧纸片，上面写满了笔记，画满了草图。马克气喘吁吁，发现他跟刚才几乎是同一副表情，也就是说，在他想象中，下多瑙河地区一个随时准备跟匈奴人打架的哥特人的脑袋。一瞬间里,马克看到眼前闪现出一幅君士但丁堡的马赛克镶嵌画,渐渐化为一个野蛮人的漂亮脑袋,他那暗色的头发凌乱地耷拉到了白色的前额上。

"你是从哪里冒出来的?"路易问道,站了起来。"你被人打了吗?"

马克往自己身上匆匆瞧了一眼。他的衣服在攀爬过程中已经弄得又脏又湿,而且他手上还有血迹。

"蠢货,快打电话求援啊。年轻的加埃尔已经倒在了悬崖底下,血流得到处都是。就在木头十字架的后头。马蒂亚斯现在正守在那里。"

五分钟后,马克带上路易匆匆赶回去,走的就是刚才过来的那条路。

"当时,是马蒂亚斯听出了什么动静,"马克说。

"别走那么快,别说那么快。那么你呢,你就什么都没听见吗?"

"我可不是什么狩猎采集者,"马克说,提高了嗓门。"我是一个正常的家伙,受过教育,文明化了。我的眼睛在黑暗中看不见东西,我的耳朵感觉不到眼皮的眨动,我的鼻孔呼吸不到汗水中散发出的微瘴气。而马蒂亚斯则能听到拉斯科岩洞前方奔腾而过的野牛的蹄声,那么,请你想象一下结果吧。在撒哈拉沙漠中,他都能向你宣告巴黎-斯特拉斯堡列车的飞驶,你想象一下,这是不是很实用呢?"

"但是,请你平静一下吧,见鬼的。如此说来,马蒂亚斯耳朵很灵,然后呢?"

"然后吗?他飞奔过去,我们就发现了加埃尔——我相信那就是加埃尔本人——倒在二百米远的地方，而就在我照看这个可怜家伙的时候，马蒂亚斯又飞快地跑了开去，去抓捕他的猎物了。"

路易在小径上停了下来。

"没错，"马克说，"我还没来得及说完一切。当时，马蒂亚斯带来了躲在附近的丽娜·塞弗兰。"

"老天啊，你们都对她做什么了？"

"马蒂亚斯抓住了她，你就别担心了。"

"她能够摆脱他吗？"

马克耸了耸肩膀。

"什么话，要知道，在我们住的木头棚屋里，成方成方的木头都是马蒂亚斯用两只手搬运的。但他不会给木头带来痛苦，因为马蒂亚斯很喜欢木头。我呢，我只搬一些小小的垃圾袋。瞧，那下边有警灯在闪烁，救援人员已经到场了。"

路易听到马克在大口地喘气。

马蒂亚斯始终就站在那片悬崖上，只用一只手抓住丽娜·塞弗兰。下边，一些人正在加埃尔的身边忙碌着。

"这又能带来什么？"

"我不知道，"马蒂亚斯说。"他们已经搬下了担架和器材。"

"那盖雷克呢？"马克说。"得通知盖雷克啊。"

"我知道，"路易说，瞧着丽娜。"这可不是五分钟的事。我们才刚来得及说上三句话。把她带到那里去，马蒂亚斯。"

马蒂亚斯把丽娜轻轻地推向悬崖的后面。

"盖雷克就会来的，"路易对他说。

"我可没有推他，"丽娜喃喃低语道。

"为什么，推他吗？他本来会自己倒下的。"

丽娜低下了脑袋，路易则把她的脑袋又抬起来。

"他是自己倒下的，"丽娜说。

"当然不是。您知道有人推倒了他，您刚才几乎就要说出来了。加埃尔是这里的人，他熟悉这片悬崖上下的每一颗砾石。您为什么要躲在这一带呢？"

"我在散步呀。我听到了一记喊声，我很害怕。"

"马蒂亚斯可没听到什么叫喊声。"

"他离得很远呢。"

"没有人叫喊过，"马蒂亚斯说。

"当然有过。加埃尔叫喊了。我害怕了，我就跑去躲了起来。"

"假如您是害怕了，您就不会独自一人深更半夜出来散步了。当我们听到某个人倒下时发出叫喊声，我们不是应该去看一下，去帮一把吗，不是吗？无论如何也不应该去躲起来吧。除非那就是我们推的他。"

"我没有推他，"丽娜重复道。

"那么，你就是看到有人推他了。"

"没有。"

"丽娜，"路易接着说，语气更温和了，"盖雷克就要来了。他是警察。在玛丽死去十三天之后，有一个家伙坠落到了悬崖底下。人们又发现您正好在现场，躲藏在树丛中。假如您不能给出更好的说法，那么，盖雷克就会对您来他的职业警察那一套了。"

马克瞧着那帮人。丽娜还在颤抖，而路易已经不再显示他那墨洛温王朝时代哥特人的脑袋了。

"那么您呢，"丽娜接着说，"您的职业又是哪一套呢？我可知道您是什么人，镇长的女人都对我说了。我可看不出您跟盖雷克有什么区别。"

"我嘛，我当然看得出来区别啦。最好还是跟我说说吧。"

"不。"

路易对马蒂亚斯做了一个手势，他就把丽娜带到了一旁。她一边哆嗦不已，一边却又装出一副无论如何都没什么可说了的神态，实在很不协调。

一个钟头后，这地方又变得空荡荡一片。富埃南的警察们来过了，盖雷克来过了。他走的时候带走了丽娜·塞弗兰，送她回了家。昏迷不醒的加埃尔则被送往了坎佩尔的医院。

"我想要一杯啤酒，"路易说。

三个男人又聚齐在了克尔维勒的旅馆房间里。马克拒绝前去找啤酒，因为路易把那些啤酒全都排列在卫生间里，跟布福在一起。路易自己去拿来了三瓶。马克瞧了瞧瓶口。

"丽娜·塞弗兰。"他慢慢地说道，眼睛贴在酒瓶上，"跟加埃尔睡觉。这就是沃邦棚屋中的那对男女。玛丽撞见了他们，她就把她给杀了。为什么？"

"害怕离婚呗，'马蒂亚斯说。

"是的，她需要工程师的钱。然后，她又杀害那位脆弱的情郎，好让他闭嘴。"

"快从这瓶口中出来，"路易说。"假如她跟加埃尔睡觉，那她为什么不等工程师去巴黎时再找他呢？为什么要在五点钟时就去那个冷冰冰的棚屋里去找死呢？她完全可以在八点钟去找到一张暖暖和和的床嘛？"

"我们可以找到这里头的种种理由。加埃尔倒下时，她就在场。

而且她还开枪打死了那条狗。"

"我想到了，"路易说。

"她都跟你说什么了？"

"我已经不再跟她说什么悬崖的事了，也不再说狗的事了。我跟她说了她第一个丈夫的事。他是从阳台上掉下来摔死的，你还记得吗？"

"一次事故，不是吗？"

"一次坠落，恰如加埃尔的这次坠落。假如那是一次谋杀，那它可是做得又简单又完美啊。"

"那她又是怎么说的呢？"

路易耸了耸肩膀。

"她说她没有推他，就如这一次对加埃尔。而她却颤抖得比以往任何时候更厉害。我觉得，她对这个故事可谓是深恶痛绝。我研究过她在迭戈·拉卡斯塔那个问题上的表现，他在短短一个星期的时间里，居然就从一个斗牛士一般的积极防御，变成了一个受伤者的默不作声。她证实了，她甚至还补充说，迭戈似乎一直就在持续不断地怀疑她。在事故发生之前，他可谓既爱唠叨，又对她充满信任，他东奔西跑地参与调查。然后，一时间里迅速改变，躲闪的目光，沉默寡言，疑心重重。她说，若是没有玛丽、塞弗兰和孩子们的绝对信任，她根本就无法从中走出来。"

"她知道迭戈在哪里吗？"

"不，但是她肯定心里很满意能把他给摆脱掉。他曾那么沉重地压在她身上，就像一个沉默无语的老幽灵。"

马克朝着酒瓶口吹气。

"而那个老幽灵同样也消失了，"他说。

"是的，"路易说。

路易在小小的房间里踱步，走去停在了窗户前。时间已是凌晨两点多了。马蒂亚斯在两张床中的一张上熟睡。

"也许应该弄清楚那一对男女到底是谁，"路易终于开口道。

"你认为当真有那么一对男女吗？"

"是的。一旦找到了他们，人们就将看到，那到底是实实在在的事情，还是一个诱人的圈套，我们就会知道，写那张诗歌体字条的作者只是一个简单的揭发者，还是一个向我们挥舞红抹布的凶手。在这里，应该有那么一个人，能为我们提供加埃尔的情妇的名字。"

"达尔纳斯吗？"

"不。达尔纳斯在猜疑，他不知情。我们得有那么一个人，能为他自己的利益，而对各种各样的复杂情景保持有一双雪亮的眼睛来察看。"

"镇长吗？"

"舍瓦利埃不那么英明，但他也不是一只地下水道中的老鼠。假如他能够做到消息灵通，他也就不至于落魄到需要叫人去翻找他对手的垃圾了。不是的。我想到布朗歇那个社会渣滓了。"

"他将不会为你效劳，为你提供信息情报的。"

"为什么不呢？"

路易转过身来。他一动不动地待了好几秒钟，然后，一把抓过来他的上衣，慢慢地穿上。

"你能陪我走一趟吗？"

"你要去哪里？"马克软绵绵地问道，

"当然是去布朗歇家呀，你以为我会去哪里呢？"

马克把他的眼睛突然从啤酒瓶口那里挪开。他的眼圈上留下了红红的一个圈。

"现在这个时候吗？你可是真逗啊？"

"我们来这里可不是为了保护那家伙的睡眠的。两次谋杀，事情就是这样成了的。再这样下去，它会转向这个镇子中的某种根除。"

路易去了一趟卫生间，没有带上布福，却捡起散在桌上的那些纸张，把它们塞进上衣里侧衣兜。

"你赶紧，"路易说。"你没什么别的选择了，因为，假如我就那么被布朗歇打翻在地，而与此同时你却在旅馆中呼呼大睡，那么，你将会以你千千万万的悔恨折磨你鬼魂般的头脑，一直到时间的终结，而那将会阻止你研究你的中世纪。"

"布朗歇？你怀疑他吗？你就这么做，板着一张脸，因为他有一张撒冷尿的铁板冷面孔吗？"

"而你，你觉得这很正常吗，连撒尿都是冷的？而你为什么要谈到他的撒尿呢？你知道有关撒尿的什么事情吗？"

"你他妈别来烦我！"马克嚷嚷着，腾地一下就站了起来。

路易站定在了马克面前，很平静地仔细打量他，他帮他把上衣领子拉出来，让他重新端正肩膀，让他重又抬起下巴。

"这样子，更好，"他喃喃道。"装出一副危险的样子来，看看。来吧，装出一副危险的样子来，我们不会在那里过夜的！"

马克有些遗憾。他本应该暖暖和和地留在十三世纪，在木板屋中，在房间里，在巴黎。墨洛温王朝时代的哥特人真的是疯了。然而他还是试图装出一副危险的样子来。假如他是个男人的话，这会是很容易的，而他恰恰就是一个男人，那就再合适不过了。

克尔维勒摇了摇头。

"想一想某个丑陋的东西，"他坚持说。"我就不跟您说什么滑稽歌剧丑角或者癞蛤蟆了，某种大尺度的东西。"

"由西蒙·德·蒙德福特①干的屠杀阿尔比派教徒②吗？"

"假如你愿意的话，"路易叹了一口气。"是这样的，这还真的不错，几乎还很可信。在我们拜访的这段时间里，要想到这一位西蒙。带上他，"路易补充了一句，指了指正在熟睡的马蒂亚斯。"他将不会是多余的人。"

二十六

路易在布朗歇家的门上敲了好几下。马克有些紧张，背上一些小块肌肉不由自主地弹跳着。阿尔比教徒大屠杀的种种场景在他的记忆中如电影镜头一一闪过，他紧紧地抓着啤酒瓶，一只手指头伸进了瓶口。马蒂亚斯没有提什么问题，他魁梧高大，赤脚穿凉鞋，纹丝不动，准备就绪，稳稳地站在黑影中。门后传来了响声。门打开了一小半，被一根链条拴住了。

"请让我们进去，布朗歇，"路易说。"加埃尔已从悬崖上跌了

---

① 西蒙·德·蒙德福特（Simon de Montfort，1208－1265）是法裔英国贵族。在第二次伯爵战争（1263－1264）中，率贵族反抗亨利三世的统治，成为英格兰的实际统治者。在统治期间，召开了一次直接选举产生的议会，这在中世纪的欧洲还是第一次。因此西蒙·德·蒙德福特被视为现代议会制的创始人之一。

② 阿尔比派是中世纪西欧反对正统基督教的一个派别，是纯洁派的一支，因13世纪流行于法国南部的阿尔比城而得名。参加者主要是市民、骑士和贵族。阿尔比派否认正统天主教的三位一体、圣礼和炼狱等说法，把教皇斥为魔鬼，宣称要打倒罗马教会，因此被教会定为异端。

下来，我们来谈一下这事情。"

"我又有什么可说的？"布朗歇说。

"假如您想得到镇长的位子，你就得有兴趣掺和到这里头来。"

布朗歇打开了房门，但始终保持着一种敌对的、怀疑的，却又兴致勃勃的神态。

"假如他都已经死了，那我可就看不出这事有什么紧迫的。"

"问题是，他恰恰没死。假如他能死里逃生的话，他就将开口说一说了。您看到其中的麻烦了吗？"

"没有，我跟这一点儿关系都没有。"

"那就带我们去别的地方吧。我们总不能整夜就一直这样站在门口吧。这个门口，它很丑啊。"

布朗歇摇了摇头。憨厚老实人的一击，就跟刚才一样，外表长坏毛，但里头好心肠。马克想到，马蒂亚斯的身材，还有路易奇异的目光，从某种程度上说，都处于他的忍耐范围之内。布朗歇把他们推向一间小小的书房，指了指几把椅子，请他们坐下，自己则坐在了一张带有镀金腿的桌子后面。

路易坐在他对面，胳膊交叉，伸展开长长的腿。

"怎么着？"布朗歇说。"有人推了加埃尔吗？假如您不来这里搅您的臭狗屎，人们恐怕也不会走到这一步的。是您在意识中想到了它的，克尔维勒先生。您来寻找的是一只替罪羊吗？"

"看来，在沃邦棚屋中真的是有过一对男女了。我在寻找加埃尔的情妇的名字。来吧，快点，布朗歇，说出这个名字来吧。"

"我这样子，像是知道那名字的人吗？"

"是的。因为您总是只要发现了什么，就会把它捡起来，这会派上用场的，为的是能左右选票的动向。如果说您会不知道，那我真的非常失望。"

"您弄错了，克尔维勒。我是想得到镇公所，这一点，我是不会掩饰的，而且，我是会做到的。但是，我要光明正大地得到它。我根本就不需要这些小技俩来帮忙。"

"当然需要的，布朗歇。你叽叽咕咕，你东挤咕一下，西造谣中伤一番，你让人信誉扫地，你出脓流涕，你扶一帮人压一帮人，你掂量，你算计，你布置筹划，你锤炼，而当混杂形成后，你就让人选中你。从尼古拉港出发，你瞄上了更大的目标。我觉得你干这一行岁数也太老了些，你应该卸下套好好歇一歇了。好了，加埃尔的情妇叫什么名字？快说，我已经赶上两个死人了，我真的很想救下那第三个，假如这不太让你厌烦的话。"

"尤其，那可能就会轮到你，不是吗？"

"那有可能会是我。"

"那我为什么要帮你的忙呢？"

"假如你不帮忙的话，我就将以你的方式去做，我明天就分泌挤咕出一切来。我也一样，我很会讲述一些好故事的。一个不伸张正义的未来的镇长，会把一切都弄得很脏。"

"你是不太喜欢我吧，克尔维勒？"

"确实，不太喜欢。"

"那么，为什么你不把这些个谋杀的罪名安在我的背上呢？"

"因为，我很遗憾，那并不是你干的呀。"

布朗歇微微一笑。他几乎要笑出声来。

"你还真的是一个傻瓜死脑筋，克尔维勒。加埃尔的情妇，你要找的就是这个吧？"

布朗歇开始轻轻地笑起来。几乎就是在大笑。

"假如就只有一些像你这样的小子，来向前推进你的正义，人们就不会在鸟笼里疯狂失控了。"

马克紧张得肌肉直抽搐，路易丧失了优先权。而且，这一番男人对男人的斗争在他看来很是可悲，很让他腻烦。好一场真正合适的舞蹈。一分钟时间里，他们已经从冷冰冰的"以您相称"变成了咄咄逼人的"以你直呼"。他实在看不出，整个这一番吵闹在深更半夜何以如此必要，不就是为了一个小小情况的简单了解吗？他朝马蒂亚斯瞥了一眼，但马蒂亚斯一直就靠墙站着，一点儿都没显露出厌烦的神态。他等待着，双臂垂落在腰侧，在他金黄色的头发底下，目光是那般专注，完全是一个准备就绪的狩猎采集者，随时都会扑向闯入他洞穴的狗熊。马克感觉自己很孤独，不由得又想起那些阿尔比教徒来了。

布朗歇向前俯下身来。

"非同一般的超人啊，你甚至都没注意到吗，加埃尔是个同性恋者，就如一头海豹那样？你真是让我笑掉大牙……你寻找一个凶手，而你却区分不开一只母鸡跟一只公鸡！"

"好。那么，告诉我，那男人的名字是什么？"

"就因为你把这叫做一个男人吗？"布朗歇还在嘲笑着。

"是的。"

"了不起，克尔维勒，太了不起了！很能理解人、尊重人的男人，情感上极其慷慨丰富，判断上却又十分经济节省！你对你自己满意吗？你得到了安抚吗？你就是以这专门的一套，以你的伟大心灵，还有你牺牲者的腿，在你的那些部委里装美卖萌讨好人的吧？"

"别废话，赶紧说，布朗歇，你都快让我累死了。那男人叫什么名字？"

"即便是为了这个，你也需要我的吧？"

"是的。"

"这才像是一句人话。你的情报，我会给你的，克尔维勒。你满可以去向盖雷克兜售，它不会把你带往任何地方去的。告诉你吧，他是若望，异教徒一般一味奉承教会的臭大粪一样的白土粉，神甫手下那虔诚的奴仆，你没有注意到吗？"

"这么说，若望和加埃尔，就是这两个了？在棚屋里？每个星期四？"

"还有每个星期一，假如你对这感兴趣的话。其他时间里，祈祷和罪孽，星期日解除，而一到星期一便再做这一切，不带忏悔的。你轻松下来了吗？那么你就去完成你的大作品好了，把他抓进去关了。而我，我算是看够你了，我要去睡觉了。"

他很高兴，布朗歇，最终。他已经受够了，他看透了克尔维勒那副愁眉苦脸的样子。他站了起来，迈开一种心满意得的步子，绕着书桌走。

"请等一分钟，"克尔维勒说，身子却没有动。"我还没有说完呢。"

"而我，我已经说完了。如果说，我对你说出了若望的名字，那是因为加埃尔已经被挂下去了，而不是因为你影响了我。我对这些谋杀案一无所知，如果你还赖在我家里不走，那我就要报警了。"

"请等一分钟，"路易重复道。"你不会因为一个多出来的小小情报而去报警的。我只是想知道你是哪里的人。这可没什么恶意吧？有来才有往嘛，我嘛，我是谢尔省人。而你呢，布朗歇？是加来海峡的人吗？"

"是的，是加来海峡的人！"布朗歇高声叫嚷起来。"你还要长时间地为难我吗?"

"你难道不是更属于维耶尔宗①那边的人吗?我倒是更会在那边见到你呀,在那一带。反正,就在维耶尔宗那边来的。"

终于说到点子上了,马克心里想。到底是哪里,他其实并不知道,但是,终于还是说到点子上了。布朗歇围绕桌子的运动中止了。

"当然是了,布朗歇,当然是了,来一点点努力吧……维耶尔宗……你知道,在中央地区……你不会比别的人更愚蠢的,我知道那里很远的,但是,请来一点努力吧……维耶尔宗,在谢尔河畔……不是吗?没什么可做的吗?你就不再重来一遍吗?你想要我来帮你一下吗?"

克尔维勒脸色已经刷白,但他仍在强作笑容。布朗歇重又快快地回到书桌后的椅子上坐下。

"不是开玩笑啊,布朗歇。我这边还有两个小子,我带他们过来可不是为了装装门面的,你要是瞧不起他们,那可就大错特错了。右边的这一位头脑灵敏,双手强劲有力,他根本就不需要什么工具,单凭双手就能把你脑瓜子打个粉粹。左边那一位出手极快,游刃有余,真正是个印第安人之子,你明白吗?"

路易站起身来,也绕着桌子走了一圈,打开正顶着布朗歇肚子的那个抽屉,在一堆乱纸底下迅速地翻腾了一会儿,掏出来一把枪,卸下了里面的子弹。他抬起脑袋,瞧了瞧马克和马蒂亚斯,现在,这两个人都背靠墙壁站立着,一个靠左,一个靠右,死死地卡

---

① 维耶尔宗 (Vierzon),法国中部城市,属中央大区谢尔省的一个副省会,也是该省人口第二多的市镇。

住了房门。马蒂亚斯做得很完美，马克几乎显示出一副凶神恶煞的模样。

他微微一笑，点了点头，回到布朗歇身边。

"你是维耶尔宗人，还是要我当头浇你一泡尿，才能让你开口？啊……那个撒尿的故事，它让你的记忆有些松动了吧，你有一个眼皮在颤动，它回到你的脑子里来了。除了最初的价值，就没有任何东西像这样的。"

路易走到布朗歇身后站定，双手抓住了他那把扶手椅的靠背。布朗歇一动也不动，他嘴唇紧闭，牙关紧咬，一只眼睛在自动地眨巴。

"此外，人们都叫你撒尿人。你可别拿你的身份证来给我看，我没什么可做的。你的姓名是勒内·吉尤，没什么标志性的特别符号，栗色眼睛，圆鼻子，傻乎乎的脑袋，但是画图人的眼睛注意到了两颗大门牙之间的缝，右侧脸颊上有一个圆点，那上面不长胡须，两个耳垂凿了三角形的洞，都是一些小东西，就像每个人都有各自的份额，只需稍稍回忆一下，就能想起来。外号撒尿人的勒内，社会渣滓，维耶尔宗附近尚本地方保安团的头头。就是在那里，一片森林的角落，你安置了你的老巢，那已是五十三年前的事了，你当时只有十七岁，你傻乎乎的胆大包天，一副愣头青的小子样。正是从那里出发，你骑着你小小的自行车，前往德军司令部，以一阵阵规则的痉挛，去倾泻你那卑鄙的告发。正是在那里，1942年，一个德国士兵把守着门，一个勤务兵，一个穿灰绿色军装的无名的德国佬，看到你在那里来来往往。应该提防那些勤务兵，勒内，那些人整日里闲得无聊，于是，他们就死瞧着，死听着。尤其是一个勤务兵，就窥伺着第一个机会来临，好逃脱，很不容易的，相信我，尤其当你头上还戴着钢盔时。我知道，我拿我的那些故事让你腻烦了，这一切都已经很老了，比我自己还要老，我甚至都不熟悉，那已经过时了。但是，我这是为了让你开心。因为我知道得很清楚，有一些老玩意让你心烦，你还在问你自己，被你告发的某些人究竟是通过什么奇迹才最终及时逃脱的。你曾怀疑你的两个伙伴，你无缘无故地就把他们打发掉了，而我，我立即就让你的意识背上了沉重的包袱。"

路易抓住了对方的脑袋，把它转向自己。

"还有那个德国兵呢，勒内？你就从来没有想过这个吗？每星期在集市上送交家禽的那一天，他不是就站在那里，在鸡儿鸭儿咕哒咕哒的叫声中，把收集到的情报送到德军司令部去的吗？他不懂法语，但是他学会了说一些简单的话：'是明天一早，必须之前出发。'你现在可想起来了吗？啊……你现在重又看到了他的嘴脸，那士兵，好几个月期间，你都从他面前经过的……形象是不是稍稍有些模糊？那么，请好好瞧一瞧我，勒内，那就会给你一种清晰感，看起来，我跟他应该很像吧。好了，你该都明白了吧，来一点点努力，你就回忆起他的名字来了，乌尔里希·克尔维勒。他将会很高兴地得知，我已经把你给找到了，是的，我向你保证。"

路易猛的一下，松开了扶手椅和被他手指头紧紧掐住的布朗歇的下巴。马克的眼睛一刻都没有离开过他，他感到肚子里有一阵哆嗦，假如路易把那老头子给掐死了的话，那他应该做些什么呢？但路易走到了书桌的另一侧，一屁股就坐在了大桌子上。

"你还记得那堆干草吗，当士兵乌尔里希失踪的时候？所有的房屋全都过了一个遍。你知道他在哪里吗？这会让你笑破肚皮的。就在小学教师女儿的床下连带的木箱子中。你这么聪明的人，你还没有找到吗？此外，这还创建了种种联系。白天在箱子里，和恐惧在一起，夜晚在床上，和爱情在一起。我就是这样来到了那里的。然后，乌尔里希和年轻姑娘逃往了抵抗组织的小小根据地。但我并不想用我的家庭故事来惹你烦，我现在就说说你真正感兴趣的，1944 年 3 月 23 日晚上，在你那森林中的家里，你靠了你十七个保安队员的帮助，刚刚包围住十二名抵抗战士，还有跟他们躲在一起的七个犹太人。数量究竟是多少一点儿都不重要，你根本就不在乎，你只是对自己满意。你把他们都绑在一起，你往他们身上撒尿，你的同伴跟你一起干。你就把女人送给他们。而我的母亲，正属于那份奖品，你将会明白的，被那个叫皮埃罗的金发大胖子压在了底下。你们把所有人都折磨了好几个小时，你痛痛快快地开心了一把，到后来你们全都面红耳赤地醉得像榅桲一样①，两个女人终于走掉了——是的，傻瓜蛋，不然，我就不会在这里对你这样说话了。你发觉这一点时稍稍有些晚了，你当即决定马上就转到严肃的事情上来。你把剩余的人全都赶进谷仓，你又是捆又是绑，然后你点了一把火。"

路易狠狠地敲着桌子。马克觉得他面色苍白，怪异而又凶险。但是路易回过了神来，他喘过气来。而布朗歇，他，几乎都已不再喘气了。

"说到那姑娘，结果还不错，她逃脱了，又找到了士兵乌尔里希，他们相爱了整整一生，我希望，你会为他们感到高兴吧？至于另一个女人，她已经有了一把年纪，你的保安队员把她抓了回来，

①　"醉得像榅桲一样"的原文为"être bourré comme des coings"，其中"bourré"一词有"满满当当的、滚圆的、喝醉了的"等不同意思。

在树林里殴打，就是如此简单。其证据呢？你心里会这么想，是吗？你希望，这段历史可以一抹袖子，出示一下身份证，就能一下子抹掉吧？你去问一问旺多斯莱吧，历史是不是会被抹掉，可怜的垃圾。这段历史，带有那些跟历史十分相配的图画，当我母亲把它留传给我时，我已经二十岁了。那是一些笔触细腻的漂亮的肖像画，她始终具有绘画才华，你可能都猜不到的。我完全可以从一千个人之中把你认出来，我可怜的勒内。借用了她的草图和她的描述，我在专门绕道的远行中，抓住了你那些同伴中的七个人，但他们中没有一个人知道他们那个撒尿者队长的新名字。然而，现在，你也看到了，我在这里找到了你，你用不着发火，没什么是偶然的。我在这个国家东奔西跑地转悠了二十五年，跟踪那些无赖杀人者，以这样的节奏，再也没有什么偶然了，这就是在作勘探，我一定能找到你的，总有一天，无论多久，多晚。你将告诉我我现在还没找到的其余九个人的姓名、地址和身份品行，假如他们还没死掉。当然是啦，你一定有的，在某处吧，别让我失望，尤其是，别冲我发火。就这样，那事情终将会了结的，赶紧吧，我生活中也不是只有这么一件事要做。怎么？你害怕了吗？你以为我要把他们一个一个统统杀死吗，你的那些老保安队员？我甚至都不会朝他们身上撒尿。但是，假如有必要，我会拆卸他们，我会清除他们，我会中和他们，就像我要对你做的那样。我等待着名单。另外，勒内，只要有那种可能，我就不是一个食古不化的人，别相信这个，我们也会关注当今的。自从你年轻时代撒出那致命的一泡尿以来，你并没有止步不前。今天，你想得到一个镇长的职位，而从那一点出发，你又瞄准了别处。你不是一个人干这个的，因此，我，很简单，我想得到你当时那些打手的名单。整个名单，你听明白我的话

234

了吗？那些半成年人，那些成年人，还有那些老傻瓜，无论男女无论老少无论干什么的。当我扫地雷时，我会做得小心翼翼，一丝不苟，我会连根拔出整株的胡萝卜。另外，再把你的黑箱子也给我吧，这会对我有用的。你犹豫了吗？你有没有弄明白，老乌尔里希·克尔维勒始终还活着，他会在法庭上认出你来的？因此，你会刹住机器，你会给我你的名单，你的繁文缛节，你的网络，你所有的狗屎盒，要不然，我就让你因反人类罪行而被塞进洞里。同样，假如你今天的畜群中有哪怕一个该死的敢动一下手指头，也将是同样结果。假如你敢碰一下我的老人，同样结果，这是不言而喻的。而假如你打定主意要偷偷溜走，同样结果，根本就没有用。"

路易歇住了嘴，不再说。布朗歇一直低着头，目光死死地粘在自己的膝盖上。路易转身朝向马克和马蒂亚斯。

"在这里，我们再也没什么可做的了，我们走吧，"他说。"布朗歇，别忘了我的要求。你的退隐，你那熄烛罩底下的蠢货队伍，你的名单，你的箱子。还要加上你捆绑好的针对舍瓦利埃的文件夹。两天后，我再过来取这整个包裹。"

一出门来到街上，三个男人便悄悄地朝广场方向走去。路易不断用手捋头发，因为头发总是成绺成绺地粘到满是汗水的脑门上。没人想到要去旅馆，他们就这么向远处走去，走向港口，在那些木头箱子上坐下。西风刮来，猎猎作响，海浪拍来，哗啦哗啦，还有缆绳发出的声响，这一切代替了谈话。他们等着路易的头发被风吹干，当然。教堂敲响了三点半的钟声，然后是镇公所的钟响起，稍稍有些偏晚。这双重的雄浑金属声似乎把路易从汗水和巨大的疲倦中拉了出来。

"马克，看来，是有什么东西让你忧虑了，"他突然开口说。

"给我们讲讲吧。"

"那不是今天晚上。生活中总有那么一些时刻，人们得吞下自己的可笑。"

"你是怎么想的，就怎么做好了。不过，话又说回来，你已经有整整一个钟头把你的手指头卡死在这个瓶子口里，瞧这样子，怎么也拔不出来了吧。这实在很愚蠢，我们还是得介入一下。"

马蒂亚斯和路易开始动手，用一块石头，小心翼翼地砸碎了套在马克手上的那个小小啤酒瓶。路易把破碎的玻璃片扔进大海，以免有人受伤。

二十七

若望，这人是那么柔软，那么白皙，星期三上午警察们为羁押他，来抓他时都没有特地加快脚步，而他，也就趁机从窗户中跳了出去，赢得了二百米距离。他想也不想就跑向了教堂，顶住了教堂大门后，把自己关在了里头。

这样一来，上午九点钟，有六个警察团团包围了教堂。菜市场咖啡馆里那些爱早起的人，听到消息后纷纷出来闲逛，交头接耳，指手画脚地评论，期待能见证彻底根除的措施。至于该采取什么措施，盖雷克和神甫正在激烈讨论，神甫本人拒绝警察打破十六世纪时期的彩绘玻璃闯进去，也拒绝他们撞开十五世纪雕有精彩图案的大木门，反正，说到底，决不允许破坏这上帝之家的任何物件。不，他没有钥匙，若望是村镇唯一游戏场所的托管人。神甫坚定不移地撒着谎。而人们也就别指望他会来帮忙，来吓唬那个选择靠救世主保护的陷于绝望中的人。天又下起了雨，所有人都淋了个透湿。盖雷克始终那么无动于衷，板着他那张小小的脸，内心仔细检查着他被卡死在其中的社会－宗教之死胡同中的每一道墙。人们听得见若望在教堂那半圆形的后殿歇斯底里地呜咽悲泣。

"中尉，"一个警察说，"我这就去找工具，我们毁掉那门锁，然后，我们把这头乖乖羊弄到外面来。"

"不行，"神甫说。"那门锁是十七世纪的物件，而且，我们不能碰那个人。"

"您倒是说说，您是不是存心要让我们为了这么一个他妈的杀人犯在风雨中转悠上几百年吧？您的那把门锁，我们会给它复原的。警探，我们云不去呢？"

盖雷克瞧了瞧那个警察，气不打一处来，正想给他来一个大耳刮子呢，但还是忍住了，没做出那个动作来。盖雷克实在是受够了。他在那个年轻人加埃尔的床边度过了整整一夜，跟他的家人在一起，等待着一个字词，一个目光，但它迟迟未来。

"您想办法过去，"盖雷克对神甫说，"去跟他说说。我撤走所有的警察，我自己一个人留在最近的地方。"

神甫在雨中走远了，而盖雷克则走过去，一个人站在一棵树底下。

路易头天夜里并不比盖雷克睡得更多，现在正坐在神迹喷泉池旁边，从耶稣受难像那边窥伺整个场面，一只手则浸在池水中。自从他在菜市场咖啡馆的酒吧——他知道这家咖啡馆对待他可是非常仁慈的——认出了那个散尿者后，他的种种想法都粘上了脏污和痛苦。他已经不再追踪那条狗的事，只不过还留在不适和迷雾中。而现在，伤口变得很鲜活，但污垢已经去掉了，他洗了洗曾经碰触了这一污秽的手，他给他父亲打了电话，打到了罗拉赫，他还打电话

237

给了玛尔妲，打到了巴黎。剩下的事就是清扫这个当地的灭绝者了；那小家伙留在了坎佩尔的医院里，生死未卜，尽管有一个警察留在他那里，路易知道，除非迅速行动，不然，一只灵巧的手总能做到切断管道，这已经做到了，也被看到了，无论是警察还不是警察，不会晚于十年前，在坎佩尔，盖雷克会这样说的。他的思绪又回到了摔下阳台来的那个丈夫，回到了迭戈的沉默寡言，回到了迭戈的失踪，回到了丽娜·塞弗兰那张逃亡中的脸，回到了打在狗身上的那两枪，回到了工程师那保护性的关注上。

他像以往那样浸在水中，就算把他的膝盖直接浸到池水里，恐怕也不会有任何改变。

路易已经把布福放在了喷水池的边沿上。

"吃吧，布福，吃吧，这就是我要求你做的一切。"

路易修补着他思想的网眼，一个章节接着一个章节，同时，一只眼睛还盯住了他的癞蛤蟆。

"一边吃一边好好听我说，这会引起你兴趣的。第一章，丽娜把她丈夫推下了阳台。第二章，迭戈·拉卡斯塔明白是丽娜杀了人，于是就闭上了嘴，为的是不为难他喜爱的玛丽。你在听我说吗？而迭戈，他是如何明白这一点的呢？在巴黎的侦查调查和返回布列塔尼之间，他都看到了什么？他都明白了什么？在哪里？又是如何做到的？在巴黎和坎佩尔之间，实际上只有一件事有意思，那就是火车，坐火车旅行。因此，第三章，迭戈在车上见到一个玩意，不要问我那是什么，而第四，迭戈七年时间里一直继续闭嘴，同样的原因，同样的结果。第五，丽娜·塞弗兰摆脱了迭戈。"

路易把腿浸到了溪水中，水冰冷冰冷的。毕竟，人们还是可以期望神奇的水是温和的，然而，却不是。布福以几下笨重而又谨慎的小小跳跃，离开了已有一米距离。

"你真是要气死我，你也太傻了。"

"第六，玛丽应该搬到了塞弗兰家中。她清空了她小小的房屋，还有迭戈几乎没动过的书房。清理时，她发现了一张纸，一份文件，迭戈在上面记载了故事，要为自己保留住一切是很难做到的。第七，丽娜·塞弗兰猜疑并监视了这一次搬家，立即就屠杀了老太婆玛丽。这件事上面，有狗，有泥滩，有脚趾头，有粪便，先不说了。"

路易把腿从冷冷的山泉里拔出来。在神迹之水中浸了四分钟，这应该就够了。

"第八，警察来到了。丽娜抛出了一块红布，来迷惑他人，匿名的字条，平庸却又有效的一招。她揭发了棚屋里的那一对恋人，并把年轻的加埃尔推下了悬崖，人们最终将把若望死死盯住，让他根本无法自卫，这是确定无疑的。第九，那个当丈夫的已经猜到了什么，但还是想保护她。第十，她有些疯了，很危险，她将彻底解脱年轻的加埃尔。"

路易把布福抓回来，并艰难地重新站立起来。冰冷的水就像是锤子在击打他的膝盖。他拖着那条病腿走了几步，很慢很慢，好让肌肉重新运作起来。在奇迹之水中多待了十分钟，牙齿可就咯咯作响了。

还有一个唯一的障碍。她又是如何做到用那一台维罗泰普打字机写出了这张字条的？盖雷克已经做了几次审讯，就此问题来当面对证，当时，他本人苔着衣兜里的那一团纸条跟他的警察们一起走出酒吧之前，丽娜一直就没离开过那里。因此？无论如何，她都不可能冻干①那台打字机吧？

路易朝教堂那边低低地瞥去一眼。很显然，神甫已经成功地进入了教堂。他慢吞吞地走下斜坡，一直来到人群聚集的地方，一把抓住塞弗兰的肩膀。他想知道迭戈身上到底发生了什么事，知道在那一趟回程的列车上究竟是不是出过什么事，整整十二年前，在从巴黎到坎佩尔的列车上。

塞弗兰皱起了眉头，他不喜欢这个问题。再说那也太遥远了，他已经记不起来了。

"我抓不住其中的关系。您没看出来吗，这是一个跟屁股有关的故事？"他说着，指了指教堂。"您没有听到他哭得像一个疯子吗，这个愚蠢的若望？"

"我听到了，但毕竟还算可以吧。这是一次特殊的旅行，"路易坚持道，"您还记得的。您的朋友马塞尔·托马斯刚刚死去，您在巴黎逗留了好几天，为了调查审讯的事。好好想一想吧，这是很重要的。迭戈是不是在列车上见到了什么人？一个朋友？丽娜的一个情人？"

塞弗兰低着脑袋，回想了好几分钟。

"是的，"他说道，"我们见到了某个人。我只是在到达时才看到他，迭戈和我在车厢里的位子是分开的。但那是一个经常坐车来来回回的家伙，再也没有比这更正常的了。他几乎都不怎么认识丽娜，他们在这里见过面，当她和她丈夫前来度假时，仅此而已，您可以相信我的话。"

"他知道那个悲剧故事吗？"

---

① 冻干：这里使用的动词是"lyophiliser"。

"我猜想是的，都已经登在报纸上了。"

"那么，这家伙看起来是不是要比此情此景中应有的样子还更幸福？迭戈是不是从自己的位子上看到了这一点？他又是坐在哪里的呢？"

"在车厢末尾。那男人离他不远，我在前面，在一个四个座位的圈里。我只是在下车时才看见他们，我不知道他们都互相说了什么。"

"迭戈真的是改变了吗？"

"从第二天起就变了，"塞弗兰承认道。"我还以为那是某种反弹。由于它一直持续了下去，我就猜想，在西班牙，恐怕有什么东西转得不很顺利。他有一个大家庭，情况很复杂。而且，这没什么意义，所有这一切。"

"列车上的男人是谁？"

工程师在雨水底下擦了擦脸。他有一点难堪，一点恼火。

"这没什么意义，"他重复道，"这只是铤而走险，没别的。丽娜从来都不……"

"列车上的男人是谁？"

"达尔纳斯。"

路易凝定在了雨水底下，与此同时，工程师很不高兴地走掉了。

那边，教堂大门前，神甫把若望慢慢地带了过来，盖雷克则朝他们迎去。若望双手捂住了脸，一旦被人碰到，顿时大声嚎哭起来。

路易去了一趟旅馆，去换他那身淋湿了的衣裳。达尔纳斯那胖胖的面容一直在他眼前晃动。十二年前的达尔纳斯，没那么肥胖，很富有，而丽娜的丈夫呢，则被缠住，有了一把年纪，却没有钱，人们就此做了交换。然后，出现了某种偏差。是波莉娜夺走了达尔纳斯，而塞弗兰则迎娶了丽娜。在这里头，波莉娜究竟扮演了什么角色？路易在衣兜里抓紧了布福。

"事情不太对劲，我的老兄，"他对它说，"我们到列车上再去想吧。"

他捡起马克塞到门底下给他的一张字条。马克有一种很严肃的倾向，喜欢写一些小条子。

> "莱茵之子：
>
> "我已经带上狩猎采集者去看那台一无所用的机器了。别留下你的癞蛤蟆在卫生间里干傻事，等等，等等。马克。"

路易赶到机器那里。马克面对着马蒂亚斯那无动于衷的目光，正在一通忙活，从操纵杆跑到传动杆，最后把纸条送到马蒂亚斯手中。马克看见了路易，就赶忙朝他迎来。马蒂亚斯则依然留在机器的基座附近，眼睛盯着地面。

"我要去雷恩转一下，"路易说，"有些图书要查阅。我今天晚上回来。当你们结束了这些机器神谕后，整个白天都要留一只眼睛，给我盯住塞弗兰家，还有达尔纳斯家，能做得到吗？"

"达尔纳斯吗？"马克问。

"我没有时间跟你解释了。乱七八糟的很复杂。无论如何，达尔纳斯也好，波莉娜也好，都是在7号球之后才离开的咖啡馆，而且在我走掉之前又去那里转了一下。这里头很乱，很复杂，我对你

242

这么说吧。想想加埃尔吧，监视所有人。马蒂亚斯在做什么？他在窥伺一只鼹鼠吗？"

马克转过身去看，看见马蒂亚斯正蹲在地上，一动不动地察看青草呢。

"哦……他倒是常常这样，你别在意，这在他很是正常。我对你说了，这家伙，总是那么聚精会神，考古学家们都那样。一棵长得歪歪斜斜的蒲公英，行了，这就让他忧心忡忡了，他还认为那底下会有一块什么燧石呢。"

路易三点钟下车来到雷恩，必须赶快行动，他心急如焚。他希望马克已经成功放下了那台机器的神谕，还希望马蒂亚斯已然能挣脱他的考古学疑虑。他更想让他们好好地监视。

二十八

在回程途中，路易一直忙着跑到列车盥洗室把布福弄湿——车厢里很干燥，温度过高，而这对两栖类动物十分不利——还忙于换位子，抬起眼睛来观察倒映在沿车厢天花板一溜伸展开的那些玻璃行李架，还有，重新滤清被他在雷恩图书馆的经历扭曲到另一方向上的那些想法。若是没有一个佐证的影子，他便不能直接瞄准目标。他必须让他的那帮人来做这个，一局确实十分微妙的三个球的台球游戏。菜市场咖啡馆的那个家伙是怎么说的呢？"法国式台球，它更直率，你一二杆，马上就知道你是个笨蛋，"诸如此类。很显然。关键是不要错过操作。离到达坎佩尔还有一个钟头时，他熟睡了过去。

只是在最后那一分钟，他才见到马克，一身黑衣，在火车站广场的一片黑暗中。这家伙真有本事，能在任何一个时刻出现在你面前，而只要人们稍不注意，就会把他的激奋之情传染给你。

"你在这里做什么呢？"路易问道。"你不去监视了吗？"

"马蒂亚斯正埋伏在塞弗兰家附近，达尔纳斯夫妇去镇长家吃晚餐了。我就来接你，这样做很可爱，不是吗？"

"好吧，告诉我都发生了什么，但是，我请你说得尽量简单一点。"

"丽娜·塞弗兰已经准备好了，要悄悄走掉。"

"你敢肯定吗？"

"我曾经爬上了她家对面房子的屋顶，瞧了一个仔细。一个小小的行李箱，一个小背包，她只带上了极少的生活必需品。当塞弗兰出门后，她赶紧溜出来，给自己预订了一辆出租车，明天早上六点钟来接她。我可以扩展开来说，还是必须简述？"

"去找一辆出租车，"路易说。"必须赶紧地。盖雷克在哪里？"

"他把若望带去羁押了。神甫正在喋喋不休呢。今天下午，盖雷克去看望了加埃尔，情况始终那样。马蒂亚斯在他的考古学遗址上好好地干了一通活儿。"

"快点，快去找一辆出租车。"

"我在跟你说马蒂亚斯的考古发掘呢，他妈的。"

"但是，真见鬼！"路易说着，也跟着激动起来，"你难道就分不清轻重缓急吗？你到底想要我干什么，对马蒂亚斯的考古学遗址？你到底想让我干什么？你们俩是不是全都疯了？"

"你运气还真不错，遇上了我这样一个好说话的家伙，还能把我的腿和我的耐心都借给你，但是，更蹊跷的事情还在后面呢，马蒂亚斯的考古遗址，原来是一座坟墓。假如你想让我简述，让我紧凑一点，那我就说，是迭戈的坟墓，挖得并不太深，死尸由一层砾石所覆盖，而所有这一切，则由那架一无所用的巨大机器的两只脚所密封住了。情况就是这样。"

路易把马克拉到车站出口处的一旁。

"你给我好好解释清楚，马克。你们打开过吗？"

"马蒂亚斯根本用不着打开土层，就知道下面都有些什么。一块长方形的荨麻田，却不像别的荨麻那样会生长，而这对他就够了。长方形的坟卡死在了那台一无所用的机器底下，我对你说。一无所用的机器，真的是活见鬼啦。一个像塞弗兰那样的小子，平白无故地死于非命，这同样让我很吃惊，这可不是他的形象。有工程师在，就得让一切都有点儿用处。我感觉到那些小子对无用性很有兴趣，人们总是很容易注意自己的同类。而他，他对有用性很有一点感觉。那么，他的机器就必定见鬼地有某种用处。要卡死迭戈的坟墓，只需让上面长出两条铁腿，如此一来，人们就不再去碰它们了。我曾在吃饭休息时去镇长那里打听过了。正是在这个地方，人们本该规划建造一个大型超市。你能想象一下挖地基时造成的损失吗？但是，塞弗兰建议在此安置了一个大机器，正是他说服了镇长，正是他决定把那确切的地点定在了灌木小树林中。出于对艺术的爱，人们把大超市的地基往后挪了一百二十米。就这样，塞弗兰把那台巨大的机器竖立在了坟墓之上。"

马克心满意足，飞箭一般地穿越了广场，叫到一辆出租车。路易瞧着他一边跑一边紧咬住嘴唇。见鬼，对那机器，他的眼光实在不那么英明。马克说得完全有道理，塞弗兰怎么说都不是一个追求无用性的人。一个活塞就应该来回冲塞，一根摇杆就应该摇动，而一台机器就应该派上用场。

二十九

他们让出租车停在了离塞弗兰家还有五十米的地方。

"我去捎上马蒂亚斯,"马克说。

"他在哪里?"

"那儿呢,躲着,黑乎乎一团底下的黑乎乎一团。"

路易眯缝起眼睛,辨认出了狩猎采集者那弯曲起来的高大身躯,正在蒙蒙的细雨底下窥伺着那所房屋。有这么个家伙埋伏在门前,人们根本就无法想象,里头的人怎么还可能逃走。

路易走到大门前,摁响了门铃。

"他们会不来开门的,我正担心这一点呢。马蒂亚斯,撞开一扇落地窗吧。"

马克一步跨过被打碎的落地窗,帮助路易钻进了屋内。他们听到塞弗兰正从楼梯上冲下来,在半道上截住了他。他的神情有些慌乱,手里还握着一把手枪。

"请等一秒钟,塞弗兰,是我们,不是别人。她在哪里?"

"不,我求求你们了,你们可不明白,你们……"

路易轻轻地推开工程师,上楼来到丽娜的房间,身后跟着马克和马蒂亚斯。

丽娜·塞弗兰僵僵地呆坐在一张小圆桌前。她停止了书写。她的姿势是凝定的,委顿的,她张得太大的嘴,瞪得太圆的眼睛,太长的头发,还有紧紧握着笔的手,这一切,都令马克感到不安。路易走近过去,拿起那张纸,喃喃地低声念道:

"我指控自己谋杀了玛丽、迭戈，还有我的丈夫。我指控自己，并且我要消失。我写下这些，希望我的孩子们……"

路易以一个疲惫的动作放下那张纸。工程师双手互相交叉又分开，构成某个很是扭曲的祈求动作。

"我求求你们了，"塞弗兰说，几乎是在叫喊，"让她走！这又能改变什么，嗯？孩子们！让她走，我求求你们了……跟她说，我求求你们了……我想让她走掉，但她不再听我的话了，她说她已经完了，她再也没力气了，而……我刚刚发现她在那里，正在写那个，还带着手枪……我求求您了，克尔维勒，做点什么吧！对她说，让她走！"

"那若望呢？"路易问道。

"他们将没有证据！人们会说，那是迭戈，嗯？迭戈！人们会说他始终还活着，他又回来了，要杀死所有人，嗯？而丽娜就可以走掉啦！"

路易装出一个鬼脸。他对瘫坐在一把椅子上的工程师做了个手势，就把马克和马蒂亚斯带到了楼下，就在满是机器的大厅中，那里，在一大批打字机的玥影中，他们嘀嘀咕咕地说了好一阵。

"同意吗？"路易问道。

"这可是要冒一个大险的啊，"马克喃喃道。

"为了她，得尝试一下，不然，她就完蛋了。快点，马蒂亚斯，快走。"

马蒂亚斯又从砸碎的玻璃窗中爬了出去，路易重新上了楼。

"说定了，"他对工程师说。"但是，首先，我们得去一下大机器那里。我们有一个玩意要在那里算清总账。丽娜，"他又低声地补了一句，"拿上你的行李箱。"

见丽娜在那里始终不动，他就伸出两条胳膊，轻轻地架起她，把她推向门口。

"马克，拿着她的行李箱，她的背包，还有她的外套，下雨了。"

"另外一位呢，那高个子？"塞弗兰问道，嗓音中充满不安。"他走了吗？他跑去通知人了吗？"

"他跑去遮盖了。"

三个男人和丽娜行走在雨中。当他们远远瞥见一无所用之机器那巨大的身影时，路易要求马克稍稍留在后头做警戒。马克便停下来，瞧着他们继续静悄悄向前走去。路易始终抓着丽娜的肩膀。而丽娜，就这么由他一路推着，并不做任何反抗，她所具有的，只是一个惊恐万状的疯女人的直觉反应。

"到了，"路易在那个钢铁大家伙跟前停下来，说道。"对这个玩意，人们又能做什么，塞弗兰？"他说着，指了指地面。"因为，迭戈真的就在这里吗？"

"您是怎么知道的？"

"这里，有这么一个人，他善于辨别真正的无用与掺假伪造的无用，还有另外一个人，善于看透地底下有什么。这两个人，他们完全能够明白，这一无用的纪念碑可以用它整个庞大的躯体来把迭戈封闭住。事实就是这样的吧？"

"是的，"塞弗兰在黑夜中嗫嚅道。"当丽娜明白到，迭戈已决定要指控她对托马斯的杀害时，她就把他拉到了外面。迭戈想跟她争论一番，还带上了长枪。但这老男人很脆弱，她轻而易举就制服了他，把他打垮了。我就跟在他们后面，我看到丽娜朝他开了枪。我当时真的吓坏了，那天晚上我得知了一切，托马斯的被杀，另外，还有那次罪行……在短短几秒钟里，我就下定了决心，要帮助丽娜，永远。我把她拉到家里，我拿起一把铁锹，我又跑着出了门，我把尸体拉进树林，我把他埋了，我拿一些石头盖在他身上，我干得大汗淋漓，我很害怕，我填上坟坑，把土夯实，再盖上松针……然后，我把那支枪拿到港口，解开了一条船。干得并不太精彩，但必须迅速地见风使舵，随机应变。然后，一切归于平静，丽娜也一样。"

塞弗兰抚摩着她的头发，而丽娜，始终由路易的胳膊搀扶着，连头都没有回一下。

"再后来，我得知人们要砍伐那一片树林，要在那地方新建个什么玩意。人们要在那里挖掘，会露馅的。得想一个好办法来避免这一灾难。于是，我就构思了建造这一机器的计划。我得有一个相当沉重的玩意，让人们在一百年里都不会去挪动它，一个一旦破土后就能在地基上稳稳当当地立住的玩意……"

"请转到技术层面上来说，工程师。"

"好的……好的 ……一个尤其能诱惑镇长的玩意，好让他改变工程建造的计划。我致力于这一奇异的机械，而没有任何人会说，它不是世界上唯一的一件，不，没有人会那样说……"

"没有人会那样说，"路易安慰他说。"到此为止，它已实现了它的目的。但是，最好还是把迭戈挖出来，弄到别处去，那样就更……"

一声嚎叫在夜空中传来，然后是另外一声，声音更轻些，像是被掐住了喉咙。路易猛地抬起头来，瞧了瞧周围。

"马克，真是见鬼！"他叫嚷起来。"您留在这里，塞弗兰。"

路易拖着他僵硬的膝盖，跑向了树林，一头扎了进去。他发现马克就待在刚才他被留下的地方，带着背包和旅行箱。

"你说到过一个神奇的水池，"路易一边对他说，一边揉着自己的腿。"你来，我们回到那里去，那肯定不会拖太长时间的。"

前面一百米处，他们听到了一记沉闷的坠落声。

"这，"马克说，"这是狩猎采集者坠落到了他猎物的背上。你不要急，他是不会错过一头野牛的。"

就在那机器的脚下，马蒂亚斯把工程师死死摁在地上，两条胳膊被反扭到了腰上。

"依我看，"马克说，"不该让塞弗兰在下边待太长时间，他都快要散架了。"

路易重又抓住丽娜的肩膀。他是出于本能这样做的，他始终觉得她马上就要砸破自己的脸了。

"被扣住了，"他对她说。"他根本就来不及，马蒂亚斯严密监视着呢。怎么样，马蒂亚斯？"

"不出我们所料，"马蒂亚斯说，他骑坐在塞弗兰的背上，平稳得就如坐在一块自动滚毯上。"一旦你的身影不在视线之中，他就把那支枪紧紧塞到他妻子的手中，让她举枪顶着她的脑袋。他只有很少的时间可以让她自杀，但我应该做得很迅速。"

路易解开背包的皮带。

"很好，你可以松开那畜生。让这人重新站起来，就把他捆在机器的立柱上好了。另外，有请了，请帮我们找一下盖雷克。"

路易在黑暗中松开了工程师。马克连瞧都不往这边瞧一眼，他敢肯定，他已经装作了一副下多瑙河流域哥特人的模样。马赛克镶嵌图上的那样子。

"那么，塞弗兰，怎么样？"路易说，嗓音很低。"你愿不愿意我们问一问你的死亡机器，向它讨要一个答案？你为什么杀死了托马斯？为了得到丽娜吗，而跟她一起得到的，还有那物理学家的独一无二的机器收藏？来吧，马克，给那摇杆狠狠地来一下。"

他也不知道是怎么回事，马克转动了一下什么，整个钢铁大家伙就重新颤动起来。马克跑到一头，去取那一纸小小的信息。他做得是如此到位，他确确实实地知道，该在黑暗中往哪里摁一下手指头，好领取那张纪念性的插页。

"你是怎么做的，得对我们讲一讲。一个诡计，能让你的朋友俯身趴在栏杆上，远远地看着你在院子里召唤他，迭戈又是怎样弄明白它的？快来吧，马克，转动起摇杆来。他是在列车上弄明白了它的，通过反光镜一般的行李架瞧着你，他就明白了。在车厢里头，假如我们坐得很靠后的话，我们看得到一切，甚至看得到坐在四人圈座上那些人的整个嘴脸，还有双手。这是一个被人遗忘了的细节。你还以为自己在列车中孤独一人，安安静静，不受打扰，而实际上，全车厢的人都能从玻璃行李架那里看到你，我知道这个，我花过很多时间，这样看着在半空中的其他人。而你，你在回程列车中又是一副什么样子呢？转吧，马克，让这一钢铁坟墓啐吐出真相来。是不是人们已在刑侦调查中见过的那个沮丧的朋友？根本不是。你微笑，你利用，而迭戈看到了这一切。而为什么他闭口无言，这斗牛士？因为他认为丽娜杀死了自己的丈夫，而你则是她的同谋。指控丽娜，这个由玛丽从小养大的人，那就是在毁玛丽。迭戈爱玛丽，他希望她永远什么都不知道。但是，跟你们俩在一起，他改变了，尤其在你们结婚后，变得更糟糕。有一天晚上，迭戈得知丽娜在其中一点儿事都没有，她什么都不知道。怎么？摇动吧，马克，他妈的！我对此一点儿都不知道，你将对我们说说他都撞见了什么吧。丽娜的一番谈话，兴许还是一封信，一个得让他明白过来的信号。于是迭戈知道了，你才是唯一一个杀手，他已经再也没有任何理由缄口不语了。他要见见你。你把他带走，你想争论一番，很久以来你们一直就是朋友。迭戈，那么小心谨慎的人，还带上了他的枪。但是，他在力量上敌不过，迭戈，这情感充沛的西班牙人，面对着你，钢铁般的机械，没什么能阻止你的力臂、你的活塞、你的齿轮的良好运作，它们得到自豪感的润滑，得到野心的涂油，全都那么叮叮当当地敲打着，拍击着，确保着你的动能。你打倒了他，你把他埋在这里。而你为什么杀死玛丽，这个一边采挖滨螺，一边等着他西班牙男人的玛丽老太婆？因为玛丽搬家了，丽娜想把她接到自己家来。这让你忧虑不安了，这次该死的搬家。而迭戈是不是留下了踪迹呢？很久以来，你在他们家翻箱倒柜地找了一个遍，但是谁知道呢，在这对夫妇之间会有一个小小的藏身处？你开上汽车去巴黎，每星期四晚上都是这样，你把她藏起来，你在玛丽家停下，你去瞧了一眼。她没去采滨螺，这个可怜的老太婆，她哭泣，痛惜她所知道的被她放在迭戈书房中那些硬纸箱里的一切，她在空荡荡的房间里来来回回转圈圈，轻轻拍打着勾起她种种回忆的家具，然后她找到了。是什么？在哪里？你会对我们说的，兴许是卷在那把旧雨伞里头的几张纸，那伞就留在门边角落里。我说雨伞是因为它无法装进硬纸箱里，房间里以前也正好有一把伞，我问过了。我看到的就是这样子，一个简单的藏匿处，你将会对我们说的。她读了，她知道了。你抓住了玛丽，你把她打昏，你带上她，你把她脑袋砸破，在棚屋，在树林，在你愿意的地方，然后你把她弄下去，到泥滩上。这一切没有让你花上十分钟时间。重新找到脱落的靴子，再给她穿上，这让你浪费了另外十分钟时间。你逃往巴黎，而戏剧，就发生在了那里。动物的戏剧，而你生存的机械系统却根本就没预料到它：狗在树根栅栏上排了粪便。这很漂亮，不是吗？你不觉得吗？基本的生理本能，肠胃活动的本能，它前来制止了你那些闪闪发亮的涡轮机的完美运作……从此，你将会知道，请不要相信什么本能，也不要带上狗。警察来到了这里，那是在做刑侦调查，始料未及，你让尔的发动机重新启动，你躲过攻击，把救生索放在了神圣的机械装置中。你指控加埃尔和若望，你把字条塞到我的门缝里。这一切很清楚，工程师，你拖延了我，而且，我还被别的事搅昏了头脑。我去探询了你那台 1914 型维罗泰普打字机的信息。那是一种奇怪的机器，它的上部是可以拆卸的，调整后就能跟一个非常非常小的活动工作台相配，因而可以随身携带，不是吗？如此便于携带，甚至可以装进一个衣兜里，假如人们相当灵巧的话，而这种灵巧你还是有的，人们就能把手藏在外套的里头，用它来打字，写一张字条。但是，怎么能呢？如何能看到圆盘上的字母？盲打吗？当然是这样啦，你就能这样做的。维罗泰普打字机就存在一种盲文符号与字母的转换版，是专为第一次世界大战中失明的盲人设计的。而这就是你所拥有的那种型号，很珍稀的一种。这一切，我都是在雷恩读到的，是一本由恩斯特·马丁写的书，收藏者的参考文献中提到了这本书，而你厨房的橱柜上就放着这样一本书。我当时就注意到它了，你明白的，这是一本德语书。你的维罗泰普，真是个天才的想法。在所有人眼中，那一天，你整个下午都留在了咖啡馆里。你是无法打出那张字条的，你是不容怀疑的，受到了你那奇妙机器的秘密的极好保护。连我自己都曾向盖雷克担保过这一点。而实际上，你在现场就写下了字条，放在你衣兜里，就在 7 号球打完后。你在那一局台球后又穿上了外套。之后，那就容易了，用一张纸巾裹住那张纸，把它揉成一团，然后再塞到我的上衣兜中。当你回到家里后，你就把可卸下的机器配件重新安装到维罗泰普的基座上去。你会允许我前去再看一看你的打字机的，我对它很感兴趣，我承认我对它还了解得不够。这方面你尽可放心，谁又能了解到这些呢？谁又能想象到，一台古老的机器竟然可以在一件大衣的衣兜里稳稳当当地工作？但是由于它就牢牢地画在图画上，我查阅了一些书，我有时还是一个爱钻研的人，工程师，你真不该把全世界所有的人都当傻瓜，你错也就错在这一点上。然后，你推倒了加埃尔，对加埃尔的生命，你可是没什么可做的，在你卑鄙下流的建造中，那只是一根摇杆而已。"

路易话没说完就住了口，伸开了双臂。他瞧了瞧马克和马蒂亚斯。

"我很恼火，我，恰如玛尔妲会说的那样。现在必须把它结束了。当你夜里出门去找加埃尔时，丽娜跟踪上了你。而如果说丽娜跟踪上了你，那是因为她对你有所怀疑。而如果她怀疑上了你，那么，她的命运也就被安排好了。你让对她的种种怀疑上升起来。若望的被捕在你看来很难确保。盖雷克在你眼中显得很柔软，今天早上，在教堂，当那位虔诚者为失去了他的朋友加埃尔而失声痛哭时。那么，该是丽娜来付账了，趁她还没有彻底泄气。为了让她闭口不说话，你应该是干了所有能干的一切，我猜想，你采取了最简单的方式，你威胁要对孩子们下手。丽娜肯定会闭口不语，丽娜害怕极了。自从我来到这里，并出了那条狗的事之后，她就害怕了。你好，盖雷克，你来了，我跟这家伙的事了结了，我这就把他转给你了。加埃尔呢，他怎么样了？"

"他缓过来了，"盖雷克说。

盖雷克一副很高兴的样子，他很挂念那个小家伙。

"请先听结局，"路易继续道，"过一会儿我再给你重述开头部分。丽娜害怕了，因为脚趾头被那条狗吃了。因为星期四晚上，那条狗知道你要出门，它就到处跟随着你。无论哪一条狗都会这样做，连你的比特犬也一样，但是我跟我的癞蛤蟆留在一起的时间太长了，无法马上回想起来。丽娜，她，知道这一点。想法在升腾。如果说，那条狗在星期四晚上吃下了玛丽的脚趾头，那是因为你，塞弗兰，你就在那附近，每当晚上你要开车出门时，狗总是黏糊在你身边，不会跑太远的。想法在升腾，并掐死了她，她想到了她的第一个丈夫，想到了迭戈，剧本从阴影中脱颖而出，她惊慌失措，她认为自己疯了，她认为你疯了，她再也无法正常地行动。她是那么害怕，她是那么沉默，她招来了一切的怀疑。她窥伺你，她跟踪你。从这一点出发，她受到了惩罚，而人们像傻瓜那样，跟随你的踪迹，多余的一天。我今天晚上回来时，带回了维罗泰普打字机的秘密，这样我就控住你了，但还没有证据。没什么别的证据，只有丽娜对那机器的极端无知，而这是不算数的。或者，只有我那条狗得来的证据。它曾为我排泄出了它的真理，它也给予了我另一个证据，即便在死后，那狗还在憎恨丽娜，它是从来都不会跟着她去海滩的。靠着一些如此脆弱的证据，靠着为保护自己的孩子而保持的那种固执的沉默，丽娜也就完结了。必须创造出证据来。今天晚上，当我看到你向她强行勒索种种招认，随后又逼迫她自杀时，你倒是为我提供了办法。当我得知她今天曾想要逃跑时，我便匆匆行动，从坎佩尔赶回来。我向你保证这一点。逃跑中的丽娜，对你而言，这实在也太冒险了，你将把她清除掉。然而，人们可以想象，你当年曾相当爱她，把她从托马斯那里夺了过来，除非，你想得到的只是他的机器，这是很可能的。我把你拉到这里来，好让你能在这个唯一的暂缓期里逼迫她自杀，当时，我朝马克那边跑去，而把你留了下来，你也就再没有了对地点和时间的选择。你现在明白了。马蒂亚斯当时留守在了前卫的位置上。如果不是坚信那狩猎者会毫不犹豫地扑到你背上去，我就不会出这样的一招险棋了。你是一堆垃圾，塞弗兰，我希望你能明白这一点，因为我可没有勇气再从头开始说一遍了。"

路易转回到丽娜跟前，双手捧住了她的脸，想看清楚恐惧是不是已经过去了。

"我们拿上行李，"他对她说，"我们走吧。"

这一次，丽娜说了一点什么。就是说，她点了点头表示同意。

三十

路易一直赖在床上，直到十点钟。

他捎上马克和马蒂亚斯，前往布朗歇家。自从路易把那保安队员家中印第安仆人的角色加到他头上之后，这也就允许马克做一回他的强盗，条件是他不能过分滥用。一旦他跟他的靴子差不多紧紧粘上之后，他就会很难来表示厌恶。马蒂亚斯也露出一张笑脸，保安队员的被粉碎让他开心，更何况，路易针对他时所使用的野蛮人之手这一术语多少有些让他震惊。要想发掘出转瞬即逝的短暂神迹，以及马格德林狩猎人①的微型雕刻品，就再没有比他更微妙的搜寻者了。这天早上，马蒂亚斯忘记了梳理头发，他用手指头捋了捋他那又厚又乱的金发。还有，他很想承认，如果有人提出要求来，让他用他那小心谨慎的搜寻者的大拳头，狠狠地打在布朗歇的脑袋瓜上，那他是二话不说，马上就会出手的。

没有任何人需要做任何事。

"我来取我订的货，"路易说。

布朗歇已经准备好了一切，他一声不吭地递给他两个带绳子的旧背兜，还有一个小小的硬纸箱，然后，大门又重新关上。

"我们是去咖啡馆，还是出发？"马克问道，他扛起了硬纸箱。

"最后的工作，就让我一直留到今天晚上再去完成吧，"路易说。"而且，我还得去看一下波莉娜。我只是要去打一声招呼，然后我们就出发。"

"好的，"马克叹了一口气，"那么，我就把那位于格老爷的账带到菜市场咖啡馆里去了，你到那里去找我好了。"

路易出发去找盖雷克了。马克把那个贵族庄园的账目放到一张桌子上，安托娃奈特早已为他把那桌子清理出来了，而他则开始跟马蒂亚斯玩起了一局台上足球游戏。路易已经说了，现在人们可以放开来谈论了，可以跟所有来到咖啡馆的人随便讲述一切了，再没有比这更能让马克放松的了。马蒂亚斯从来就不跟马克炮制的那些海阔天空的神聊作对，马蒂亚斯是个完美的人。马克一边玩游戏，一边滔滔不绝地说着，身边围了一大圈渔民、镇公所雇员，还有那

---

① "马格德林狩猎人"的原文为"chasseurs magdaléniens"。马格德林文化指欧洲旧石器时代晚期文化。

在往的白葡萄酒杯的老太婆安托娃奈特，这时候，马蒂 则一边静静地等待，一边陪着他玩，这有助于我们这位狩猎者稳稳地赢得每一局，不过，马克并没有把他的自豪感寄托到小小的游戏人身上。

路易大约一点钟时回到了咖啡馆。塞弗兰，在夜间的一次狂怒发作——他发作得那么厉害，人们不得不叫来了医生——之后，已经在今天上午顺从地接受了盖雷克的审问，并扔给了对方种种信息，恰如给饿狗以吃食，带着阵阵怒气，带着颤抖和蔑视。如此持续地被人当作卑鄙小人来对待，盖雷克心里倒是不怎么在意，毕竟，有种种信息如甘霖一般落下。原来，为把他的朋友托马斯从阳台上推下来，塞弗兰当年采用了一个很简单的办法。等迭戈在旅馆里睡熟之后，他就走回到院子里，托马斯在平台上等他，他们俩就是这样商定的。丽娜始终就不在乎那些打字机，除了唯一的一种叫"赫特尔"的型号，为的是一种很幼稚的动机，但人们说那是找不到的。从来就没人曾拥有过赫特尔。塞弗兰，他，刚刚得手了那么一台，正准备赠送给丽娜，作为她下一个生日的礼物，好大的礼物，两个男人之间的秘密。就这样，他把那沉重的机器带到了院子里，机器还包装在一块毯子里，拴有一根长长的布带，他把那根布带扔给托马斯。**把他缠到你手腕上，我怕有时候它会脱落。**托马斯手腕上缠上了带子，把那机器向上拉，当机器被拉到离地面大约两米高时，塞弗兰纵身一跃，抓住了机器，狠狠地往下一拉。托马斯一下子没站稳，就从高台上跌落下来，塞弗兰又抱住他的脑袋往院子地面上砸了一下，结果了他的性命。紧接着，他又割断了缠在托马斯手腕上的布带，等到丽娜匆匆赶到阳台上时，他早已跑到了街上。那机器则在地上挨了好几下磕，塞弗兰明确道，那是一台三十

258

年代流行的笨重的办公用奥林匹亚牌打字机。那么，那台赫特尔型号的呢，哦不，可怜的倒霉鬼，他从来就没有找到过。而假如他找到了的话，他也是不会说的。

路易拉过镇长，这是喝开胃酒的时刻，他把他拉到咖啡馆后堂，背脊冲向灶火。镇长倾听了路易的述说，水塘表面稍稍有些动荡，一些鲤鱼的游动引起了水面阵阵的波动。

"'其他各类别①'，这到底能说明什么呢？"路易问道。

舍瓦利埃来了一个舞步，一只脚越过另一只脚，把手指头翻到反面。

"舍瓦利埃，它怎么对你说的，你就怎么做吧，"路易说，他已经开始对所有人以"你"相称了。"假如你想让我开心，那么，就请时不时地抽出一点点时间来，早上在你的床上，或者晚上伴着你的白兰地，随便你好了，这对我都没什么不同，比如说，请想着那个撒尿者，并竭力从中得出结论，不要太多种多样，你会让我开心的，但这也跟你有关。我，我会让你开心的，我会把布朗歇收集到的所有针对你的文件资料全都转给你。"

舍瓦利埃露出一丝忧虑不安的目光。

"是的，我已经读过它了，显然，"路易说。"我已经读过它了，我这就把它留给你。这份工作做得很不错，就像我跟你说过的一样。你那些乱七八糟的东西都很平常，多种多样，我可以这样说，它走不了太远的，它也引起不了我的兴趣，但是，它会让你惹麻烦，那是肯定无疑的。我把一切全都还给你，你可以阅读，然后烧掉，

———————————

① 上文曾提到，"米歇尔·舍瓦利埃，标签不很明显，D 类，表示其他各类别"。

259

净净。我把一切全都原封不动地还给你，不会短缺一
⋯⋯的，你相信我的话好了。什么，舍瓦利埃？你难道不相信我的
话吗？"

舍瓦利埃停止了波动，瞧着路易。

"当然相信啦，"他说。

路易把一个胖鼓鼓的束得很紧的文件夹放到镇长伸出来的手
上。胳膊稍稍向下垂了一下。

"很重的，嗯？"舍瓦利埃微笑着说。

他翻阅了一下，鲤鱼们贴到了水塘的深底。它们都被惹烦了，
那些鲤鱼，这是看得见的。一点点的能见度重又回到了水面上。

"谢谢，克尔维勒。我兴许会想着您的，但只是晚上。您别指
望我会在一清早就起床。"

"这对我就行了，"路易说。"不要在中午之前，假如人们要有
整整一天的话要说。"

路易回到酒吧台前，向安托娃奈特要求打电话。安托娃奈特给
了他一个筹码，"依然还是那样运作的，"并且给了他一杯啤酒，尽
管他什么都没有点。正是通过这些细节，人们知道，一家咖啡馆已
经进入了你的心灵。

"是朗格托吗？我是德国人啊。谋杀，谋杀，还是谋杀，案子
结了，我们将尝试着给帕克兰增援。我要抽时间接触一下部里的两
三个熟人，后天我过来看你，带上一个三明治。不，不会在十一点
之前的。"

路易转过脑袋来，挂上了电话。若望满脸苍白，两眼通红，裹
在他那件假神甫的衣服中的身体比任何时候都更模糊，迟迟疑疑地
站在咖啡馆门口不敢进来。路易有些害怕，一直走到门口，抓住了

他的胳膊。

"加埃尔吗？是医为加埃尔吗？"他说着，使劲地摇晃他。

若望一声不吭地瞅着他，路易把他一直拉到柜台前。

"可是，你倒是说话呀，他妈的！"

"加埃尔很好，他已经吃了东西，"若望说道，带着一丝摇曳不定的微笑。"是圣母今天早上对我说的，这让我都哭了，她说她原谅我了。"

路易叹了一口气。他并没有意识到，他是在何等程度上坚持要让塞弗兰的最后一个牺牲者幸免于可恶的屠杀。愿那孩子好好地活着，这是他现在对尼古拉港提出的唯一要求。

"圣母……"若望接着说。

"是的，"路易说。"圣母很高兴，她说你有权利重见加埃尔，好极了，她真的是太仁慈了，从根子上说，是个勇敢的女人。来喝点什么吧。"

"不，"若望说，语气中透着一种不安，"她没有这样说。她说……"

"不，若望，不，一定是你听错了，她对你说，就照着我解释的那样去做，你至少还相信我的话吧，若望？你从牢房中出来，那可不是为了让你的整个生活在教堂的圆殿中变得贫血，嗯？你也一样，将到外面去，是不是？你还相信我的话吗？"

若望笑得更来劲了。

"你敢肯定吗？"他说。

"确定，以我的断腿起誓。去喝一点什么吧。"

若望点了点头。正是在这一时刻，除了台上足球游戏发出的噼啪声，就只有一片寂静笼罩着咖啡馆，路易意识到，假如他没在门口寻找若望，他也就不能确定，那一道道目光构成的墙会不会让他进去。

"安托娃奈特，"他说，"若望很想喝一点什么。"

安托娃奈特倒了一杯麝香白葡萄酒，把它递到若望手中。

路易去了丽娜的家，孩子们今天上午已经到了，家里是一片笑声。他重又来到通向水疗中心的空荡荡的公路上。他必须前去那里跟她打一声招呼。他不敢去求马克用自行车一直把他送到那里，但尽管如此，冬天里在泉水中的冷水浴不会给他的腿带来任何好处。他仅仅是要前去跟她招呼一声。兴许还问她一下，她当年是不是因为他的这条腿才走掉的。兴许还问一下别的事，假如她接受了，那就活该那个达尔纳斯倒霉吧。假如她不接受，当然啦，那就得换个方式来看问题了。或者，就只是问候一声你好，然后赶紧走掉。路易停在了半路上，在湿漉漉的公路上。或者，只留下一张字条，一封小信，"我的癞蛤蟆在卫生间里干傻事，我得赶紧去处理一下，"很多人会这样做，并从那里摆脱。因为，假如波莉娜是因为他的膝盖而走的，或者更糟糕，假如她不再爱他了，又或她更喜欢达尔纳斯了，那么，最好还是不知道的好。或者是。或者不是。或者只是去打一声招呼。路易朝那遥遥在望的位于大公园中的水疗中心胖鼓鼓的房屋瞥去一眼，就转身折回，径直走向大机器那里。那里已经有了不少警察，他们是在对付迭戈的坟墓。他推了一下一个封住道路不让人走到摇杆跟前的警察，把他推开，根本就不顾及众人的目光，来到机器前启动了它，然后就去取他的答案条。*为什么迟疑呢？尼古拉港的纪念。*"蠢货，"路易从牙缝中挤出这么一句。

他慢慢地走回咖啡馆，趴在了柜台上，问安托娃奈特要来一张纸。他写了大约半页，然后把纸折叠起来，贴上了粘胶条。

"安托娃奈特，"他说，"我希望你方便时能把这个转给波莉娜·达尔纳斯，你愿意吗？"

安托娃奈特把这张小字条塞进了收银箱。马克松开了台上足球的操纵杆。

"你就不去跟她打个招呼，我们就这样走了吗？"

"我自己就不愿别人在这么早时来跟我打招呼，说一声一路顺风。我要把怀疑封锁在我的行李箱中，我们这就走。"

"这很奇怪，"马克说，"这多少也是我的风格。你愿不愿意我再给你解释一下我的风格？"

"不，你要小心，你的中世纪贵族爷正出发走在水里呢。"

马克转过身来，赶紧跑向那张桌子，只见一杯水已经打翻在了他的文件上，正在纸页上慢慢流动。

"她是故意这么干的，"马克叫嚷起来，连忙用上衣的下摆擦拭那些弯翘起来的纸。"历史濡湿了，历史起皱了，历史被抹除了，这时候她却慌了神，她像一个小女孩那样尖叫起来，而你就赶紧跑过去支援她，你甚至都不知道这是为什么！我可总是这样给自己下了圈套。"

马蒂亚斯点了点头。路易瞧着马克焦躁不安地赶去救援弯翘起来的历史。他手忙脚乱，一页一页地掀开普伊萨耶的于格家的账本，再把它们抒平。安托娃奈特和若望拿着一块抹布过来帮他，还在边上叽叽喳喳地出主意。马蒂亚斯把抢救出来的账簿一张一张骑马一样地晾在椅背上。路易会把这个讲给在罗拉赫的老头子听的。这会让他很开心。然后，老人家会把它讲述给莱茵河听，肯定的。

"我要一瓶啤酒，"他说。